Deconstruction of
Jinyong

解构
金庸

陈岸峰

著

SPM 南方出版传媒・广东人民出版社

・广州・

图书在版编目（CIP）数据

解构金庸 / 陈岸峰著 . — 广州：广东人民出版社，
2020.1
  ISBN 978-7-218-13919-7

  Ⅰ.①解… Ⅱ.①陈… Ⅲ.①金庸（1924-2018）—
侠义小说—小说研究 Ⅳ.① I207.425

  中国版本图书馆CIP数据核字（2019）第 243766 号

JIEGOU JIN YONG

解构金庸

陈岸峰　著

出 版 人：肖风华

责任编辑：马妮璐　刘　宇
责任技编：周　杰　易志华
装帧设计：安　宁

出版发行：广东人民出版社
地　　址：广州市海珠区新港西路 204 号 2 号楼（邮政编码：510300）
电　　话：（020）85716809（总编室）
传　　真：（020）85716872
网　　址：http：//www.gdpph.com
印　　刷：天津旭丰源印刷有限公司
开　　本：787mm×1092mm　1/16
印　　张：19.5　字　　数：235 千
版　　次：2020 年 1 月第 1 版
印　　次：2020 年 1 月第 1 次印刷
定　　价：68.00 元

如发现印装质量问题，影响阅读，请与出版社（020－85716849）联系调换。
售书热线：（020）85716826

目 录

第二章　青衫磊落险峰行：江湖真相与政治互动及其重塑

第三章　奔腾如虎风烟举：武功与文化及其创造性

第四章　虽千万人吾往矣：侠之观念与谱系建构及其演变

第五章　烛畔鬓云有旧盟：情之正变及情侠结构之突破

第六章　丈夫何事空啸傲："魏晋风度"的建构及传承

第七章　塞上牛羊空许约：武侠的异域书写与历史省思

第八章　总结

下编
金庸武侠小说中的隐型结构

推荐辞二（黄坤尧教授）

第一章　导论

第二章　顿渐有序：《射雕英雄传》中郭靖的原型及其英雄历程

第三章　欲即欲离:《神雕侠侣》中杨过与小龙女的原型及归宿

第四章　何足道哉:《倚天屠龙记》中张无忌的复合原型及其领悟

第五章　镜花水月：《天龙八部》中萧峰的原型及其命运

第六章　竹林琴音：《笑傲江湖》中令狐冲的"魏晋风度"

第七章 任诞与假谲：《鹿鼎记》中韦小宝的原型及其意义

第八章 《三岔口》与《十日谈》的混合结构

第九章 总结

金庸武侠小说中的思想世界

推荐辞一

四十多年前的一天，国文老师在课堂上说，美国许多华人教授，一下班就阅读金庸小说，人手一册。我听后颇感诧异。一则，理工科教授也追捧武侠小说，真是不可理解，心里总觉得武侠、神魔、志怪分别不大；二则1967年"五月风暴"发生后，金庸被左派人士斥为"汉奸"，这"汉奸"的书怎么会有那么多高级知识分子喜爱？有一段时间，我对梁羽生、金庸和蹄风的若干武侠作品很感兴趣。我未尝习武，对于招式一向看不懂，看书时就一概忽略。某天终于想起，这些作品，如《书剑恩仇录》《射雕英雄传》《白发魔女传》《七剑下天山》等，几乎都在谈明清易代之事，以至宋元交替之史，才蓦然惊觉，这哪里是讲武侠，分明是思乡之泣！武侠者，其寄托哀伤乎？

所谓宁为太平犬，莫为乱离人，中年以后，更深切体会到上一代饱受百年战乱之苦，家散人亡，幸存者孤苦伶仃过其余生，令人悲悯。而所谓侠义，无非揭示乱世男女情怀，在痛苦的现实中找寻午夜梦回的伤逝而已。无论说得多么堂皇动听，乱世之中，家家户户都是受害者，此即诸人笔下反清复明，抗元扶宋之真义。年轻时，我是这样理解他们的作品的。

陈岸峰教授此书可谓汇集诸家研究成果。数十年来，金庸作品风行海内外，正版盗版翻版，各有市场。有机会阅读及探析金庸作品的，或观看电影电视的，固不限于内地及港台，远至南洋欧美，凡有华人之处，几乎都能取金庸故事内容为话题。评论文章，见于报刊，实不计其量，处则充栋宇，出则汗牛马。然则一般读者，若想了解各地评论家之宝贵意见，存世材料如此繁富，搜集之功，从何做起？现在手持一册《金庸武侠小说中的思想世界》，既可间接了解其中奥妙，亦可以代替无穷之复印和抄写。想进一步探讨金学，亦可按图索骥，根据陈教授书中提示之资料来源，进一步查找，即可收事半功倍之效。

陈岸峰教授此书是一部完整的、系统性的关于金庸武侠小说研究的学术著作。导论、总结而外，中间细分为江湖、武功、侠义、情为何物、魏晋风度、异域六项论述，每一项底下还有多个分枝，确实做到了纲举目张，而又四平八稳。这个结构，表面看似简单，实际上包含了作者的智慧和心血。要将众说纷纭、取自多方、原来复杂繁芜的文字概括为条理清晰、简明扼要的项目，没有缜密的思维，没有高度的学养，是无法做到的。驾驭材料，是学术人员的基本功，处理得巧妙，则反映研究者"内功"根底深厚，不可小觑。"总结"之章，最能见到作者之视觉焦点、兴趣所在与概括能力。这一章内容，既论述金庸一再修改其著作之经过，又揭示金庸作品优劣之情节，真可以为金庸文学之评价画上句号。

古人如欧阳修，终生改文，以期流传千古。金庸一生所严肃期望者，其在此乎！陈教授指出当中仍有未尽善者，乃世间常态耳，须知道，"止于至善"，是一种理想，乃遥不可及之事，只有传说中的至人、神人、圣人方可臻其境界。

王晋光

香港艺术发展局评审委员、香港中文大学荣休教授

2015 年 3 月 9 日

| 第 | 一 | 章 |

导　论

一、前言

　　金庸武侠小说是二十世纪文学界的旋风，席卷全球华人圈。[①] 金庸从 1955 年开始撰写《书剑恩仇录》，直到 1972 年《鹿鼎记》完成之后封笔，历时十八载，成书十四部，撰成对联是："飞雪连天射白鹿，笑书神侠倚碧鸳。"在破碎的时空里，金庸武侠小说以虚拟的形式回归传统，成为飘散于各地的华人的心灵慰藉，形成了一个以传统价值为核心的文化共同体。

　　然而，一次文坛排座次的评选引发所谓的雅俗文学之争。一切始于《二十世纪中国文学大师文库·小说卷》的评选。主编王一川将九位小说家依次排名，金庸排名第四，在鲁迅（周树人，字豫才，1881—1936）、沈从文（字崇文，1902—1988）、巴金（李尧棠，

---

① 有关金庸武侠小说的翻译及其以电影的方式而流行的情况，可参阅柏杨《武侠的突破》、林以亮《金庸的武侠世界》，分别见三毛等著《诸子百家看金庸》（明窗出版社，1997 年），第 4 册，144、154—156 页。有关武侠小说与武侠电影的相互激荡的论述，可参阅刘登翰《香港文学史》（人民文学出版社，1999 年），263—264 页。

字带甘，1904—2005）之后，而在老舍（舒庆春，字舍予，1899—
1966）、郁达夫（字达夫，1896—1945）、王蒙（1934—）、张爱玲
（1920—1995）、贾平凹（1952—）之前。[1] 所谓的"严肃文学"与
"俗文学"的分垒的"传统"，[2] 亦不外是一场滑稽的闹剧。文学史上
有多少"经典"不是来自民间的通俗作品？从《诗经》、乐府、元明
戏剧以至于明清小说，莫非如此，而这些作品不亦一一进入文学史
的殿堂而成为"经典"？无论如何，此次评选的排座次亦足以反映
金庸在二十世纪中国文学史上具有冲击传统文学观念的动能及实力，
而其所引发的论争，亦正是金庸武侠小说之成就尚未完全为世人或
学界理解之所在。以下将分别论述金庸在武侠小说的境界与语言上
的传承与开拓，及其中蕴含的政治批判与文化想象，以还其在文学
史上应有的位置。

二、武侠新境界

1. 侠的现代阐释

金庸武侠小说之所以风靡天下，实乃其在武侠境界上有所

---

[1] 陈墨《金庸小说与二十世纪中国文学》，见刘再复、葛浩文、张东明等编《金庸小说与
二十世纪中国文学国际学术研讨会论文集》（明河出版社，2000年），59页。

[2] 田晓菲在《从民族主义到国家主义：〈鹿鼎记〉，香港文化，中国的（后）现代性》一
文中指出："金庸小说和香港电影都蒙受'俗'的批评，但是，我们的世纪需要的不是已经
太多的'雅'，而是一点'俗'。"而朱寿桐亦在《在与精英文学的比照中：再论金庸文学
的通俗品性》中认为"金庸作品作为通俗文学的品性已经成为一种事实状态"。分别见吴
晓东、计璧瑞编《2000'北京金庸小说国际研讨会论文集》（北京大学出版社，2002年），
369、154页。

突破所致。有论者指出清末以来武侠小说的桎梏在于"理性化倾向"：

> 清代是武侠小说鼎盛期，理性化倾向更为严重。《三侠五义》《施公案》中，侠客变成皇家鹰犬，立功名取代了超逸人格追求，武侠小说甚至蜕变为公案小说。历史经验证明，古典武侠小说循着偏重社会理性一途走到了尽头。①

也即是说，在清政府的高压下，侠客难以有所作为，甚至沦为官府的鹰犬，武侠小说的发展备受压抑，也是现实的反映。故此，民国初年的武侠偏向于情而非义：

> 民国初年开始了这种转向，情取代义成为侠客人格的主导方面；江湖成为侠客主要活动场景，不是替天行道，而是情仇恩怨成为主题。《江湖奇侠传》是这种转变的标志，它开辟了武侠小说的新天地，带来了二十世纪上半叶武侠小说鼎盛期。②

民国时期，武侠小说突然"转变"，以至于"鼎盛"，亦属必然。杜心五（1869—1953）、王五（字子斌，1844—1900）、霍元甲（字俊卿，1868—1910）等大侠的出现，正是时代剧变的征兆。③在此关键时刻，金庸在武侠小说中借易鼎之际的书写而令武侠摆脱沦为朝廷鹰犬的厄运，豪气重现。此中，《书剑恩仇录》《碧血剑》《射雕英雄传》《神雕侠侣》《倚天屠龙记》《天龙八部》及《鹿鼎记》

---

① 杨春时《侠的现代阐释与武侠小说的终结 —— 金庸小说历史地位评说》，见刘再复、葛浩文、张东明等编《金庸小说与二十世纪中国文学国际学术研讨会论文集》，181 页。
② 杨春时《侠的现代阐释与武侠小说的终结 —— 金庸小说历史地位评说》，见刘再复、葛浩文、张东明等编《金庸小说与二十世纪中国文学国际学术研讨会论文集》，181 页。
③ 刘登翰先生将新派武侠小说的发展分为三个时期：1912 年至 1922 年为萌芽期；1923 年至 1931 年为繁荣期；1932 年至 1949 年为成熟期。关于新派武侠小说发展的论述，见刘登翰《香港文学史》，265 页。

等长篇小说的背景均属易鼎时代。《天龙八部》乃以北宋末年宋、辽争持为背景,《射雕英雄传》《神雕侠侣》及《倚天屠龙记》则从宋、金对峙写起,历蒙元勃兴以至于元末群雄并起,《碧血剑》写"甲申之变",[①]《鹿鼎记》与《书剑恩仇录》则述天地会之反清复明故事。故有论者指出金庸武侠小说之突破在于:

> 金庸以及他所代表的新派武侠小说沿着民初武侠小说道路发展,并有所突破,它真正对侠进行了现代阐释,完成了古典武侠小说向现代武侠小说的转化。[②]

所谓的侠的"现代阐释",即指金庸武侠小说传承了"五四"文学中"感时忧国"[③]的历史意识,在中华民族的各个转折时期均

---

① 有关"甲申之变"的专著,见陈岸峰《甲申诗史:吴梅村书写的一六四四》(中华书局,2014年)。

② 杨春时《侠的现代阐释与武侠小说的终结——金庸小说历史地位评说》,见《金庸小说与二十世纪中国文学国际学术研讨会论文集》,181页。关于"新派武侠小说",刘登翰分别从叙事角度、结构、语言,以及人物的心理、性格的深度、语言方面在明清传统与现代语的结合,还有现代意识如对"快意恩仇"的否定与人道主义的揄扬等元素的加入做出论述。详见刘登翰《香港文学史》,264页。有论者则指出:"金庸以及其影响下的武侠创作,正因为一方面牢牢把握住了接受主体的情感投入基础,一方面又通过主体的能动创造在读者心中构建了如此纷繁灿烂的武侠世界,才使得武侠小说最终成了人们所喜闻乐见的一种文艺形式。这也就是'新派武侠小说'称之为'新'的关键所在。"见吴秀明、陈择纲《金庸:对武侠本体的追求与构建》,《当代作家评论》,1992年第2期,50页。

③ "感时忧国"乃夏志清在《现代中国文学感时忧国的精神》一文中提出:"当时的中国,正是国难方殷,无法自振。是故当时的重要作家——无论是小说家、剧作家、诗人或散文家……都洋溢着爱国的热情……作家和一些先知先觉的人物,他们的忧时伤国精神,除了痛感内忧外患,政府无能之外,更因为纷至沓来的国耻,反映出中国在国际地位上的低落,也暴露了当时道德沦丧,罔顾人性尊严,不理人民死活的情景。"见夏志清《爱情·社会·小说》(纯文学出版社,1985年),80页。严家炎先生指出新派武侠小说与"五四"以来的新文学一脉相承,异曲同工。见严家炎《新派武侠小说的现代精神》,《明报月刊》,1996年2月号。此处乃转引自刘登翰《香港文学史》,264页。

做出想象的书写之外，同时当代的政治人物以及历史事件，均成为其笔下的隐喻及批判所在。故此，有论者指出：

> 他写着武侠，写着政治，又不时透出对武侠愚昧的叹惋和对中国政治文化传统的根本上的鄙弃。正因为这样，金庸的小说才拓出了武侠的新境界，成为二十世纪里真正有现代意义的作品之一。[①]

金庸武侠小说中的主人公均是武功盖世且心存天下苍生。例如，郭靖从蒙昧少年，及至中原后便深受范仲淹（字希文，989—1052）、岳飞（字鹏举，1103—1142）的心系天下苍生的思想所感召，从而投身于保家卫国之行列；杨过更是舍小我之仇恨，承传嵇康（字叔夜，223—262）之"魏晋风度"，最终亦追随郭靖抗击蒙古大军；张无忌在张三丰的精神感召之下，负起抗击蒙元之重担，最终又顾全大局而甘愿飘然远去。即是说，金庸确是既写武侠，复写政治，而主要是突显侠之正义与忘我，实乃对侠魂之召唤，而非"武侠愚昧的叹惋"，至于"中国政治文化传统"，亦不能做到"根本上的鄙弃"，只是让侠客在历史的时空中参与演出，却无法逆转既定的历史现实。

2. 历史诠释

金庸武侠小说的另一创造性突破更在于融入个人的历史诠释，有论者认为：

> 金庸小说"历史感"之强烈，往往使读者分辨不出究竟他是在写"历史小说"还是"武侠小说"。[②]

[①] 吴予敏《金庸后期创作的政治文化批判意义》，见刘再复、葛浩文、张东明等编《金庸小说与二十世纪中国文学国际学术研讨会论文集》，346 页。
[②] 林保淳《通俗小说的类型整合——试论金庸的武侠与历史》，见刘再复、葛浩文、张东明等编《金庸小说与二十世纪中国文学国际学术研讨会论文集》，162 页。

事实上，只有将武侠置于历史背景之中，侠客才能绽放异彩。从司马迁（字子长，约公元前145—前87？）《史记·侠客列传》中最早关于侠所记载的"侠以武犯禁"[①]，侠之使命由此凝定。没有特定的历史时空，侠的"以武犯禁"亦必将落空而失去其存在的价值。

金庸的历史意识于晚年的修订本中愈发深入，除了在有历史证据之处做出说明之外，甚至将具体的年代标示出来或增入史料，如《天龙八部》的《释名》中，旧版（1963年香港武史出版社）原无"据历史记载，大理国的皇帝中，圣德帝、孝德帝、保定帝、宣仁帝、正廉帝、神宗等都避位为僧""本书故事发生于北宋哲宗元祐、绍圣年间，公元1094年前后"，旧版的《射雕英雄传》原仅有"山外青山楼外楼"一诗引首，略叙其历史背景，而修订版中则改为"张十五说书"，以引出其时宋、金的局势。

金庸在中国历史的各个转折点上均予以省思，实乃传承自鲁迅以降的对国民性的拷问，例如：《天龙八部》中的胡汉之分与萧峰的"舍身喂鹰"；《神雕侠侣》中杨过与小龙女的抗议名教与抗击蒙古之后返回古墓隐居；《倚天屠龙记》中的复仇与宽恕；《笑傲江湖》中的正邪之辨。这一切，均是国民性的关键以至于哲学思考的重大命题，绝非坊间谈情说爱的俗套小说可以企及。

事实上，金庸武侠小说在其批评者夏志清（1921—2013）对现代小说所评价的"感时忧国"的思潮上走得更深更远，而在想象的空间上则拓展得更广更阔，诚如舒国治所言：

---

① 司马迁著，马持盈注《史记今注》（台湾商务印书馆，1979年），124卷，第6册，3219页。

其文体早已卓然自立。今日我国人得以读此特殊文体，诚足珍惜。而金庸作品之涵于当代中国文学范畴，亦属理所当然。

确是的论。由此而论，若将金庸武侠小说置于"五四"文学之中，亦是独树一帜，光芒万丈，不可逼视。治文学史者以陈见陋习排斥武侠小说于文学史之外而声言寻求现当代文学杰作，何异于刻舟求剑？

3. 想象的创造性突破

金庸武侠小说在新派武侠小说的众多竞争者中脱颖而出，其关键之一在于其在武功上具有突破性的创造。柏杨（1920—2008）在《武侠的突破》一文中指出：

金庸先生武侠小说的兴起，使武侠小说以另一副崭新的面貌出现——它与众迥然不同，不仅与今人的武侠小说迥然不同，也与古人的武侠小说迥然不同。第一、金庸先生的武侠小说是真正的武侠小说，有"武"，尤其有"侠"。第二、金庸先生的武侠小说是完整的文学作品，像大仲马先生的《侠隐记》是完整的文学作品一样，它的结构和主题给你的冲击力，同等沉厚。

柏杨指出金庸武侠小说在古今武侠小说中的"迥然不同"，亦即其创造性，同时肯定其武侠小说乃"文学作品"，甚至将其推崇至法国大仲马（Alexandre Dumas，1802—1870）的地位。[1]冯其庸则认为：

金庸的小说大大发展了侠义小说的传奇性。传奇性，这本来是侠

---

[1]　相关论述可参阅严家炎《似与不似之间：金庸和大仲马小说的比较研究》，见吴晓东、计璧瑞编《2000'北京金庸小说国际研讨会论文集》，227—239页。

义小说本身应有的、不可或缺的特点，如侠义小说不带某种传奇性，反倒令人不满足，甚或失去其特色。问题在于这种奇峰天外飞来之笔的可信程度，前后情节连接的合理程度，也即是传奇性与可信性的一致。从这一点来说，金庸小说，常常又使你感到奇而不奇，甚至读而忘记其奇。①

伟大作家不同于平庸作家之所在便在于想象力的神驰。金庸武侠小说的突破在于人物之奇、故事之奇及武功之奇，这一切均是其想象力的创造性所在。有论者指出：

回顾一下汉语文学史，特别是汉语叙事文学，我们很清楚地看到，无论魏晋志怪、唐宋传奇、元明戏曲，或者是《三国演义》《水浒传》《西游记》和《山海经》《太平广记》《阅微草堂笔记》这类准文学的笔记写作，符合写实原则的颇少，而"离奇荒诞"者居多：即使被认为是"现实主义"的伟大作品的《红楼梦》《水浒传》其实也不乏"离奇荒诞"内容，甚至可以说，倘若没有那些"离奇荒诞"的成份，《水浒传》不成其为《水浒传》，《红楼梦》也不成其为《红楼梦》。②

金庸武侠小说中主人公之种种奇遇、历险、获武功秘籍而练成绝世神功，其想象力真可谓上天入地，无奇不有，为"五四"文学至中国当代文学之偏于写实主义做出补济。例如：一、萧峰于千军万马中伏于马腹之下奔杀南院大王并擒拿楚王，犹如天神之纵横天地；二、天山童姥与李秋水之决战，死而复生，生而复死，令人拍案称奇；三、丁春秋与虚竹之战，优美如道家美学的呈现；四、

---

① 冯其庸《读金庸的小说》，见《诸子百家看金庸》，第4册，48页。
② 李陀《一个伟大传统的复活》，见刘再复、葛浩文、张东明等编《金庸小说与二十世纪中国文学国际学术研讨会论文集》，30页。

鸠摩智"火焰刀"的武功，震撼人心；五、小龙女以左右互搏使剑，犹如天女散花；六、黄药师与欧阳锋及洪七公以箫、筝及啸之较量，犹如八仙中的韩湘子与妖怪及铁拐李在海上搏斗；七、张三丰以"丧乱帖"创造武功，实乃"魏晋风度"与武功之结合的崇高境界；八、张无忌力战少林三高僧的"金刚伏魔圈"，其场景之恢宏，情节之扣人心弦，可谓惊天地泣鬼神；九、令狐冲在华山之上中了圈套而生命悬乎一线，凭借鬼火而打败左冷禅、林平之而化险为夷；十、韦小宝的种种奇遇及江湖手段，令人捧腹。

刘再复指出金庸武侠小说之突破更在于把本属于俗文学的武侠小说提升到与新文学同等的严肃文学的水平，而且在小说的审美内涵上突破了现代文学中只有家国、社会、历史的单维现象，并增添了超验世界与内自然世界的维度，使"涕泪飘零"的中国现代文学出现了另一审美氛围，从而弥补了二十世纪中国文学缺少想象力的弱点。同时，又以现代意识突破狭隘的"民族—国家"界限，消解大汉族主义，因此而令其小说成为全球华人的共同语言和共同梦想。①

中国小说的想象力之极限不超乎《西游记》，而金庸武侠小说之想象乃奠基于现实，对武侠、奇遇以及人生际遇作了极致的发挥。因为金庸武侠小说之创造性想象，二十世纪中国文学方才能走出所谓"写实"的桎梏，在"超验"与"人性"的层面有所成就，并以多元民族思维，促进民族团结。

---

① 刘再复《会议导论：金庸小说在二十世纪文学史上的地位》，见刘再复、葛浩文、张东明等编《金庸小说与二十世纪中国文学国际学术研讨会论文集》，19 页。

4. 超越雅俗

金庸武侠小说是"五四"以降的文学创作之中，不经任何的意识形态所刻意扶植而自然生成的重大文学成果。即是说，真正意义的白话文学的开花结果，始于金庸的武侠小说：

金庸对本土传统小说形式的继承和革新，既是用精英文化改造俗文学的成功，又是以俗文学的经验对新文学的偏见作了最切实的纠正。这确实具有"存亡继绝"的重大意义。①

又：

历史上的高雅文学和通俗文学，原本各有自己的读者，简直泾渭分明。但金庸小说却根本冲破了这种河水不犯井水的界限。②

严家炎甚至称金庸武侠小说为"一场静悄悄的文学革命"。故此，所谓的"高雅文学"与"通俗文学"之设置与论争，③本身便十分可笑，有论者便指出：

由于社会变化和外来文学影响，中国文学已逐步分裂为两种不同的文学流向：一种是占据舞台中心位置的"五四"文学革命催生的"新文学"；一种是保留中国文学传统形式但富有新质的本土文学。④

---

① 严家炎《文学的雅俗对峙与金庸的历史地位》，见刘再复、葛浩文、张东明等编《金庸小说与二十世纪中国文学国际学术研讨会论文集》，42 页。
② 严家炎《文学的雅俗对峙与金庸的历史地位》，见刘再复、葛浩文、张东明等编《金庸小说与二十世纪中国文学国际学术研讨会论文集》，43 页。
③ 王剑丛在《香港文学史》中便将金庸武侠小说列于"通俗文学"之中。王剑丛《香港文学史》，（百花洲文艺出版社，1995 年），347 页。
④ 严家炎《文学的雅俗对峙与金庸的历史地位》，见刘再复、葛浩文、张东明等编《金庸小说与二十世纪中国文学国际学术研讨会论文集》，41 页。

所谓的"雅俗对峙在二十世纪就成为小说内部的事",①值得质疑。"雅俗对峙"事实上是一种文化霸权,金庸的武侠小说就因为被标签为"通俗小说"而被摒除于文学史之外,②或附于边缘位置。事实上,金庸武侠小说无论在文字、人物、情节以至于思想上,均远远超越"五四"运动以来的所谓正统文学或严肃小说,其叙事、描摹、想象以及思想内涵,百年之内,无可匹敌。金庸自己说:

> 武侠小说本身是娱乐性的东西,但是我希望它多少有一点人生哲理或个人的思想,通过小说可以表现一些自己对社会的看法。③

可见,金庸亦已被迫接受武侠小说作为通俗、娱乐的属性,但他又希望在既定的框架中有所作为,在《天龙八部·后记》中金庸便赞同陈世骧(字子龙,1912—1971)的见解:

> 武侠小说并不纯粹是娱乐性的无聊作品,其中也可以抒写世间的悲欢,能表达较深的人生境界。

而事实上其武侠小说中所谓的"娱乐性的东西"绝少,如老顽童周伯通与桃谷六仙的滑稽,亦只如戏剧中的插科打诨的元素而已,况且老顽童与桃谷六仙的诙谐亦有其深意在其中,并非无聊与低俗。

---

① 严家炎《文学的雅俗对峙与金庸的历史地位》,见刘再复、葛浩文、张东明等编《金庸小说与二十世纪中国文学国际学术研讨会论文集》,35页。
② 王剑丛指出:"俗并非庸俗,而是深入浅出、是大众化、民族化的需要。要真正地做到雅俗结合并非易事。这是一种自觉的艺术追求。"然而他又认为"香港生活节奏快、香港社会的世俗化倾向"导致武侠小说的崛起,似乎没有合乎逻辑的必然关系。见王剑丛《香港文学史》,16、348页。
③ 王力行《新辟文学一户牖》,见《诸子百家看金庸》,第5册,71页。严家炎《文学的雅俗对峙与金庸的历史地位》,见《金庸小说与二十世纪中国文学国际学术研讨会论文集》,40页。

三、理想的国语

金庸武侠小说的成功，除了对武侠境界上的创拓之外，其最成功之处更在于其以小说的方式创造了"新文学运动"中所谓的"理想的国语"，即从胡适（字适之，1891—1962）以至于周作人（字星杓，1885—1967）等人所追求的理想的现代白话文。"五四"之后的白话文运动，分化成欧化白话与旧式白话两股潮流。[1]金庸武侠小说中的文字，亦有过渡的痕迹，即从欧化白话到糅合文言白话以及浙江方言的过程。[2]有论者指出：

> 金庸以他独特的语言面向了、倡导了另一种写作。说这种语言源自"五四"之后的旧式白话，这当然不错，但金庸的白话不仅与还珠楼主或张恨水的白话有很大的区别，其中明显又吸收了欧化的新式白话的种种语法和修辞。[3]

金庸欧化白话的语法及修辞主要体现于《飞狐外传》中，例如以下描写南兰与马春花的文字：

> 终于有一天，她对他说："你跟我丈夫的名字该当对调一下才配。他最好是归农种田，你才真正是人中的凤凰。"也不知是他早有存心，还是因为受到了这句话的讽喻，终于，在一个热情的夜晚，宾客侮辱

---

[1] 李陀《一个伟大传统的复活》，见《金庸小说与二十世纪中国文学国际学术研讨会论文集》，32 页。

[2] 关于金庸武侠小说在语言上糅合古典与现代的论述，可参阅刘登翰《香港文学史》，270—271 页。

[3] 李陀《一个伟大传统的复活》，见《金庸小说与二十世纪中国文学国际学术研讨会论文集》，32—33 页。有论者指出在文学的传承与创新方面，"张恨水在新旧之间，更偏向于旧"，而"金庸在新与旧之间，则偏向于新"。见孔庆东《张恨水与金庸》，见《2000'北京金庸小说国际研讨会论文集》，248—249 页。

了主人，妻子侮辱了丈夫，母亲侮辱了女儿。①

在传统汉语中，"夜晚"不会用"热情"作为形容词，而且不会连用三个"侮辱"。又：

> 那时苗人凤在月下练剑，他们的女儿苗若兰甜甜地睡着……南兰头上的金凤珠钗跌到了床前地下，田归农给她拾了起来，温柔地给她插在头上，凤钗的头轻柔地微微颤动……

连用两个"给她"，颇为生硬、累赘，而以凤钗之颤动作为性象征，亦源自西方文学技巧。福康安与马春花在后花园偷情一幕的文字更是明显的欧化白话风格：

> 福公子搁下了玉箫，伸出手去搂她的纤腰。马春花娇羞地避开了，第二次只微微让了一让。
>
> 但当他第三次伸手过去时，她已陶醉在他身上散发出来的男子气息之中。夕阳将玫瑰花的枝叶照得撒在地下，变成斑驳陆离的影子。在花影旁边，一对青年男女的影子渐渐偎倚在一起（原版：终于不再分得出是他的还是她的影子）。太阳快落山了，影子变得很长，斜斜的很难看。
>
> 唉，青年男女的热情，不一定是美丽的。

"他的还是她的影子"，亦即徐志摩（字槕森，1897—1931）《偶然》中的"你有你的，我有我的方向"。最后一句的叹喟，很像巴金《家》《春》《秋》中的腔调。以上所引，均为金庸创作初期在文字上的探索。在后来一再的修订中，他已在几部长篇小说中建构起流畅而优美的现代白话文。故有论者指出金庸武侠小说在白话文上的价值，便在于以其所创造的现代白话文抗衡西潮之下欧化白话

① 金庸《飞狐外传》(明河出版社，2004年)，第1册，第2章，56—57页。

文的冲击，刘再复指出：

> 金庸的白话文肯定比新体白话文提供更多有益的启示。金庸透过写作，不但提高了白话文的表现水平，而且在西潮滚滚的时代，在中国文化价值备受挑战的时代，用他一以贯之的语言选择承担了重振民族文化价值的使命。①

语言是一个民族的文化与智慧的综合呈现，中国语言的现代化始于"五四"时期，其时一切均为尝试。"五四"时期的知名作家在语言方面仍然处于探索阶段，很多作家在其作品中的文字带有明显的地方方言以及文言文的痕迹。故此，胡适与周作人等均曾作了多方面的探讨。周作人在为《中国新文学大系·散文一集》所作的《导言》中指出：

> 民国六年以至八年文学革命的风潮勃兴，渐以奠定新文学的基础，白话被认为国语了，文学是应当"国语的"了……但是白话文自身的生长却还很有限。②

细味之下，周作人对当时所谓的白话文之成功已成事实的观点，颇有保留。他指出白话文在清末与民国已有所不同：一、现代白话，是"话怎样说便怎样写"，那时候却是由八股翻白话；二、不是凡文字都用白话写，只是为一般没有学识的平民和工人才写白话的。③周作人分辨白话文与古文之别在于"白话文的难处，是必须有感情或思想作内容"，而"大抵在无可讲而又非讲不可时，古

---

① 刘再复《会议导论：金庸小说在二十世纪文学史上的地位》，见《金庸小说与二十世纪中国文学国际学术研讨会论文集》，21 页。
② 周作人《中国新文学大系·散文一集》导言，见《周作人文类编：本色》（湖南文艺出版社，1998 年），666 页。
③ 周作人著，止庵校订《中国新文学的源流》（河北教育出版社，2002 年），51—52 页。

文是最有用的"。

即是说，古文之书写颇为曲折，而用白话文则是因为其时"思想上有了很大的变动"，要求的是直接、明快的表达方式。至于胡适则为"白话"做出如下三种定义：清楚、直接、简单的语言，即其所谓的"白话"。为进一步说明"白话"的特征，胡适以"生"与"死"判别"白话"与"文言"的关系，[①]认为国语的文法是"一种全世界最简易最有理的文法"。胡适又在《国语文法概论》一文中，从音韵、词汇以至于句子，均作了详细的论述。[②]然而，胡适更多的关注则寄望于国语拼音的成功。[③]

事实上，早在1922年，周作人便已对建设现代国语提出了具体的建议：一、采纳古语；二、采纳方言、三、采纳新名词。与此同时，建议从以下三方面进行：一、编著完备的语法修辞学字典；二、从文学方面独立地开拓，使国语因文艺的运用而渐臻完善，从教育方面着手，实际地在中、小学建立国语的基本；三、学生要"能懂普通古文，看古代的书"。[④]周作人"理想的国语"的构思，乃从自己对语言的了解出发而做出更为深入的探讨及建议。他指出可以

————————

① 胡适《建设的文学革命论》，见《胡适文存》（远东图书公司，1953年），第1集，57页。

② 胡适《胡适文存》，第1集，443—499页。有关胡适《白话文学史》的论述，可参阅陈岸峰《革命与重构：胡适的〈白话文学史〉》《文学史的书写及其不满》（中华书局，2014年），30—64页。

③ 胡适《〈中国新文学大系〉第一集的〈导言〉》，见欧阳哲生编《胡适文集》（北京大学出版社，1998年），第1册，111—119页。周作人在《国语罗马字》一文中虽对罗马拼音存有质疑，但仍然表示支持。见周作人著，止庵校订《自己的园地》（河北教育出版社，2002年），61—62页。

④ 周作人著，止庵校订《国语改造的意见》，见《艺术与生活》（河北教育出版社，2002年），56—57、59页。

以口语为基本，糅合古文、方言以及欧化语，加以合宜的安排，知识与趣味并置，"集合叙事说理抒情的分子"，再加上自己的性情，① 从而造出雅致的现代汉语。② 他又进一步提倡"混合散文的朴实与骈文的华美"的文章，③ 即在锻炼文字中，将文人的优雅文字熔铸于市井俗语之中，中外兼采，古今并用，为传统古文与现代白话文的渗透，开辟了一条新的途径④。他又于1926年撰写《我学国文的经验》，仔细罗列了《四书》以及部分的经、史类，而更多的是白话小说，如严复（字几道，1854—1921）翻译的《天演论》、林纾（字琴南，1852—1924）翻译的《茶花女》、梁启超（字卓如，1873—1929）翻译的《十五小豪杰》。最终，他建议博览以吸取众书之精华。⑤

然而，胡适与周作人可能都没想过，理想国语之成功，并不在于语法之严密，或不同元素之配合，他们所建议的一切均只是悬浮于理念上的想象。理想国语之成功，在于一位可以集各项元素之大成而又能流行于所有华人地区的成功作家的出现，其成功的实践比一切的构思更有示范性与影响力。最终，成功地实践了胡适与周作人"理想的国语"之作家，便是金庸。金庸在"理想的国语"的创造性，可见于《天龙八部》中萧峰在战场上卧于马腹之下擒杀楚王

---

① 周作人著，止庵校订《近代散文抄序》，见《苦雨斋序跋文》（河北教育出版社，2002年），127页。
② 周作人著，止庵校订《燕知草跋》，见《苦雨斋序跋文》，123页。
③ 周作人著，止庵校订《后记》，见《苦竹杂记》（河北教育出版社，2002年），221页。
④ 相关论述可参阅钱理群《周作人传》（十月文艺出版社，2001年），385—394页。
⑤ 周作人著，止庵校订《知堂文集》（河北教育出版社，2002年），7—11页。关于周作人的"理想的国语"及其对胡适的《白话文学史》的反驳的相关论述，可参阅陈岸峰《追源溯流，旁敲侧击：周作人的新文学的源流》，见《文学史的书写及其不满》，135—142页。

父子的一段文字：

萧峰以指尖戳马，纵马向楚王直冲过去，眼见离他约有二百步之遥，在马腹之下拉开强弓，发箭向他射去。楚王身旁卫士举起盾牌，将箭挡开。萧峰纵马疾驰，连珠箭发，第一箭射倒一名卫士，第二箭直射楚王胸膛……

这当儿情急拼命，蓦地一声大吼，纵身而起，从那三十几面盾牌之上纵跃而过，当提气已尽落下时，在一人盾面上再一蹬足，又跃了过去，终于落在皇太叔马前。皇太叔大惊，举马鞭往他脸上击落。萧峰斜身跃起，落上皇太叔的马鞍，左手抓住他后心，挺臂将他高高举起……①

再看《射雕英雄传》中郭靖与黄蓉在湖上约会的文字：

船尾一个女子持桨荡舟，长发披肩，全身白衣，头发上束了条金色细带，白雪映照下灿然生光。郭靖见这少女一身装束犹如仙女一般，不禁看得呆了。那船慢慢荡近，只见那女子方当韶龄，不过十五六岁年纪，肌肤胜雪，娇美无比，笑面迎人，容色绝丽。②

所谓"动如脱兔，静如处子"，用以形容金庸以上两段分别描写战场上仿如天神的萧峰之神勇与湖上貌如仙子的黄蓉的芳姿神态的文字，可谓恰如其分。这就是金庸作为一位伟大作家在文字上所综合与创造的阳刚与阴柔之美。

金庸的文字，除了欧化与文、白以至于方言的糅合外，其成功之处主要还体现在以下几方面：一、武功的动作及动词运用得准确与多姿；二、人物心理描写得细腻入微；三、风景描写之到位，特

① 金庸《天龙八部》（明河出版社，2005年），第3册，1181—1183页。
② 金庸《射雕英雄传》（明河出版社，2003年），第1册，第8回，333页。

别是江南风物；四、切合人物所处的朝代及身份的语言。至于方言方面，金庸在着手修订自己的作品之际，曾将《天龙八部》中的人物阿朱和阿碧的口语对话，改写为苏州白话，这说明他意识到方言的妙处。一番苏州白话，令整段书写妙趣横生，同时令读者随段誉走出大理，一下子置身于吴侬软语及苏杭风物之中。故此，在建构"理想的国语"的同时，金庸亦不忘适时发挥方言的功能，这便是语言之妙用无穷，当然亦属其巧思天成。

自金庸作品面世以来，所有大、中、小学生以至于普罗大众均在追捧阅读，亦即语言的学习过程，证明除了思想层面获得了普遍的认可之外，其语言之传播同时为普罗大众所接受，潜移默化，约定俗成，这就是"五四"以来所期待的"理想的国语"。

四、人的文学

武侠除暴安良、心系天下，这一切均乃人性的善良与正义的召唤。金庸自己便曾说过："我写武侠小说是想写人性，就像绝大多数小说一样。"[1]人性的文学，即人的文学，亦即呼应了周作人在五四时期的号召，这正是"五四"以来新文学的道路。更为重要的是，金庸武侠小说乃有意识地对"五四"以来的小说观念的偏颇做出补济：

自五四以来，知识分子似乎出现了一种观念，以为只有外国的形式才是小说，中国的形式不是小说，例如一般人编写的文学史或小说

---

[1] 金庸《笑傲江湖·后记》（明河出版社，2006 年），第 4 册，1749 页。

史，都很少把武侠小说列入其中，或是给予任何肯定。我想这和武侠小说本身写得不好也有关。这也是情有可原。①

故此，现代文学的发展很大程度上乃人工培植，而非任由优胜劣败做出物竞天择的淘汰。武侠小说之被排斥与边缘化，既中断了侠义观念的承传，又灭绝了江湖的想象。故此，金庸武侠小说之崛起乃有意识地对传统小说做出创造性的改造及发展，以对现代文学补偏救弊。有论者指出金庸武侠小说在语言、结构、情节、描写等方面乃划时代的"革故鼎新"，一如黄宾虹（字朴存，1865—1955）之于山水画的改革与梅兰芳（字畹华，1894—1961）之于京剧的"革命"。②

金庸武侠小说之弘扬中国传统文化，重建伦理，召唤良知，讴歌侠客，肯定爱情，批判虚伪，驱逐黑暗，这一切均是对"五四"文学精神的发扬，均乃"人的文学"之最成功的实践。故此，金庸武侠小说乃对"五四"以来以激烈反传统的救赎。

五、政治批判

"五四"以来"人的文学"的观念在金庸武侠小说中得以延续。金庸武侠小说乃有为之作。一系列的书写，均是对负起弘扬中国传

---

① 金庸、池田大作《关于武侠小说》，见《金庸、池田大作对谈录》，《明报月刊》，1998年5月。此处乃转引自孙立川《回归传统，革故鼎新——试论金庸对中国传统小说的改造和发展》，见《金庸小说与二十世纪中国文学国际学术研讨会论文集》，114页。
② 孙立川《回归传统，革故鼎新——试论金庸对中国传统小说的改造和发展》，见《金庸小说与二十世纪中国文学国际学术研讨会论文集》，116页。

统价值之重任的侠客的崇高致意。刘再复指出：

> 金庸的写作本身就是文学自由精神的希望；他对现代白话文和武侠小说都做出了出色的贡献。①

这既是金庸武侠小说的现实关怀，亦是借武侠之书写，以召唤人性及传统价值的回归。故此，金庸武侠小说之崛起，本身便是以武侠抗议专制，实即司马迁借韩非子（约公元前280—前233）所谓的"侠以武犯禁，儒以文乱法"。然而，金庸并非一味与左派唱反调，例如在对李自成（1606—1645）这一历史人物的评价上便可见一斑：

> 值得注意的是，与社会主义编史学通常的叙述相比，金庸笔下李自成揭竿而起的行为，不完全是正面形象，李自成的义军在清军入关占领中国之前，就已走向了暴政与骄奢淫逸的深渊。②

金庸对李自成的书写具有不同的阶段性分别。在《碧血剑》中的李自成及其手下很明显已被胜利冲昏了头脑，金銮殿之上讨价还价，仿如山寨分赃，匪气十足。然而，金庸在《鹿鼎记》中又写出失败后的李自成已有所悔悟，当他与李岩（？—1644）之子李西华生死互搏之际，原本不敌，却在濒危一刻突然一声怒吼震慑了李西华后，又独自沉入江中再浮起上岸，默默离去。③这一幕颇有失败英雄的悲壮意味，实乃神来之笔，可见金庸并非完全否定李自成。

金庸亦曾因为政治原因，不得不远走他邦。故此，《碧血剑》中

---

① 刘再复《会议导论：金庸小说在二十世纪文学史上的地位》，见《金庸小说与二十世纪中国文学国际学术研讨会论文集》，22页。
② 韩倚松《浅谈金庸早期小说与五十年代的香港》，刘再复、葛浩文、张东明等编《金庸小说与二十世纪中国文学国际学术研讨会论文集》，195页。
③ 金庸《鹿鼎记》（明河出版社，2006年），第4册，第33回，1409页。

的袁承志与《倚天屠龙记》中的张无忌之退隐异域，实寓金庸的万千感慨于其中。金庸在《笑傲江湖》的"后记"中也坦承创作时深受当时政治环境的影响：

> 我每天为《明报》写社评，对政治中龌龊行径的强烈反应，自然而然反映在每天撰写一段的武侠小说之中。

金庸能在如此疯狂的时空之下，不顾性命之危而奋笔直书，这样的武侠小说有什么"娱乐性"可言？金庸武侠小说中如此的政治批判与"感时忧国"，又岂是通俗小说之所为？故此，有论者认为：

> 《笑傲江湖》并非一般的武侠小说，实为一部具有深刻寓意的政治寓言，这正是它具有经典文学的艺术魅力之所在。①

《笑傲江湖》的魅力并不止于具有"深刻寓意的政治寓言"，而是传承自《射雕英雄传》与《神雕侠侣》以来的关于"魏晋风度"的书写，在《笑傲江湖》中得到了全方位的呈现，以刘正风、曲洋的《笑傲江湖》之传承嵇康的《广陵散》，再下及令狐冲、任盈盈之琴箫合奏，以正义及风骨抗击黑暗，最终歌颂的是自魏晋以降及至鲁迅所推崇的"魏晋风度"，讴歌风骨之不朽。

六、文化想象

金庸歌颂的是传统价值中忠、孝、仁、义系统中的英雄人物，弘扬魏晋风骨，讴歌爱情，鞭挞强权，并对政治阴谋以及压抑人性

---

① 李以健《以经典文学"改写"的金庸小说》，见《金庸小说与二十世纪中国文学国际学术研讨会论文集》，94页。

的礼教，做出了深刻的批判。刘再复指出："金庸的意义在于香港殖民地一隅延续并光大了本土文学的传统。"刘登翰亦认为：

> 金庸以文学的方式，弥补了由于"五四新文学"激烈的反传统意识而造成的"现代"与"传统"之间的裂隙，从而使得中国传统的美学意蕴，重新获得深厚的生命力。

本土文学传统既在"五四"思潮之下遭受西方文学的冲击，复绝迹于 1949 年之后，却在动荡的时代中重生于"异域"的香港，其关键便在于金庸思想中所蕴含的传统价值观的种子，借其南下而重新发芽、生根并且更为葳蕤，蔚然已成参天巨木。

其时，不少人在易鼎之际流亡或选择隐居于异域，这批人的思想意识则近于顾炎武（字宁人，1613—1682）与黄宗羲（字太冲，1610—1695）及吕留良（字用晦，1629—1683）等明末遗民，彼等对于文化之摧毁，家国之别离，痛彻心扉。

故此，金庸武侠小说之风靡海外，在突显二十世纪中期海外中国人之无依感：

> 目前在海外的中国知识分子精神苦闷异常，所以大家自然而然喜欢阅读武侠小说，以求精神上有所寄托。①

如此氛围，如此无奈，实即黄蓉代辛弃疾（字幼安，1140—1207）《瑞鹤仙》所唱的"寂寞！家山何在？"②家山仍在，无奈物是人非。

更有论者认为，金庸武侠小说的想象世界之出现乃基于以下原因：

---

① 林以亮《金庸的武侠世界》，见《诸子百家看金庸》，第 4 册，153 页。
② 金庸《射雕英雄传》（明河出版社，2003 年），第 8 回，336 页。

金庸小说的想象世界，因为它与想象着它的香港遥迢相距，而变得必需，且成为可能——中国本身政权的改变所带来的历史与文化的距离，以及香港作为英属殖民地这一地位所产生的更深一层的文化与地缘政治的距离，是导致这一状况的原因所在。[①]

现实社会的卑微无力与二十世纪中国传统之崩溃，这些微观条件与宏观环境，均令国人彷徨无措，金庸武侠小说中武侠之崛起及"江湖"之重现，实乃历史的重构与传统的回归，从而成为全球华人及精神遗民的文化想象之所在。

七、研究综述及章节安排

金庸及其武侠小说自被陈世襄先生推崇为"无异于元曲之异军突起""所不同者今世犹只见此一人而已"[②]之后，渐渐引发了内地与港台的相关研究。在香港，有倪匡、吴蔼仪、潘国森等先驱做出品评。台湾方面，则有温瑞安等先生之论述，甚至不乏以金庸武侠小说为题目的硕士学位论文与博士学位论文。

二十世纪八十年代之后，金庸武侠小说渐为内地学术界所留意，北京大学的严家炎诸先生开始了相关研究。至于内地与港台的影视之频繁重拍金庸武侠小说，亦不失为另一种阐释。可见内地与港台关于金庸武侠小说之研究，方兴未艾。

---

① 韩倚松《浅谈金庸早期小说与五十年代的香港》，见《金庸小说与二十世纪中国文学国际学术研讨会论文集》，205页。
② 金庸《天龙八部·陈世襄先生书函》，第5册，2220页。

　　此书将金庸武侠小说置于"五四"以来的文学思潮与实际创作的脉络中，辨析其中之关键概念为研究焦点，包括"江湖""武功""侠义""情为何物""魏晋风度""异域"六组，再以大概念统摄小概念，概念之间互相贯通，犹如杨过与小龙女之"天罗地网势"，期以一书而将金庸武侠小说中的所有概念厘清，由此而全面解读金庸的武侠小说，从而得以把握金庸的思想世界，借此以呈现其创作之意图并还其在文学史上应有的位置。

青衫磊落险峰行：江湖真相与政治互动及其重塑

一、前言

目前学界均认为，武侠小说始于唐传奇《虬髯客传》，其突出之处乃透过"红拂夜奔""旅舍遇侠""太原观棋"三个场面，塑造"风尘三侠"的形象，却并不注重人物、场景以及情节发展，故此际之"江湖"，仅为雏形。[①] 有论者认为侠客的理想的归宿总是"江湖"，原因就在于《史记·货殖列传》中记载范蠡（字少伯，生卒年不详）助勾践（约公元前520—前465）雪"会稽之耻"后，窥破勾践"可与同患，难与同安"，"乃乘扁舟浮于江湖"。[②] 然而，范蠡的"江湖"并非武侠小说中的"江湖"。武侠小说中的"江湖"，自古以来均是"庙堂"之对立面，《史记·游侠列传》中的"侠以武犯禁"便是最好

---

① 林岗《江湖·奇侠·武功 —— 武侠小说史上的金庸》，见刘再复、葛浩文、张东明等编《金庸小说与二十世纪中国文学国际学术研讨会论文集》，121 页。

② 林岗《江湖·奇侠·武功 —— 武侠小说史上的金庸》，见《金庸小说与二十世纪中国文学国际学术研讨会论文集》，120 页。

的注脚。^①亦有论者认为"江湖"具超然避世、纵情适意的"自我世界"的文化意味，^②实非如此。《天龙八部》中的江湖便无是非可言，令享誉天下的丐帮帮主乔峰（萧峰）饱受冤屈，从而退出江湖，远遁大辽。

事实上，金庸的武侠小说，均可视作西方的"成长小说"或"小癞子"（Bidungsroman）的书写模式。主人公幼时家庭遭厄，孤苦伶仃，机缘巧合之下，走向江湖，在经历奇遇、报仇、夺宝、争霸，最终或壮烈收场，或退出江湖。^③由此可见，金庸武侠小说中的"江湖"，既繁富多姿，又极其复杂。

二、所谓"江湖"

侠客必然纵横江湖，然则何谓"江湖"？陈平原认为"江湖"有以下两种分别：一为现实存在的与朝廷相对立的"人世间"或"秘密社会"；一为近乎为乌托邦的与王法相对的理想社会。^④陈平原所谓的"王法"，可以"庙堂"代替，取的是范仲淹《岳阳楼记》中"居庙堂之高，则忧其民；处江湖之远，则忧其君"，^⑤范仲淹该

① 司马迁著，马持盈注《史记今注》（台湾商务印书馆，1979年），第6册，2319页。

② 林岗《江湖·奇侠·武功——武侠小说史上的金庸》，见《金庸小说与二十世纪中国文学国际学术研讨会论文集》，120页。

③ 赵毅衡《从金庸小说找民族共识》，见刘再复、葛浩文、张东明等编《金庸小说与二十世纪中国文学国际学术研讨会论文集》，365页。

④ 陈平原《千古文人侠客梦》（麦田出版社，1995年），108页。

⑤ 范仲淹《岳阳楼记》，见安徽大学等合编《中国古代文学作品选》（江苏人民出版社，1979年），下册，4页。

文虽非为区分"江湖"与"庙堂"而作,而其区分恰好鲜活地刻画出两者的地理位置及其文化象征。① 故此,"江湖"似乎与"庙堂"更为对应,因为"江湖"一词本身的意涵就相当复杂,其负荷远超于其对立面"王法"。若按陈平原般将江湖与绿林及山林做出区分:那么黄药师是属于山林?绿林?还是江湖?他桃花岛中的珍宝书画,都是抢掠所得,就如在牛家村曲灵风家密室所见,曲灵风在皇宫中所盗的珍宝书画,便是为了献给师父黄药师,而黄药师也不以为异,随手就将珍珠给了女儿黄蓉,又将名画给了未来女婿郭靖。江湖、绿林及山林,均有重叠互涉,难以截然厘清。至于"山林"与"绿林",跟侠客也不无一点联系,在某种特殊情境下,还可能成为武侠小说中侠客的主要背景。然而作为一种文化符号,"山林"主要属于隐士,"绿林"主要属于强盗(或义军),真正属于侠客的,只能是"江湖"。

金庸的"江湖",陈平原认为具备以下特征:

小处写实而大处虚拟,超凡而不入圣,可爱未必可信,介于日常世界与神话世界之间,这正是所谓写实型武侠小说中"江湖世界"的基本特征。

实际上,"江湖"乃隐形的权力中心。唐代至清末以前的豪侠小说中的"江湖",只是被营造出来的侠客活动的初步背景。② 豪侠小说,一方面借用了文人文化中"江湖"的意念;另一方面又复杂化

---

① 宋伟杰认为:"'江湖'作为一个尤其与朝廷相对的另类空间,或真实,或虚幻,或有所确指,或无处可寻。"见宋伟杰《从娱乐行为到乌托邦冲动——金庸小说再解读》(江苏人民出版社,1999年),61页。
② 林岗《江湖·奇侠·武功——武侠小说史上的金庸》,见《金庸小说与二十世纪中国文学国际学术研讨会论文集》,121页。

了"江湖"的内涵，再加上寻宝、秘诀、奇遇以及形形色色的神奇武功，从而令"江湖"立体、充实而充满神秘的情调：

> 举凡荒漠、丛山、悬崖、峻岭、险滩、密林、野店、古刹、道观等等，都是这个虚构世界的地域符号；而凶僧、杀手、淫贼、剑客、女侠、武林高手等则是这个虚构世界的角色；劫财、猎色、追凶、复仇、寻访秘籍、修炼武功、体悟大道等就是这个虚构世界发生的事件。三者聚合统一便是武侠的"江湖"。①

以上的"地域符号"，更多是主人公经历奇遇而获神功之所在：《天龙八部》中，段誉在天龙寺中偶然学得"六脉神剑"，掉进无量宫中的琅嬛玉洞而学会"凌波微步"，又因无意中学会"北冥神功"而吸收了众多高手的内力，一跃而成为绝顶高手；《射雕英雄传》中的郭靖攀上悬崖而获全真派掌教马钰传授内功，在蒙古大漠一箭双雕并击退敌兵而成为成吉思汗的"金刀驸马"，在桃花岛则获周伯通授予空明拳、左右互搏之术及《九阴真经》；在《神雕侠侣》中，杨过与小龙女在古墓中修炼武功，后来又于荒山中偶遇神雕，在其训导下练成独孤九剑；《倚天屠龙记》中，张无忌生于冰火岛，流落于昆仑山，被朱长龄追捕而掉下悬崖并进入山洞，获苍猿授予《九阳真经》，又被布袋和尚突然装进乾坤一气袋带上了光明顶，在袋中练成九阳神功，进入光明顶秘道后，又练成"乾坤大挪移"之神功；《鹿鼎记》中的韦小宝更是从扬州妓院的小混混而被胡乱擒入皇宫，因缘际会地擒杀鳌拜，并协助康熙平定吴三桂、收服台湾，再协助罗刹公主政变，同时身兼天地会香主、神龙教白龙使、清朝鹿鼎公以及罗刹

① 林岗《江湖·奇侠·武功 —— 武侠小说史上的金庸》，见《金庸小说与二十世纪中国文学国际学术研讨会论文集》，122页。

国的鞑靼伯爵。至于其他角色之奇遇，同样是目不暇给，精彩递现。

一般而言，均是由于复仇或寻宝而陆续出现以下的轨迹，往往总有神奇的药物迅速提升主人公的防毒功能或助其加速练就神功，主人公从而以小英雄的姿态出现于各派高手之前，成为重塑江湖的新一代领袖。在矛盾冲突的过程中，一般会突显各门派之不同风格，如少林寺高僧之迂腐，常受挑战以至于遭受重挫，又突显武当武术之创造性以及宽容博大，各派人物之心胸与关系互动以突显人性之复杂以及道义之或隐或现。最终凶手原形毕露，凶案水落石出，小英雄传承秘籍及武功，善恶昭彰。故此，有论者指出金庸武侠小说中的江湖的突破之处在于：

> 大多数武侠小说品位不高，就在于它们的江湖世界仅写出了虚构的娱乐趣味，而缺少这个虚构世界的隐喻意味。金庸是一个不甘心于纯粹娱乐读者的人。在运用通俗文类写作的同时，他总想把一些对人性的严肃洞见，对中国历史的观察等带入"武侠的天地"。①

金庸早期的《书剑恩仇录》《碧血剑》还较多地沿袭旧派武侠的旧套，对江湖境界的开拓，未见新意，及至《天龙八部》《笑傲江湖》《鹿鼎记》，金庸终于创造出"独特的武侠天地"，尤以《笑傲江湖》为"奇中之奇"。②金庸武侠小说将江湖复杂化，将"中国历史的观察等带入'武侠的天地'"，时而是江湖挽救庙堂，如《射雕英雄传》《神雕侠侣》《天龙八部》；时而是江湖与庙堂的对立，如《倚天屠龙记》《书剑恩仇录》《飞狐外传》《雪山飞狐》；甚至有时庙堂

---

① 林岗《江湖·奇侠·武功——武侠小说史上的金庸》，见《金庸小说与二十世纪中国文学国际学术研讨会论文集》，122页。
② 林岗《江湖·奇侠·武功——武侠小说史上的金庸》，见《金庸小说与二十世纪中国文学国际学术研讨会论文集》，123页。

亦是江湖人物隐身之所，如《笑傲江湖》中的刘正风设法获朝廷封为"参将"，[①] 便是想借此退出江湖的约束，并与魔教长老曲洋以琴箫相往还。

下一个问题，便是"江湖"对于侠客有何重要性？陈平原认为：

> 选择"江湖"而不是"山林"或"绿林"作为主要活动背景，实际上已内在地限定了侠客形象的发展方向。

又：

> 只有身在"江湖"，侠客才能真正施展才华；而一入官场，再大的英雄豪杰也必须收心敛性，故难免顿失风采。

"江湖"对侠客而言，如水之于鱼，缺少了"江湖"，一如《天龙八部》中的萧峰与《射雕英雄传》《神雕侠侣》中的郭靖、《书剑恩仇录》中的陈家洛、《鹿鼎记》中的陈近南，因背负着政治重担而心事重重、愁眉不展，江湖似乎已与他们无涉，很显然他们已失去作为侠客的最重要的自由精神，基本已成为英雄或组织领袖，而非《笑傲江湖》中的令狐冲般自由地屹立于天地间的游侠了。

江湖，究竟在地理上有何实际指涉？金庸在《天龙八部》中有一句："翻山越岭，重涉江湖。"在其笔下，侠客既可穿梭于庙堂与江湖之间，亦可在荒郊野店以至于民间寄宿。有论者指出：

> 不同于古典武侠小说的是，侠客真正的活动场景已经转移到江湖上来。他们虽然介入政治斗争，但往往并无成效，而真正的冲突则是江湖世界的情仇恩怨，世俗社会则被虚置。侠客们不再以入世俗社会行侠仗义为己任，而是致力于江湖门派之争，争夺宝物、秘籍，求爱、报

---

① 关于"参将"的官阶的论述，可参阅潘国森《明代的〈笑傲江湖〉》，见《杂论金庸》（明窗出版社，1995 年），148—149 页。

恩、复仇。由于侠成为普通人，江湖世界也落入凡俗，被现实化了。①

侠亦是普通人，洪七公、郭靖、杨过、张三丰、张无忌，均有日常生活的细节描写。洪七公既偷入皇宫御厨偷吃，复背锅上华山煮蜈蚣，张三丰号称邋遢道人，郭靖拿了别人的点心放在衣褶中送予黄蓉，张无忌更曾沦为朱长龄家的仆人，有一段时间还在悬崖的洞中过着犹如野人般的生活。要求侠客不是普通人，要求江湖世界不落凡俗，要求侠客栖身于悬崖或屋顶，只是读者的误读、误解以至于一厢情愿的想象。侠客，其实是来自凡间，过着与普通百姓无异的生活，如任盈盈般在绿竹巷中过日子，何三七贩卖馄饨。然而，他们又因身怀绝技而能纵横于塞外绝域或深山峡谷之中，来去自如，锄奸儆凶，坐言起行。江湖既在深山峡谷，复在人烟世间，刘正风广邀江湖中人前来参与他的金盆洗手，而仪式之前他仍与门人在湖南烟花之地"群玉院"搜索万里独行田伯光，可谓相当的反讽。故此，侠一方面活于现实；一方面又具备现实中人所不能的能力，甚至近乎神仙般的武艺，而这才是困于现实中的凡人对侠客及行侠之神往之所在。

金庸笔下的江湖，并非好地方，例如萧峰眼中的所谓的江湖如下：

丐帮素称仁义为先，今日传功长老……那么这世上还有没有天理良心？做人该不该讲是非公道？……谁的武功强，谁就是对的，谁武功不行，谁就错了，这跟猛虎豺狼有甚么分别？只因我是契丹人，甚么罪名都可加在我头上，不管我有没有犯了这些罪行，如此颠倒黑白，这"大义"当真狗屁之极。

① 杨春时《侠的现代阐释与武侠小说的终结——金庸小说历史地位评说》，见《金庸小说与二十世纪中国文学国际学术研讨会论文集》，184页。

丐帮中人，遍布南北，甚至参与跨国政治，影响极大，而江湖中人正邪不分，令丐帮帮主萧峰（乔峰）大感迷惑：

> 乔某遭此不白奇冤，又何必费神去求洗刷？从此隐姓埋名，十余年后，教江湖上的朋友都忘了有我这样一号人物，也就是了。霎时之间，不由得万念俱灰。

萧峰的成长历程乃人世的阅历沧桑，远非段誉、虚竹的武功成长历程，故其悲剧乃由此而生：

> 萧峰脸露苦笑，心头涌上一阵悲凉之意："倘若无怨无仇便不加害，世间种种怨仇，却又从何而生？"

江湖人物并非都是萧峰、郭靖、杨过或张无忌的磊落洒脱、心系天下，更多的是琐屑猥琐、低三下四。鲍千灵说道：

> 不错，我想江湖上近来除了乔峰行恶之外，也没别的甚么大事。向兄、祁兄，来来来，咱们干上几斤白酒，今夜来个抵足长谈。

"聚贤庄"中，单正和他余下的三个儿子悲愤狂叫，但在萧峰的凛凛神威之前，竟不敢向他攻击，连同其余六七人，都向阿朱扑去。所谓江湖中人，却是如此卑鄙无耻。这些所谓的江湖人物，全无节操，大都是混混，然而江湖主要便是由这批人所组成，在"聚贤庄"围攻萧峰的是他们，后来在少林寺率领中原武林营救萧峰的，同样亦有他们的存在。所谓的江湖人物，大都是见风使舵，混日子、捞好处而已。《天龙八部》中，"聚贤庄"取名实在大言不惭，游骥、游驹何德何能？而兄弟两人与神医薛慕华为了在江湖上扬名立万，便想借此除掉萧峰而一举成名：

> 论江湖地位，这三人皆没发声的资格，在此不外想趁机扬名立万、抢占锄奸先机而已。

> 请帖上署名是"薛慕华、游骥、游驹"三个名字，其后附了一行小字："游骥、游驹附白：薛慕华先生人称'薛神医'。"

然而，他们不知已中了马夫人康敏及其帮凶的圈套，因此既引发一场无谓的江湖血腥，也白送性命，毁了家业，甚至令儿子游坦之流落江湖，误入歧途，沦为半人半兽，成为阿紫的玩偶。一连串的贪慕江湖虚名，却遭致无端的悲惨结局。

江湖中作为名门正派的少林寺同样不堪。《倚天屠龙记》中武当派宗师张三丰带着中了玄冰掌的张无忌前往少林寺，愿意互享觉远大师的《九阳真经》以换取救治张无忌，少林寺主持却为了寺规及昔日张三丰叛离少林另创武当之隙而见死不救。至于《笑傲江湖》中的所谓名门正派，如岳不群、余沧海、左冷禅等，更是卑鄙无耻，彼等之行径比所谓的邪教的日月神教中的东方不败以及任我行实有过之而无不及。"江湖"中"恶"无所不在。任盈盈早已劝令狐冲说："江湖风波险恶。"①《射雕英雄传》中的洪七公在嘉兴南湖边上对众人说道："眼前个个是武林高手，不意行事混账无赖，说话如同放屁。"故此，不少侠客倦于江湖，《侠客行》中的石破天（石中坚）盼望的是"这些日子来遇到的事无不令他茫然失措，实盼得能回归深山"。狄云盼的是完成将丁典与凌小姐合葬的愿望后回归雪谷隐居，"他不愿再在江湖上厮混"，最终他回到了川边的雪谷。由此可见，江湖险恶，终是身怀绝技，武功第一，亦不一定能全身而退。

关于江湖人物的形象之刻画，金庸可谓苦心孤诣，其细微之处，入木三分：

这些江湖英雄慷慨豪迈的固多，气量狭窄的可也着实不少，一个不小心向谁少点了一下头，没笑上一笑答礼，说不定无意中便得罪了人，因此而惹上无穷后患，甚至酿成杀身之祸，也非奇事。

---

① 林岗《江湖·奇侠·武功——武侠小说史上的金庸》，见《金庸小说与二十世纪中国文学国际学术研讨会论文集》，125页。

江湖中人，亦即日常生活的凡夫俗子，心胸狭窄者亦乃常态，为鸡毛蒜皮的小事而拔刀相向者更是多不胜数。至于江湖人物，像洪七公、周伯通、黄药师、郭靖、杨过、张无忌、萧峰、段誉、虚竹这些高手，当然是难得一见，而陈近南、陈家洛、九难更是忙于恢复而行踪不定，最可能出现于市井的，应该便是常去茶楼听说书及在市场买菜的韦小宝了。

江湖自有一套手段，高手可以中伏身亡，混混却可以逍遥自在，甚至帮高手一把。故此，何谓"高手"？实在可圈可点。白衣尼（长平公主）行走江湖，却阅历不深，而为韦小宝所蒙骗：

白衣尼向她瞪了眼，道："……江湖上人心险诈，言语不可尽信。但这孩子跟随我多日，并无虚假，那是可以信得过的。他小小孩童，岂能与江湖上的汉子一概而论？"

事实上，韦小宝年纪虽小，却是江湖上最狡猾的老手，其他江湖老手均望尘莫及。韦小宝骗追杀白衣尼的喇嘛说他已练成"金顶门"：

韦小宝笑道："我练成了'金刚门'的护头神功，你在我头顶砍一刀试试，包管你这柄大刀反弹转来，砍了你自己的光头。"……韦小宝摘下帽子，道："你瞧，我的辫子已经练断了，头发越练越短，头顶和头颈中的神功已练成。等到头发练得一根都没有，你就是砍在我胸口也不怕了。"

以蒙骗手段逃命，实在不够光彩，然而他的谎言又救了大家一命。当然，这多亏了他的刀枪不入的护身宝衣。这是一场生死之赌，而他是以自己的生命下注以救白衣尼及其他人的性命的。其后，韦小宝又再以海大富的"化尸粉"弄死其他喇嘛，化解白衣尼及他人的一场劫难。更为重要的是，韦小宝在白衣尼与阿珂面前证明自己比郑克塽更有勇气、更有应变能力。后来，韦小宝又藏身于棺材之中，在隐匿而漆黑的状态下，"从棺材内望出去，见到一线亮光"，因而了解了郑克塽与其兄长之内哄以及他与冯锡范对陈近南的偷袭与诬陷。在陈近南临将受害时，韦小宝终以"隔板刺人"与"飞灰迷目"刺伤了冯锡范并制服了郑克塽，从而救了陈近南一命。而且，他善恶分明，一心拯救好人：

> 他在康熙面前大说九难、杨溢之、陈近南三人的好话，以防将来三人万一被清廷所擒，有了伏笔，易于相救。

其举措虽不潇洒，但难道这便非侠义之举？长平公主纵有神功，却因为身负重伤而无反抗之力，若非韦小宝的混混手段，她必然受辱或有生命之虞。韦小宝身兼多职，分别是清廷鹿鼎公、天地会香主、神龙教白龙使、罗刹国管领东方鞑靼地方的伯爵，穿梭于海大富、假太后、陈近南、康熙、顺治、白衣尼、吴三桂以至罗刹，来去自如，滑不溜手，真是间谍的不二人选，当然亦是江湖的绝顶人才。所谓江湖手段，本身并无所谓的正邪之分，而是使用者本身及目的是否正义而已。

由此可见，金庸其笔下的"江湖"比庙堂更复杂、更政治化，甚至根本就是另一尔虞我诈的政治中心，几乎全无公义、是非可言。这就是金庸笔下江湖的突破所在。

三、宝藏秘籍

宝藏与秘籍乃江湖中人孜孜以求的目标，前者可练成绝世武功而称霸武林，后者可一夜暴富，借财富而于江湖上呼风唤雨。众多秘籍中，计有《射雕英雄传》中的《九阴真经》，《倚天屠龙记》中的《九阳真经》"乾坤大挪移"以及《武穆遗书》。而宝藏的书写则有《雪山飞狐》与《飞狐外传》中的闯王宝藏，《连城诀》中的《连城剑谱》与宝藏，等等，均是江湖中人夜以继日、尔虞我诈之目标。此外，《武穆遗书》亦是《射雕英雄传》中宋、金两国争夺的目标，最终却为郭靖所得，并用于抗击蒙军，后又藏于《倚天屠龙记》中的倚天剑与屠龙刀之中，最后由张无忌赠予徐达，终于驱除鞑虏，还我河山。《鹿鼎记》中的白衣尼意欲寻找《四十二章经》以断清廷龙脉，恢复大明江山，然而她不知大部分的《四十二章经》早已落入她身边貌似温良恭敬的徒弟韦小宝手上。《射雕英雄传》中，欧阳锋误信郭靖颠倒次序的《九阴真经》而神志不清；《倚天屠龙记》中周芷若遵从灭绝师太之命，练就九阴白骨爪，异变成魔；《飞狐外传》《雪山飞狐》中，田归农、宝树等人为闯王宝藏而夺人娇妻、祸害别人，均不得好死。故此，有论者认为金庸武侠小说有他人不能及的地方，便是刻画争夺秘籍时各派的手段和机心。①

金庸围绕"寻访秘籍"而刻画江湖的时候还有另一点是他人不能及的，这就是对武功秘籍的理解。《笑傲江湖》中的秘籍关乎人生，并非纯粹用于展开情节的工具。②亦有论者指出：

《辟邪剑谱》虽有引导情节的作用，但它也隐喻着人性的贪欲：一方面可以其绝世武功独霸武林，另一方面得了这种武功定要付出凿损元阳走火入魔的代价。它是兼具损人害己的双面刃。书中有三个武林人物学得此种武功：魔教的东方不败，正道的岳不群与林平之。三人都没有好下场，可以逞凶于一时，然不能得势于久远。他们得到武籍

①　林岗《江湖·奇侠·武功——武侠小说史上的金庸》，见《金庸小说与二十世纪中国文学国际学术研讨会论文集》，125 页。
②　林岗《江湖·奇侠·武功——武侠小说史上的金庸》，见《金庸小说与二十世纪中国文学国际学术研讨会论文集》，125—126 页。

之时，就是他们走上死路之日。①

《辟邪剑谱》的厉害在于剑法无敌：

> 这七十二路剑法看似平平无奇，中间却藏有许多旁人猜测不透的奥妙，突然之间会变得迅速无比，如鬼似魅，令人难防。

而练者必须先自宫，这便等于说练者必在武功与不是男人之间做出痛苦的抉择，此价值设置亦可谓绝妙透顶。然而，为了《辟邪剑谱》，号称"君子剑"的华山掌门岳不群甘于自宫，并一再陷害徒弟令狐冲，然而令狐冲偶然获风清扬授予天下无双的独孤九剑而无须自宫。如此设置，可谓绝大的反讽。

在众多秘籍而引发的江湖风波中，《天龙八部》中的少林七十二绝技，成为辽国抢夺目标的谣言，同时是萧峰悲剧的开端。而造此谣言以挑拨宋、辽两国关系，意欲趁机兴复燕国政权，便是长年潜伏于少林寺偷取绝技秘籍的慕容博，身受慕容博所害而家破人亡的萧远山，亦同样藏身于少林寺以盗取秘籍，以待复仇。《连城诀》中的梅念笙与万震山、言达平及戚长发三位徒弟为了《连城诀》而各怀鬼胎，最终梅念笙死于三位徒弟手下，而三位徒弟为了争夺《连城诀》而获此中宝藏而阴招尽出，拼个你死我亡。同样，戚长发陷害对他一直忠心耿耿的徒弟狄云，甚至在天宁寺中为了宝藏而突袭狄云，狄云大是迷惘，道："弟子犯了什么罪？你要杀我？"戚长发的回答是：

> 你假惺惺的干甚么？这是一尊黄金铸成的大佛，你难道不想独吞？我不杀你，你便杀我，那有什么希奇？……他高声大叫，声音中充满了贪婪、气恼、痛惜，那声音不象是人声，便如是一只受了伤的野兽在旷野中嗥叫。

---

① 林岗《江湖·奇侠·武功——武侠小说史上的金庸》，见《金庸小说与二十世纪中国文学国际学术研讨会论文集》，126页。

最终,《连城诀》中的江湖中人都为了宝藏中的金银财宝而变得如魔如兽,却全部中了剧毒而亡。

如此江湖,如此不堪,正亟待小英雄的崛起,重伸侠义,重塑江湖。

四、帮派

1. 帮派

江湖之波谲云涌,武林盟主之一呼百应,上可干预政治,甚至为国效力,抵御外侮,下可肃清败类,全赖帮派之成立。帮派之兴衰,系于传承。少林的千年传统,虎踞中原武林第一,即在其森严的传承关系。然而,亦正因为过于森严,而迹近迂腐,从而在金庸笔下处处备受批评、揶揄。少林固然乃名门正派,却常有武僧在寺内寺外遇害,甚至连遭无名之辈挑战,多番艰险,幸赖虚竹、觉远、张君宝(张三丰)、张无忌以及韦小宝等出力献策,由此可见少林众僧之不济。少林乃武学重镇,然而在《天龙八部》中,金庸从一开始即不断地以一系列的少林高僧遭遇不测的灾难展示于读者眼前,玄悲、玄难遇害,萧峰大闹少林如入无人之境,鸠摩智挑战少林无人应战,虽由小沙弥虚竹应战,而其所使用的武功亦非少林功夫,甚至举寺上下无人看得出鸠摩智与虚竹两人所使用的均非真正的少林武功。最终,方丈玄慈甚至被萧远山揭发其与四大恶人之一的叶二娘有染并产下私生子虚竹,玄慈自认不讳并接受杖责,最后自我圆寂以谢罪。少林之声誉低落至此,然而金庸又突然笔锋一转,推出寂寂无名的扫地僧来,寥寥数语,如雷贯耳,轻轻几下,降魔伏妖,当世两大高手萧远山与慕容博在其手中,犹如小雀,提起飞跃,并令其死而复生，由此治愈两人偷练少林武功而走火入魔所带来的病痛。此所谓举重若轻，大音声希，少林高手就在扫地僧中，少林之卧虎藏龙，出人意表，令人震撼。金庸由一开始所作的一再压抑少林的努力，最终来了个反高潮，令失望的读者重获快感，其伏线不可谓不绵长，其用心不可谓不良苦。

同样金庸在《倚天屠龙记》中书写觉远与张君宝为少林挺身而出，应战前来挑战的城外高手何足道，却被迂腐的高僧驱逐出寺。由此张君宝别树一派，另创武当，改名张三丰，并开创中原本土武术。更为关键的是张三丰不止文武兼资，更因曾在少林寺目睹一切陈规陋习，从而在其带领下的武当派犹如一温馨的大家庭，师徒情如父子。

金庸在《倚天屠龙记》中，先以数章力贬少林，再以余下全书大力推崇武当，塑造张三丰之文武兼资以及博大慈爱的胸襟，武当与少林之地位，高下立判。此外，丐帮亦遍布天下，[①] 势力庞大，从《射雕英雄传》《神雕侠侣》到《天龙八部》《倚天屠龙记》及《鹿鼎记》，皆见其影响力，从汪剑通、萧峰、洪七公、黄蓉再到耶律齐、鲁有脚，皆心系天下苍生，关系国家安危，可谓轰轰烈烈，盛极一时。此中，尤以身为丐帮帮主的萧峰而被丐帮中人驱逐最为发人深思：

萧峰听得丐帮众人只顾念私利，维护丐帮名声，却将事实真相和是非一笔勾销，甚么江湖道义、品格节操尽数置之脑后，本来已消了不少的怨气重又回入胸中，只觉江湖中人重利轻义，全然不顾是非黑白，自己与这些人一刀两断，倒也干净利落。

---

① 关于丐帮与秘密结社及其组织的相关论述，可参阅岑大利《中国乞丐史》（文津出版社，1992 年），99—100、100—104 页。

随后，丐帮终于衰败，竟落入练邪功而被人要挟的游坦之手上。丐帮在萧峰、洪七公手上，拯国救民，大为兴旺，及至到了黄蓉手上，仍在鲁有脚、耶律齐的带领下参与守卫襄阳。及至《倚天屠龙记》，丐帮帮主史火龙被害，陈友谅利用丐帮为非作歹，便已江河日下。及至《鹿鼎记》，丐帮已非书写重心，却有神丐广东提督吴六奇作为卧底，而其反清，实来自丐帮长老的棒喝：

> 吴六奇笑道："你吴大哥没什么英雄事迹，平生坏事倒是做了不少。若不是丐帮长老（原版为：伊璜先生）一场教训，直到今日，我还是在为虎作伥、给鞑子卖命呢。"

如此棒喝，遂令吴六奇顿悟，成为天地会反清复明的重要人物。

此外，《倚天屠龙记》中的明教，以及《书剑恩仇录》《雪山飞狐》《飞狐外传》《鹿鼎记》中的天地会，前者抗击蒙元，后者反清复明，前仆后继，可歌可泣。至于《射雕英雄传》与《神雕侠侣》中的全真派，虽以王重阳居"中神通"之位置而名噪一时，而实际上自王重阳死后，除了周伯通之外，余下弟子均力不从心，甚至几为蒙古王子霍都及金轮国师所倾覆。至于其他外来的毒教邪派，更是数不胜数，五花八门，各出奇招，掀起江湖一片腥风血雨，鬼嚎神哭。各派争夺江湖地位，阴谋不断，正是江湖的惊险、神祕之处，亦是武侠小说的魅力所在。

2. 师徒关系

门派之兴衰，实赖师徒之传承。故此，师徒关系亦是江湖描写的重要一环，亦是武侠小说中推动情节发展的重要元素。《射雕英雄传》中的江南七怪与丘处机在教学方法上均非好师父，然而老顽童周伯通嗜武成狂，教学方法却又细腻生动，在桃花岛上竟无意中调教好了郭靖，在一个月内连续授予他通明拳、左右互搏术以及《九阴真经》，郭靖在此期间茅塞顿开，渐入佳境。《神雕侠侣》中的小龙女与杨过亦师亦侣，故而在武功上亦因心灵相通之配合而相得益彰，威力大振。《倚天屠龙记》中的张三丰将初创的太极拳与太极剑授予张无忌，可谓名师遇高徒，绝顶武功，顷刻意会，连克劲敌，从而化解了武当的灭门之灾。这都是师徒的良好关系，甚至是名师遇高徒的佳话。

师徒的另一面，却往往是怨恨的开端。《笑傲江湖》中的令狐冲"天不怕，地不怕，便只怕师父"，而其师父号称"君子剑"的华山掌门岳不群实际上是个卑鄙无耻之徒，为了夺得林家的《辟邪剑谱》而出尽阴毒手段，陷害徒弟令狐冲，甚至为了练成《辟邪剑法》而甘于自宫。《侠客行》中的谢烟客为了摆脱小丐（石破天），而教他可以致死的武功。《连城诀》中的梅念笙与万震山、言达平及戚长发三徒弟为了《连城诀》而各怀鬼胎，最终梅念笙死于三位徒弟手下，而三位徒弟为了争夺《连城诀》而获此中宝藏而阴招尽出。同样，作为师父的戚长发又陷害徒弟狄云，甚至从一开始便故意授予"躺尸剑法"（唐诗剑法），后来在天宁寺中为了宝藏又突袭狄云。至于《鹿鼎记》中的韦小宝，虽只学了白衣尼的"神行百变"以及洪安通的"狄青降龙"，却已连克劲敌。而最关键则在于他心存侠义，该出手时便出手，从不畏缩，因此作为天地会总舵主的陈近南与白衣尼均认可并赞扬韦小宝是他们的好徒弟。

师徒关系，可亲可敌，自古已然，小说与现实，亦并无二致。

3. 正邪之别

正邪之别，在金庸小说中甚是吊诡。《笑傲江湖》中的所谓正派中人，实际机心绵密，手段残忍。岳不群号称"君子剑"，就连少林方丈方证大师也向令狐冲说："尊师岳先生执掌华山一派，为人严正不阿，清名播于江湖，老衲向来十分佩服。"实际上，他却是伪君子。衡山派的刘正风与魔教护法长老曲洋"一见如故，倾盖相交"，深恶正邪之争，而以"琴箫相和"。刘正风从曲洋的琴音中得知其"性行高洁，大有光风霁月的襟怀"，从而引为"生平的唯一知己，最要好的朋友"。然而，江湖上所谓的"正邪不两立"，魔教的旁门左道之士，与所谓的侠义道人物一见面就拼个你死我活，而刘正风为了不与知己曲洋为敌，"不闻江湖上的恩怨仇杀"，于是便投向朝廷作为参将以"自污"，又金盆洗手，实则是为了彼此的精神之自由。然而，五岳盟主左冷禅则洞悉其目的，故以武力挟持刘正风家小，更令他一个月之内杀了曲洋以表心迹，否则将面临五岳剑派的"清理门户"。由此，刘正风身在江湖，便没法"归老林泉，吹箫课子，做个安分守己的良民"，更没有选择朋友的自由，真可谓欲罢不能，无处可逃。

华山派内部，更有气宗与剑宗之争而有正邪之别，手段卑劣，一代高手风清扬，便是早年中了气宗的美色圈套而下山，来不及相助剑宗而遗憾终生，从此隐居华山之巅，生死无闻，绝迹江湖。至于令狐冲的遭遇更为难堪。当方生大师得悉任盈盈乃黑木崖中人后，他规劝令狐冲："你是名门正派高弟，不可和妖邪一流为伍。"及至五霸冈上见悉江湖中人因为"圣姑"任盈盈的关系而大力推崇令狐冲后，岳不群便在江湖广发逐徒令，以其"秉性顽劣，屡犯门规""结交妖孽，与匪人为伍"为由，将令狐冲逐出华山派。少林方丈方证大师道：

诸家正派掌门人想必都已接到尊师此信，传谕门下。你就算身上无伤，只须出得此门，江湖之上，步步荆棘，诸凡正派门下弟子，无不以你为敌。

此言一出，顿使令狐冲感慨"天下虽大，却无容身之所"。此际，宽宏大度的便是方证大师，他愿接纳令狐冲为弟子，也正是他与师弟方生得知令狐冲获华山派风清扬传授独孤九剑而深信其为人。然而，令狐冲拒绝改投少林之后，便成为正邪双方都欲杀之的人物。故此，金庸又设计了另一种正邪难以泾渭分明的情况，令狐冲受桃谷六仙所害，体内华山派内功尽失，反而却汇集了桃谷六仙、不戒和尚的内功，再加上五毒教的毒血以及五宝花蜜酒，由此其名义上虽是名门正派华山派弟子，却由少林大师方生把脉中得出"跟从旁门左道之士，练就了一身邪派武功"。方生大师以内力延续令狐冲的性命，由此其体中又多了一道异种真气。及至在西湖底下的牢狱，又因缘巧合地练就了任我行刻在钢板上的"吸星大法"，成为任我行此武功的唯一传人。由此，他正邪难分，欲辩无从。由此可见，所谓正邪是非，令人扼腕。如此"江湖"，何异于"庙堂"的政治阴谋？

五、江湖与政治

江湖中人之聚义，最终必走向政治，一如《三国演义》中的"桃园结义"、《水浒传》中的"梁山聚义"。由此可见，江湖乃另一政治之雏形或根本就是另一无法无天的政治空间。《笑傲江湖》中，华山剑、气二宗乃因武功取向的迥异而引起纷争，最终气宗却以阴谋诱骗剑宗的风清扬下山进入色局，再大举围攻、歼灭剑宗。这便是政治路向之不同的迫害。属于气宗的华山掌门岳不群在与徒弟令狐冲过招时竟以剑宗的招数进攻，旁人不知，而其妻子宁中则认为岳不群身为气宗掌门使用剑宗的招数，如此举措大失身份。为了达到称霸江湖的目的，岳不群无所不用其极，先是以卑鄙手段掠夺林家的《辟邪剑谱》。及至成为五岳剑派掌门，更以阴毒手段，打算一举歼灭违背他的江湖中人。此实乃现实的政治讽喻。

《笑傲江湖》中，江湖犹如政治旋涡的中心，左冷禅在刘正风金盆洗手大会上，要挟其子女背叛父亲。魔教的"千秋万载，一统江湖"，五岳诸派的"连成一派，统一号令"，实无异于政治，或正在逐步成为政治组织。事实上，金庸在此小说中乃从武功、理念、权力再引申至现实的政治斗争的讽刺。令狐冲之拒绝政治化，正是侠客的自由独立精神的体现。最终，令狐冲与任盈盈以彼等所传承的"魏晋风度"重塑江湖。

江湖似乎又是退出庙堂的去处，《天龙八部》中萧峰不愿随辽帝南征，"再沾血腥"，提出"隐居山林"。然而他已忘却自身来自是非不断、毫无公义的江湖。同样，《碧血剑》中的袁承志亦对长平公主说："天下将有大变，身居深宫，不如远涉江湖。"然而，事隔多年，《鹿鼎记》中身在江湖的长平公主却慨叹无法摆脱政治的纠缠。此即范仲淹所谓的"进亦忧，退亦忧"，人在江湖，身不由己，侠客如此，世人亦复如此。江湖，即现实世界的罗网，能超脱而"笑傲江湖"者，唯有令狐冲与任盈盈。

六、重塑江湖

金庸笔下之江湖全无是非公义可言，道貌岸然者，实际则卑鄙无耻，为了秘籍、宝藏以至于权力而无所不为，此中典范莫过于《笑傲江湖》中的余沧海、岳不群、左冷禅。《飞狐外传》中为了宝藏地图而勾引苗人凤之妻南兰的田归农，还有奸淫袁紫衣之母而号称"甘霖惠七省"的汤沛，同样卑劣。因此，重塑江湖则成为小英雄崛起的重任。

在《天龙八部》中，萧峰、段誉及虚竹三人重塑的便是江湖义气。段誉虽是一国之主，却以武林中人的身份，冒险进入辽国拯救义兄萧峰，从而令萧峰大为感动："你是大理国一国之主，如何可以身入险地，为了我而甘冒奇险？"

原本不屑江湖的段誉却道出江湖上少有人提及的义气："所谓义结金兰，即是同生共死！"萧峰曾救过辽帝，甚至帮他重夺政权，辽帝为了南侵，却不顾昔日救命、复国之恩，连结拜之义亦抛诸脑后。在政治家眼中，义气不值一提。《笑傲江湖》中的令狐冲被岳不群逐出师门，却不承少林方证大师之好意转投其门下，原因是："师父不要我，将我逐出华山派，我便独来独往，却又怎地？"这便是独树一帜的"笑傲江湖"。令狐冲的仗义相助，令日月神教的向问天心中自问："这少年跟我素不相识，居然肯为我卖命，这样的朋友，天下到那里找去？"《侠客行》中的张三、李四本来对石破天不怀好意甚至有意置其于死地，而眼见石破天之所作所为后不得不叹服：

原来这傻小子倒也挺有义气，锐身赴难，当真了不起。远胜于武林中无数成名的英雄豪杰。

至于《鹿鼎记》中的韦小宝以混混手段而逍遥于江湖，大出江湖中人的意料，亦令许多论者大不以为然，认为此书写乃"反侠"。基于以上关于金庸有关"江湖"的论述，可见"江湖"不外如此，所谓的"侠"亦不外如此，韦小宝亦是在不外如此的"江湖"以不外如此的手段应对一下而已。

七、结语

金庸武侠小说中的主人公往往在意气阑珊之下或被迫或自愿退隐江湖。然而，何处不江湖？历来多少的书写，均以"江湖"与"庙堂"作为对立面，甚至想象"江湖"乃远离一切阴谋诡计的辽阔天地，实则大谬。金庸在武侠小说中指出"江湖"与"庙堂"在性质上并无分别。《笑傲江湖》中的令狐冲与任盈盈身处江湖，备受磨难，而他们并没退出江湖，凭传承自嵇康《广陵散》的"魏晋风度"而"笑傲江湖"，为混浊不堪的江湖带来一股凛然正气。

| 第 | 三 | 章 |

奔腾如虎风烟举：武功与文化及其创造性

一、前言

  侠者必武，无武不侠，然而有武功者不一定具备侠的精神，武功低微者却又不一定没有侠行。金庸武侠小说中，武功之种类，源远流长，目不暇给，繁富多姿。刘登翰指出：作为形式上的武侠小说，金庸对武打招式、武打过程的描绘，别具匠心。王剑丛亦认为：

  金庸本身不会武功，他或从诗词，或从书法，或从地理环境中衍化出无穷尽的招式，他写泰山派的"泰山十八盘"中的"五大夫剑"和"峻岭横空"等招式，是从泰山三门的五步一转十步一回的"十八盘"羊肠曲折的小路和五大夫松等敷衍出来的，这些招式，理趣相生，充满动感，充满苍然古意，极有观赏价值。

此中关键在于，金庸武侠小说中学武历程之曲折，争夺武器秘籍之残忍，高手过招之血腥，以至于人心变化之微妙，均令无数英雄竞折腰。而以武功与文化及其创造性作为判别高低之准的，更是金庸呕心沥血之所在。

二、武功与福泽

金庸武侠小说中的宿命观念极其浓厚，即是一切均在冥冥中自有安排，奸邪之徒即使费尽心思终难获神功，善良的主人公却往往在无意之下，在极短时间之内练就绝技，有时甚至是欲罢不能。例如，《天龙八部》中的虚竹就是无端被逍遥派掌门无崖子强行注入他自己七十年的功力；《射雕英雄传》中的郭靖无端被参仙老怪梁子翁的大蟒蛇缠住，于是出于本能张口咬死蟒蛇以自保，从而获得了百毒不侵的药效；黄蓉以一顿又一顿的美食佳肴降服洪七公，令他一招又一招地传授降龙十八掌于郭靖；在桃花岛之际，郭靖不获黄药师待见，在这一个月的时间之内，却又与被囚于山洞之内的老顽童周伯通结为兄弟，获他授予空明拳、左右互搏之技，又被诱骗背下《九阴真经》，为日后练就绝世武功打下良好的基础；《神雕侠侣》中的杨过在失去小龙女的音讯后，在落寞无依之下，竟获神雕引导而获得独孤求败的玄铁剑及剑法；《倚天屠龙记》中，童年的张无忌中了玄冥神掌而不死，跟随常遇春前往蝴蝶谷中亲炙神医胡青牛，在此过程中翻阅医书多年而成为医学高手，以此医治自己及俞岱岩、殷梨亭的重伤，这是其他主角在武功之外所没有的深奥知识与技能；后来张无忌堕落悬崖、穿越山洞而获苍猿赠予《九阳神功》，在光明顶上的秘道获得明教教主阳顶天遗留下来的"乾坤大挪移"之神功，又获张三丰授予太极拳及太极剑，其后又从波斯圣火令上学得波斯武功；《侠客行》中的石破天为谢烟客所害却因祸得福而获奇功，最后在侠客岛上更因不识文字而经脉随石壁上的蝌蚪文流动而自获神功。侠客岛的龙岛主向石破天说：

> 你参透了这首《侠客行》的石壁图谱，不但是当世武林中的第一

人，除了当年在石壁上雕写图谱的那位前辈之外，只怕古往今来，也极少有人及得上你了。

石破天目不识丁，全凭至朴至诚之心，以内力与图谱上的蝌蚪文相呼应，从而打通全身经脉穴道，练成"剑法、掌法、内功、轻功，尽皆合而为一"的武功。以上这一切，皆乃福泽所至。

奸邪之辈如《射雕英雄传》中的西毒欧阳锋虽位居当世五大高手之一，然而其蛤蟆功的姿态低下、丑陋至极。他汲汲于获得《九阴真经》，却因郭靖颠倒经文之次序而令其神志不清。《笑傲江湖》中的东方不败、岳不群及林平之为了练习"辟邪剑法"而挥刀自宫。此外，慕容博、萧远山、鸠摩智、天山童姥、青翼蝠王韦一笑、余沧海及海大富等则走火入魔，梅超风、丁春秋、阿紫、游坦之、周芷若及殷离等，则因邪功而近魔。彼等或精神失常，或病痛折磨，可谓功亏一篑，终落下乘。《侠客行》中，西域雪山派掌门白自在说："武学犹如佛家的禅宗，十年苦参，说不定还不及一夕顿悟。"其人虽狂妄自大，此语却实为得道之言。

三、武功与文化

在金庸的武侠小说中，武功自然是称霸江湖的最终决定性因素。然而，武功亦有境界高低之别，故而邪毒之术或可得逞于一时，而真正精妙的武功皆源自文化。[1] 甚至可以说，在金庸的武侠世界中，

---

[1] 有论者亦留意金庸武侠小说中的"文化和武术"，可是并未深论。见夏维明《金庸武侠小说：以文化为武器》，见吴晓东、计璧瑞编《2000'北京金庸小说国际研讨会论文集》，61—65 页。

文化凌驾于武功，一切精妙的绝世武功皆源自儒、释、道思想，特别是少林与武当之武功源自佛典与道家思想，追其极致，则又以武当之太极为一切武功之绝顶。在《倚天屠龙记》中，金庸成功地创造并凝定了国人对神秘的张三丰的想象。[①] 张三丰以王羲之（字逸少，303—361）的"丧乱帖"以及以倚天剑与屠龙刀歌诀自创武功，后来张三丰又传授张无忌太极拳与太极剑。以上几个场景，可谓出神入化，尽得张三丰仙风道骨之形象及其武功之深不可测、变幻无穷之三昧。金庸凭借张三丰此传奇人物，成功地创造了有别于少林的武当武功与文化。

《天龙八部》中，萧峰的"降龙廿八掌"与儒、道哲学有密切关系：

"降龙廿八掌"，这是一门高深武学，既非至刚，又非至柔，兼具儒家与道家的两门哲理。

《天龙八部》中的萧峰一生奔波，金庸在叙及其删减"降龙廿八掌"时亦并未提及此绝世武功的哲学底蕴，及至《射雕英雄传》中才由洪七公向郭靖略为提及，特别是"亢龙有悔"那一招的思想。虚竹与丁春秋之大战，实乃逍遥派功夫与道家哲学武功的实践，飘逸至极：

逍遥派武功讲究轻灵飘逸，闲雅清隽，丁春秋和虚竹这一交手，但见一个童颜鹤发，宛如神仙，一个僧袖飘飘，冷若御风。……当真便似一对花间蝴蝶，蹁跹不定，于这"逍遥"二字发挥到了淋漓尽致。……这二人招招凶险，攻向敌人要害，偏生姿式却如此优雅美观，直如舞蹈。

---

① 刘登翰指出："金庸的想象力之丰富，几乎无人能出其右。"见刘登翰《香港文学史》，270 页。

虚竹的飞跃之术，如庄子之逍遥游，乃名副其实的"逍遥派"。金庸以佛经融入武功，《天龙八部》中的少林高僧玄痛顿悟而圆寂：

> 玄痛心中一惊，陡然间大彻大悟，说道："善哉！善哉！南无阿弥陀佛，南无阿弥陀佛。"呛啷啷两声响，两柄戒刀掷在地下，盘膝而坐，脸露微笑，闭目不语。

放下屠刀，立地成佛，这真可谓闻道而逝之大乐。金毛狮王谢逊废掉仇人成昆的眼睛并令其伤筋断脉后，即自行"逆运内息""散尽全身武功"。这是他在复仇的愤怒与灾难中挣扎数十年后，从《金刚经》中的"一切有为法，如梦幻泡影，如露亦如电，应作如是观"中，获得的大彻大悟。金庸殚精竭虑地以武功结合佛家思想于《倚天屠龙记》中以下一段描写：

> 三僧的"金刚伏魔圈"以《金刚经》为最高旨义，最后要达"无我相、无人相、无众生相、无寿者相"的境界，于人我之分、生死之别，皆视作空幻。只是三僧修为虽高，一到出手，总去不了克敌制胜的念头，虽已将自己生死置之度外，人我之分却无法泯灭，因此"金刚伏魔圈"的威力还不能练到极致。

"金刚伏魔圈"本乃少林寺的最后一道防线，正是囚禁金毛狮王谢逊的重地，由三位高僧把关，按正常情况而言，应无人可破，包括已身负"九阳神功""乾坤大挪移"及波斯神功的张无忌。然而，张无忌最终能与三神僧不分高低，甚至能以一敌三，可谓已占了上风，此中关键便在于三高僧以《金刚经》驾驭鞭法却未达至经义的最高层次而功败垂成。就在这一微妙之处，既给予了张无忌一展神勇之机，同时为少林功夫之高深莫测留下伏笔，即非少林功夫不济，而是三高僧的境界仍有提升的空间而已。至于张无忌在使用波斯武功时又几乎走火入魔，金庸又以谢逊默念《金刚经》而帮他脱险。

此外，《射雕英雄传》与《神雕侠侣》中的黄药师乃文化与武功之集大成者，既武功绝伦，又精通奇门遁甲之术，以至于行军布阵，可谓天文地理，琴棋书画，无不所精。①黄药师以桃华落英掌法斗全真派七子之天罡北斗阵时，尹志平看到晕倒；又在半个时辰内连使十三般奇门功夫，又以梅超风之尸体击打江南六怪。黄药师的弟子梅超风与陈玄风之练成九阴白骨爪，实乃源于黑风双煞没文化而误读《九阴真经》之下卷所致：

> 下卷文中说道："五指发劲，无坚不破，摧敌首脑，如穿腐土。"她不知经中所云"摧敌首脑"是攻敌要害、击敌首领之意，还道是以五指去插入敌人的头盖，又以为练功时也须如此。

本是桃花岛弟子，却因文化程度不高而沦为"双煞"，十分可悲且反讽。

一灯大师的护卫朱子柳将书法与一阳指相结合的"一阳书指"，挥洒的是唐代褚遂良的"房玄龄碑"与张旭的"自言帖"，先后真草隶篆出招，最后在其扇上写出"尔乃蛮夷"，实乃以文化挑倒蒙古王子霍都，最终的结果是：

> 群雄愤恨蒙古铁骑入侵，残害百姓，个个心怀怨愤，听得朱子柳骂他"尔乃蛮夷"，都大声喝采。……霍都怎能抵挡？膝头麻软，终于跪了下去，脸上已全无血色。

《笑傲江湖》中，"江南四友"的秃笔翁以颜真卿的"裴将军诗"与"怀素自叙帖"融化于判官笔中与令狐冲的独孤九剑过招。此中，令狐冲与黄锺公分别以玉箫与瑶琴虚拟过招，竟是"独孤九剑"与"七弦无形剑"以及内力的较量，关键之处在于，令狐冲的

---

① 金庸《射雕英雄传》，第2册，第12回，523页。黄药师行军布阵以救敦襄一幕，见金庸《神雕侠侣》，第4册，第39回，1678页。

"独孤九剑"固然独步天下，他却因重伤内力全失而对黄锺公的激发内力以扰乱招数的"七弦无形剑"完全没反应，因而取胜。《神雕侠侣》中，杨过则以嵇康的四言诗自创剑术，抗衡绝情谷主公孙止；又以江淹的《别赋》中的"黯然销魂者，唯别而已矣"之意，自创"黯然销魂掌"。此外，《天龙八部》中段延庆与黄衣僧的文武之斗，段氏的四大护卫的渔、樵、耕、读，逍遥派的无崖子，其弟子聪辩先生，下传函谷八友：琴颠康广陵、棋魔范百龄、书呆苟读、画狂吴领军、神医薛慕华、巧匠冯阿三、花痴石清风、戏迷李傀儡。这些人物的名称及武功均具浓厚的中国文化色彩，精妙绝世的武功均源自高深的文化典籍。①

很明显，金庸是有意识地推动中国文化与武功的结合。例如，《天龙八部》中的大理王子段誉精通中原文化：

只见段誉双手反背在后，仰天望月，长声吟道："月出皎兮，佼人僚兮，舒窈纠兮，劳心悄兮！"他吟的是《诗经》中《月出》之一章，意思说月光皎洁，美人娉婷，我心中愁思难舒，不由得忧心悄悄。四周大都是不学无术的武人，怎懂得他的诗云子曰？都向他怒目而视……

段誉在金庸笔下所有的侠客中，其文化程度几乎是除了张三丰、黄药师之外最高的一位。段誉以异域王子而娴熟并热爱中华文化，在一众武人之前吟唱《诗经》，以儒家思想止武，虽迂腐却又有插科打诨的功能，虽然最终他还是被逼学武，而他所学的又是极之美妙

---

① 舒国治指出金庸武侠小说的最大特色是"寓文化于技击"。见舒国治《小论金庸之文学》，三毛等著《诸子百家看金庸》，第4册，139页。另有关金庸武侠小说中的诗化武功的论述，可参阅何求斌《试论金庸小说对古典诗词的借用》，《湖北师范学院学报》（哲学社会科学版），2004年第2期，31—32页。

的源自道家的逍遥派功夫"凌波微步"，①其名称又来自曹植（字子建，192—232）的名篇《洛神赋》。此外，若再加上段氏的"六脉神剑"，段誉已跻身绝顶高手之行列，无须勤于寻觅秘籍或苦练邪功。最后，金庸又以具有"君子"之象征的梅、兰、菊、竹四女归段誉所有，可见他是将段誉视作中国文化的象征。

熔铸中国哲学及文化于武功之中，自是优雅潇洒，判然有别于邪功毒技，两者相映成趣，黑白分明，可谓乃金庸笔下武功的两种不同境界的呈现。这便是从武功之较量而上升至思想、文化层面的境界的颉颃，如此奇思妙想，真可谓妙不可言。

四、武功之神妙

武侠小说除了情节必须曲折离奇，还必须有令读者共鸣的主题，而各派武功的特征，各个人物在武功方面之经历及过招时的毫厘之争以至于微妙心理变化之刻画，实在极度困难，而这一切均在金庸笔下，挥洒自如，灿若莲花。金庸笔下之门派琳琅满目，武功千奇百怪，主要是以少林与武当为首，丐帮次之，再下及其他门派以至于邪派异教，五花八门，各显神通。

---

① 段誉"凌波微步"虽来自逍遥派，而事实上此武功之原型乃来自《射雕英雄传》中黄蓉的身法：
"但见黄蓉上身稳然不动，长裙垂地，身子却如在水面漂荡一般，又似足底装了轮子滑行，想是以细碎脚步前趋后退。"见金庸《射雕英雄传》，第1册，第9回，362页。《倚天屠龙记》中的青翼蝠王韦一笑亦具类似功夫："这一门'草上飞'的轻功虽非特异，但练到这般犹如凌虚飘行，那也是神乎其技的了。"见金庸《倚天屠龙记》，第4册，第36回，1511页。

少林与武当这两大门派之武功乃双峰并峙，前者源自天竺之达摩东渡，后者则乃由中原本土的张三丰所创，各有千秋。金庸立场鲜明，爱憎分明，少林常常是迂腐、无情以至于被作为开玩笑的对象，而武当则俨然乃人性、温暖以及博大精深的武学根源。少林高僧多被挫伤以至于死于非命，少林寺多次遭受挑战以至于陷于劫难。《天龙八部》中，少林寺方丈玄慈作为中原武林的带头大哥，率众伏击、杀害大辽的亲宋派萧远山一家，实乃中了慕容博的奸计，而他又在年轻时犯下淫戒，与叶四娘生下虚竹后却不闻不问，连儿子虚竹在少林寺为僧也不知，更不知叶四娘已沦为江湖上令人闻风丧胆的"四大恶人"之一。《神雕侠侣》中，少林寺囿于寺规而驱逐有功于少林的觉远与张君宝。觉远大师圆寂前将《九阳真经》传予张君宝、郭襄以及少林的无色，张君宝据此而创立武当派，郭襄凭其所悟而创立了峨眉派。《倚天屠龙记》中的少林方丈空闻又囿于寺规与胸襟狭隘，拒绝千里迢迢前来求以交换、互享《九阳真经》以医治张无忌的武当宗师张三丰。至于《鹿鼎记》中少林寺的达摩院首座澄观，更是足不出寺，毕生未曾与寺外之人真正动手，乃被韦小宝玩弄于股掌的迂腐滑稽的老和尚。唯有《笑傲江湖》中的方丈方证大师是难得的通达善良之辈，多次不顾一切地救助被岳不群以及所谓名门正派驱逐的令狐冲。事实上，《天龙八部》中的少林方丈玄慈便曾说过："少林寺的旧规矩，只怕大有修正余地。"

至于武当功夫之精妙，除了张三丰以"丧乱帖"以及倚天屠龙歌诀自创武功，并以太极拳、剑亲授张无忌的演示之外，真正展示武当功夫之精妙者乃张无忌。刚从悬崖上掉下来的张无忌早已练就九阳神功，初次啼声，以一指杀三犬。在光明顶上，张无忌以梅花为武器，再以乾坤大挪移力战昆仑与华山两派四位高手的正反两仪剑法共四千零九十六种变化：

白虹剑的剑尖点在倚天剑的剑尖之上，只见白虹剑一弯，嗒的一声轻响，剑身弹起，他已借力重行高跃。

张无忌又以手指弹灭绝师太的倚天剑，令其"手臂酸麻，虎口剧痛，长剑给他剧弹之下几欲脱手飞出"。然后，他一手抱着周芷若，再空手夺去右膝被逼跪地的峨眉派掌门灭绝师太手上的倚天剑。后来在武当山上，张三丰检测张无忌之内功境界，已觉得他可以与觉远大师、大侠郭靖、神雕侠杨过以及他自己并肩。张无忌在赵敏率众挑战武当之际，代张三丰接受挑战：

这一招揽雀尾乃天地间自有太极拳以来首次和人过招动手。张无忌身具九阳神功，精擅乾坤大挪移，突然使出太极拳中的"黏"法，虽所学还不到两个时辰，却已如毕生研习一般。

赵敏手下阿三以其武功杀害擅长龙爪手的少林神僧空性，而他给张无忌一挤：

自己这一拳中千百斤的力气犹似打入了汪洋大海，无影无踪，无声无息，身子却遭自己的拳力带得斜移两步。

张无忌甫学自张三丰所创的太极剑，即学即用已威力无穷：

张无忌左手剑诀斜引，木剑横过，画个半圆，平搭上倚天剑的剑脊，劲力传出，倚天剑登时一沉。

这两把兵刃一是宝剑，一是木剑，但平面相交，宝剑和木剑实无分别，张无忌这一招乃是以己之钝，挡敌之无锋，实已得了太极剑的精奥。要知张三丰传给他的乃是"剑意"，而非"剑招"，要他将所见到的剑招忘得半点不剩，才能得其神髓，临敌时以意驭剑，千变万化，无穷无尽。

《九阳真经》乃武当功夫之根源，张无忌幸运地获得原稿，功夫自是非比寻常，故其神勇亦得到了合理的解释。张无忌在万安寺上以"九阳神功""乾坤大挪移"以及张三丰所授之太极拳、剑，"三者渐渐融成一体",不出三十招便大败赵敏手下的玄冥二老。事实上,张无忌之武功虽有不少源自异域,而其学自张三丰的太极拳与太极剑,则均为武当功夫之最精妙的演示,而杨逍与韦一笑看到张无忌进步之神速,"二人心中暗赞张三丰学究天人,那才真的称得上'深不可测'四字"。

除了少林、武当之外,黄药师的武功与文化结合的色彩最为精彩,其"碧海潮生曲"之威力如下:

这套曲子模拟大海浩淼,万里无波,远处潮水缓缓推近,渐近渐快,其后洪涛汹涌,白浪连山,而潮水中鱼跃鲸浮,海面上风啸鸥飞,再加上水妖海怪,群魔弄潮,忽而冰山漂至,忽而热海如沸,极尽变幻之能事,潮水中男精女怪漂浮戏水,搂抱交欢,即所谓"鱼龙漫衍""鱼游春水",水性柔靡,更胜陆城。而潮退后水平如镜,海底却又是暗流湍急,于无声处隐伏凶险,更令聆曲者不知不觉入伏,尤为防不胜防。

以上文字,可谓想象之极致。更精彩的是西毒欧阳锋以筝与黄药师的箫作武功上的较量:

铁筝犹似荒山猿啼、深林枭鸣,玉箫恰如春日和歌、深闺私语。一个极尽惨厉凄切,一个却柔媚宛转。此高彼低,彼进此退,互不相下。

听了片刻,只觉一柔一刚,相互激荡,或猛进以取势,或缓退以待敌,正与高手比武一般无异……黄岛主和欧阳锋正以上乘内功互相比拼。

从筝、箫之刚柔相克以至于两人内功之路数及境界之分别,可谓精妙之极。欧阳锋之蛤蟆功威力无穷,可是其形态丑陋不堪,与黄药师"碧海潮生曲"之仿若韩湘子之神仙境界可谓相去千万里:

只见欧阳锋蹲在地下，双手弯与肩齐，宛似一只大青蛙般作势相扑，口中发出牯牛嘶鸣般的咕咕声，时歇时作。

郭靖传承自北丐洪七公的"降龙十八掌"与老顽童周伯通的左右互搏术，在武功上已触类旁通，威力大增：

左手发"鸿渐于陆"，右手发"亢龙有悔"，双手各使一招降龙十八掌中的高招。这降龙十八掌掌法之妙，天下无双，一招已难抵挡，何况他以周伯通双手互搏，一人化二的奇法分进合击？以黄药师、欧阳锋眼界之宽，腹笥之广，却也是从所未见，都不禁一惊。

黄蓉以学自《九阴真经》上的"移魂大法"而胜却丐帮彭长老的"慑心术"，按金庸的解释，此即为南宋时期的"催眠术"或"精神治疗"，远比弗洛伊德（Sigmund Freud，1856—1939）的"精神治疗"要先进近七百年左右。后来，杨过亦识得此术，并借此在英雄大会上打败蒙古高手达尔巴。二十年古墓中寂静自守，早练成了小龙女无人能及的耐心，故而心无旁骛。最体现耐心、灵性以及创造性的乃小龙女在英雄大会上力战金轮国师的一幕：

她少年心性，竟在武功中把音乐配了上去。天地间岁时之序，草木之长，以至人身脉搏呼吸，无不含有一定节奏，音乐乃依循天籁及人身自然节奏而组成，是故音乐则听之悦耳，嘈杂则闻之心烦。武功一与音乐相合，使出来更柔和中节，得心应手。

小龙女在此之功夫表演，"飘逸无伦，变幻万方"，近乎敦煌壁画中的"飞天"，她以"天罗地网势"而使出周伯通所授的一心两用法，"数十柄长剑此上彼落，寒光闪烁，煞是奇观"。其剑法，颇近段誉的"六脉神剑"，随时出剑，远近皆及，处处有剑。此际，其武功已胜却金轮国师，令他血染僧袍。事实上，小龙女之剑网，实源自金庸短篇小说《兰陵老人》中的以下片段：

手持长剑短剑七口，舞于庭中。七剑奔跃挥霍，有如电光，时而直进，时而圆转。

当然，她突然失去战意而冥思当年隔着花丛与杨过练《玉女心经》的美好时光，也是旷古绝今，但随即她又于瞬间收敛心神而击败全真五子，再力克九大高手，全真五子中四人负伤，胜负已分。同样，杨过传承自独孤求败的"重剑无锋"与小龙女的"天罗地网势"及周伯通的左右互搏的剑术，皆是武学中的至高绝技。杨过由神雕训练与指导而在山洪的冲击中，方才悟得独孤求败剑术之精妙境界："至于剑术，至此而达止境。"南帝一灯大师感叹："如此少年英杰，实在难得。"杨过集各家之大成，兼熔铸江淹（字文通，444—505）《别赋》中的"黯然销魂者，唯别而已矣"之意，在海滨自创"黯然销魂掌"，共十七招，厉害之处，全在内力。杨过的"黯然销魂掌"使到一半，黄药师的"桃华落英掌法"已相形见绌，黄药师以为以力道的雄劲而论，当世唯郭靖的"降龙十八掌"可以堪比拟，其"桃华落英掌"则输却一筹。

《笑傲江湖》中，岳不群所代表的华山气宗"拘泥不化，不知变通"。风清扬批评令狐冲本是块大好的材料，却给教成蠢牛木马，而其所属的剑宗所主的剑术至理在于"行云流水，任意所之"，令狐冲一旦领悟精义，剑术登时大进，各招浑成连绵，无懈可击。风清扬所传授予令狐冲的独孤九剑包括"总诀式""破剑式""破刀式""破枪式""破鞭式""破索式""破掌式""破箭式"以及"破气式"，可尽破天下武功、兵器、暗器以至于气功，本已独步天下，再加上他在思过崖上练习了五岳剑派各家剑法以及魔教十长老的破解之法，剑术可谓世所罕匹。其神妙处在令狐冲助日月神教右使向问天解正邪两派之合攻之际，以及后来在杭州梅庄与"江南四友"比试剑术时，精妙之处，逐一呈现。令狐冲跟风清扬学剑，除了学得古今独步的"独孤九剑"之外，更领悟到"以无招胜有招"这剑学中的精义，这项要旨和"独孤九剑"相辅相成。当令狐冲在西湖底下的牢狱中与任我行比剑时，"独孤九剑"的精妙一经任我行如此"惊天动地的人物"的高手的激发，剑法中的种种奥妙精微之处才发挥得淋漓尽致。少林寺的方生大师、日月神教的向问天，"江南四友"再至日月神教的任我行，均是令狐冲练习"独孤九剑"与提升武功的对手。

《笑傲江湖》中的少林寺方丈方证大师的武功神妙莫测，乃金庸笔下少有被认可的少林高僧，在与任我行过招时，他举重若轻：

> 但见方证大师掌法变幻莫测，每一掌击出，甫到中途，已变为好几个方位，掌法如此奇幻，直是生平所未睹。

方证大师甚至能从微弱的呼吸中辨认匿藏于匾额之后的令狐冲的内力亦正亦邪，令狐冲惊为"神人"。《鹿鼎记》中，天地会总舵主陈近南的"血凝神抓"，中此招者不可丝毫运劲化解，必须在泥地掘个洞穴，全身埋在其中，只露出口鼻呼吸，每日埋四个时辰，共需掩埋七天，方无后患。假太后毛东珠的"化骨绵掌"亦相当厉害，中招之后，"全身骨骸酥化，寸寸断绝，终于遍体如绵，欲抬一根小指头也不可得"。"一剑无血"冯锡范用利剑的剑尖点人死穴，被杀的人皮肤不伤，绝不出血。长平公主亦不得不承认："气功练到这般由利返钝的境界，当世也没几人。"然而，偷袭别人更是冯锡范的特色，他除了偷袭陈近南，又偷袭吴六奇等人，吴六奇大骂他"阴险卑鄙"。如此下作，即使武功高强，亦如小偷式的人物，况且其武功离上乘者，仍相去甚远。

当然，金庸在武功的书写上亦有枉费心血而"反响甚微"的例子。[①]在《碧血剑》中，袁承志在与玉真子决斗之际与阿九（长平公

---

① 吴秀明、陈择纲《金庸：对武侠本体的追求与构建》，《当代作家评论》，1992年第2期，55页。

主）卿卿我我，无意间使出金蛇郎君的"意假情真"所"蕴蓄男女间相思缱绻之时的两情真真假假、变幻百端、患得患失、缠绵断肠的诸般心意，其中忽真忽假，似实似虚"，一剑将玉真子的手臂斩断。这一幕完全难与杨过的以江淹的《别赋》而创造"黯然销魂掌"相提并论。试问身为公主，阿九如何能在人前与袁承志卿卿我我？又如《侠客行》中的石破天参透了壁上图谱这一幕："其时剑法、掌法、内功、轻功，尽皆合而为一，早已分不出是掌是剑。"这不是没有可能，只是过于神速。石破天练成侠客岛石壁上图谱之神妙武功后与龙、木两岛主试功时，"三个人的掌风掌力撞向石壁，竟将石壁的浮面都震得酥了""三人的掌力都是武学中的巅峰功夫，锋芒不显，是以石壁虽毁，却并非立时破碎，而是慢慢的酥解跌落"。《连城诀》中的神照功非常奇妙，丁典被穿了琵琶骨、挑断了脚筋，仍能练成上乘武功。在没有令人信服的情节铺垫下，石破天与丁典虽绝技神妙，终究无法说服读者而成为萧峰、郭靖、杨过以及张无忌般令读者信服的人物。

五、武功之创造性

武功具创造性者，在金庸笔下并不多见，除了周伯通、杨过及张三丰外，其他主角在武功上几乎毫无创造性可言。周伯通之左右互搏乃其独创，及至小龙女手上，得到了更大的创造性发挥，左右互搏融入"天罗地网式"中，即成一道道的剑网，绝妙无双。而杨过在武功的觉悟上更为深远，他自小渴望学习上乘武功，后转益多师，身手自是不凡，却顿悟"开宗立派"的重要性：

他一生遭际不凡，性子又贪多务得，全真派的、欧阳锋的、古墓派的、九阴真经、洪七公的、黄药师的，诸般武功着实学了不少，却又均初窥门径，而没深入。这些功夫每一门都精奥无比，以毕生精力才智钻研探究，亦难望其涯岸，他东摘一鳞、西取半爪，却没一门功夫练到真正第一流的境界。

杨过深觉金轮国师的话实是当头棒喝，说中了他武学的根本大弊，由此而决意开宗立派。"开宗立派"的观念，在金庸所有的武侠小说中，是除了张三丰之外，从所未有的创造性书写。杨过立意自成一家，故创造了以情为基础的"黯然销魂掌"，其威力所向无敌，连黄药师亦自叹不如。杨过又以嵇康的四言诗融入剑法：

风驰电逝，蹑景追飞。凌厉中原，顾盼生姿。

息徒兰圃，秣马华山。流磻平皋，垂纶长川。目送归鸿，手挥五弦。

杨过又以神雕为师，在山洪中受训：

过得月余，竟勉强已可与神雕惊人的巨力相抗，发剑击刺，呼呼风响，不禁大感欣慰。武功到此地步，便似登泰山而小天下，回想昔日所学，颇有渺不足道之感。

杨过以十六年时间钻研无剑胜有剑，玄铁剑重逾八十斤，由此经杨过所使的玄铁剑可拨千斤之钟，威力骇人。神雕又以海潮训练杨过，在海边苦练六年：

当晚子时潮水又至，他携了木剑，跃入白浪中舞剑，潮水之力四面八方齐至，浑不如山洪般自上冲下，每当抵御不住，便潜入海底暂且躲避。

神雕之逼杨过跌入山洪，固然是为了练习剑术，亦是"洗礼"（baptism），令其"重生"（rebirth）。杨过又悟到剑不必锋，由此其剑术已臻绝顶：

杨过这路剑法其实乃独孤求败的神功绝技，虽年代相隔久远，不能亲得这位前辈的传授，但洪水练剑，蛇胆增力，仗着神雕之助，杨过所习的剑法已仿佛于当年天下无敌的剑魔。

其后，杨过在武学上由此领悟必须学习独孤求败，以此剑术打败天下群雄，方才痛快。这亦是杨过重塑江湖之决心，故气象与郭靖大为不同。杨过集各家之大成，兼熔铸文化而自创"黯然销魂掌"。他生平受过不少武学名家的指点，自全真教学得玄门正宗内功的口诀，自小龙女学得《玉女心经》，在古墓中见到《九阴真经》，欧阳锋授以蛤蟆功和逆转经脉，洪七公与黄蓉授以打狗棒法，黄药师授以弹指神通和玉箫剑法，除一阳指外，他对东邪、西毒、南帝、北丐、中神通的武学无所不窥，此时融会贯通，卓然成家。只因他单剩一臂，故不以招数变化取胜，反而故意与武学道理相反，"黯然销魂掌"的威力惊人，连黄药师的"桃华落英掌法"亦相形见绌，甚至全真派掌门丘处机亦承认武功已不及杨过，后来又以独臂单剑大败蒙古六大高手。

武当派开山祖师张三丰的创造力则源于王羲之的"丧乱帖"、倚天屠龙歌诀以及龟蛇互搏而创造出太极拳、太极剑。金庸在张三丰的武功创造性上所花的心思不下于书写杨过自创武功的过程：

二十四个字合在一起，分明是一套高明武功，每一字包含数招，便有数般变化。"龙"字和"锋"字笔画甚多，"刀"字和"下"字笔画甚少，但笔画多的不觉其繁，笔画少的不见其陋，其缩也凝重，似尺蠖之屈，其纵也险劲，如狡兔之脱，淋漓酣畅，雄浑刚健，俊逸处似凤飘，似雪舞，厚重处如虎蹲，如象步。

此乃无意之书，乃浑然天成的武功创造：

张三丰情之所至，将二十四个字演为一套武功。他书写之初原无此意，而张翠山在柱后见到更属机缘巧合。师徒俩心融神会，沉浸在武功与书法相结合、物我两忘的境界之中。

这一套拳法，张三丰一遍又一遍的翻覆演展，足足打了两个多时辰，待到月临中天，他长啸一声，右掌直划下来，当真是星剑光芒，如矢应机，霆不暇发，电不及飞，这一直乃"锋"字最后一笔。

以上乃绝妙武功，亦是绝妙文字与想象。张三丰之武功实如诗学之神韵派，随兴之所至而抒写胸臆。①二十四字，二百一十五笔中的腾挪变化，此为"倚天屠龙功"。"情之所至""无此意""物我两忘""长啸"及"兴致已尽"，以上种种境界，皆乃"魏晋风度"，实乃金庸用以推崇一代宗师张三丰的最崇高修辞，就连以嵇康四言诗与江淹诗句自创武功的杨过，亦屈居其下。而张三丰所授予张无忌的太极神功，其精彩更是无与伦比：

张无忌有意要显扬武当派的威名，自己本身武功一概不用，招招都使张三丰所创太极拳的拳招，单鞭、提手上势、白鹤亮翅、搂膝拗步，待使到一招"手挥琵琶"时，右揽左收，霎时间悟到了太极拳旨中的精微奥妙之处，这一招使得犹如行云流水，潇洒无比。

以上之书写，乃绝妙文字，实为百年现代文学史上罕见的创造力。张三丰此际已乃百岁之身，自然不及张无忌之神力与敏捷，故张无忌实乃张三丰之替身，亦可谓乃其徒子徒孙，其以太极拳做出精彩之演示并击败敌人，亦乃张三丰之胜利。

---

① 关于"神韵派"之相关论述，可参阅陈岸峰《秋来何处最销魂：王士祯的神韵说与历史创伤》，《诗学的政治及其阐释》（中华书局，2013年），245—276页。

六、武功之两极化

金庸在武侠小说中的武功书写的另一特征，则为武功之神话化与人间化之分野。《天龙八部》中，萧峰"降龙廿八掌"中的"见龙在田"发掌于十五六丈之外，即将近五十米的距离，然后再抢近至十米左右再发掌，后掌推前掌，可谓神乎奇技。又：

> 天下武术之中，任你掌力再强，也决无一掌可击到五丈以外的。

> 然见他在十五六丈之外出掌，万料不到此掌是针对自己而发。殊不料萧峰掌力甫出，身子已抢到离他三四丈处，又是一招"见龙在田"，后掌推前掌，双掌力道并在一起，排山倒海的压将过来。

萧峰连发三掌，夺回阿紫，丁春秋落荒而逃，一招便震慑群雄。虚竹虽早年功夫远不及萧峰，而他奇遇不绝，武功直逼萧峰，他学自天山童姥的天山折梅手统合天下武功，虽只六路，却包含了逍遥派武学的精义，掌法和擒拿手之中，含蕴有剑法、刀法、鞭法、枪法、抓法、斧法等诸般兵刃的绝招，招式奇妙，变化繁复，天下任何招数武功，都能自行化在这六路拆梅手之中。获天山童姥教授飞跃之术后，虚竹之轻功似在萧峰、慕容复以及段誉之上：

> 虚竹纵身跃起，老高的跳在半空，竟然高出树顶丈许，掉下时伸足踏向树干。

至于段誉的六脉神剑，亦威力无穷：

> 这路剑法大开大阖，气象宏伟，每一剑刺出，都有石破天惊、风雨大至之势。

段誉以其六脉神剑，可成为天下第一：

> 段誉所使"六脉神剑"神妙无比，虽知他所学未精，但只须有高人指点，稍加习练，便可成为天下第一高手。

号称"北乔峰，南慕容"的慕容复便不敌段誉而"帽子遭剥落，登时头发四散，狼狈不堪"。当然，段誉的六脉神剑有时不听使唤，因此其为"天下第一"，只是理论上而已。

《天龙八部》中慕容家的"以彼之道，还施彼身"的武功渊远流长：

五代末年，慕容氏中出了一位大将慕容彦超，威震四方，他族中更有一位武学奇才慕容龙城，创出"斗转星移"的高妙武功，当世无敌，名扬天下。

慕容氏心怀大志，与一般江湖人物所作所为大大不同，在寻常武人看来，自是极不顺眼，再加上"以彼之道，还施彼身"的名头流传，渐渐的竟致众恶所归。

事实上，早在《倚天屠龙记》中张无忌便同样以龙爪手胜却少林空性神僧之龙爪手，张无忌便说：

晚辈以少林派的龙爪手胜了大师，于少林威名有何妨碍？晚辈若不是以少林绝艺和大师对攻，天下再无第二门武功，能占得大师半点上风。

张无忌此时之理念与慕容家的"以彼之道，还施彼身"，可谓异曲同工。在明教光明顶秘道中，张无忌便心想："成昆一生奸诈，嫁祸于人，我不妨以其人之道，还治彼身。"张无忌又同样以"以彼之道，还施彼身"的方法，用内力将华山掌门鲜于通扇中射出的金蚕蛊毒逼回去，反射对方。宋青书的"花开并蒂"四式齐中，却均给张无忌以"乾坤大挪移"功夫挪移到了他自己身上。不同的是张无忌身负天下各种绝顶武功于一身，而慕容家之武学理念虽不乏野心与矜骄，却缺乏了最基本而威力无穷的"九阳神功"作基础。"九阳神功"之威力令张无忌在武学上举重若轻，学什么像什么，而慕容家缺乏以此深厚的内功为基础，所学的"彼之道"，大抵只得皮相而已，故而只是以虚名招摇而自招其辱，而真正的"以彼之道，还施彼身"者，原来是张无忌。

此外，《天龙八部》中，吐蕃国师鸠摩智与玄苦大师均擅"燃木刀法"，金庸所赋予此刀法之厉害处，可谓奇思妙想。鸠摩智有心炫耀其燃木刀法，此刀法之神妙之处在于他在一根干木旁快劈九九八十一刀，刀刃不能损伤木材丝毫，刀上所发热力，却要将木材点燃生火。萧峰的师父玄苦大师即擅此技，自他圆寂后，少林寺中已无人能会。

金庸在《天龙八部》中力贬少林高僧及其武功，而在故事中突然笔锋一转，以少林扫地僧为少林挽回面子。萧峰乃万夫莫敌之高手，然而少林寺扫地僧的武功在萧峰之上，他将萧峰排山倒海的掌力化在墙上，登时无影无踪，消于无形。萧峰自成艺以来未逢敌手，却自觉武力远逊扫地僧。《笑傲江湖》中向问天的"吸星大法"竟是将对方攻来的内力导引向下，自手臂传至腰胁，又传至腿脚，随即在地下消失得无影无踪。以上这一切关于武功的书写，实际上是武功的神话化。

至于金庸几部以清朝为背景的武侠小说中，其所书写的武功则朝向"人间化"。《飞狐外传》中描写小胡斐先后与商老太及八卦门高手王剑杰、王剑英之打斗，便花了近二十页的篇幅，此中均是拳来刀往，绝无飞天遁地的夸张武功。温州太极高手赵半山在商家堡锄奸之际向胡斐讲授太极拳的"乱环诀"与"阴阳诀"的要理，均是加之刚、柔、虚、实、快、慢之错综变化，以及临敌之应对。关键在于，"我力虽小，却能胜敌，这才算是武学高手"。以技巧取胜，借力打力，便是武功的"人间化"，而非《天龙八部》《射雕英雄传》《神雕侠侣》以及《倚天屠龙记》等小说中犹如神仙般的功夫了。武功之人间化的阶段中，最高妙者亦莫过于《鹿鼎记》中的以下一幕，长平公主神功惊人：

但见白衣尼仍稳坐椅上，右手食指东一点，西一戳，将太后凌厉的攻势一一化解。太后倏进倏退，忽而跃起，忽而伏低，迅速之极，掌风将四枝蜡烛的火焰逼得向后倾斜，突然间房中一暗，四枝烛火熄了两枝，更拆数招，余下两枝也都熄了。……只见白衣尼将火摺轻轻向上一掷，火飞起数尺，左手衣袖挥出，那火摺为袖风所送，缓缓飞向蜡烛，竟将四枝烛火逐一点燃，便如有一只无形的手在空中拿住一般。白衣尼衣袖向里一招，一股吸力将火摺吸了回来，伸右手接过，轻轻吹熄了，放入怀中。

其神妙有如魔术表演，奇幻又优美。《飞狐外传》中号称"千手如来"的赵半山的暗器绝技亦相当绝妙：

众人一阵眼花缭乱，但见飞刀、金镖、袖箭、背弩、铁菩提、飞蝗石、铁莲子、金钱镖，叮叮当当响声不绝，齐向古般若射去……只见百余枚暗器打在墙上，隐隐依着自己的身子，嵌成一个人形。

而貌不惊人、甫出江湖的袁紫衣亦有不俗的表现，他以软鞭卷起曹侍卫的剑柄，顺势上提，头也不提，任其下跌，同时挑衅梧州八仙剑掌门蓝秦。当蓝秦激怒拔剑出鞘时，袁紫衣使出以下妙招：

这时空中长剑去势已尽，笔直下堕。袁紫衣软鞭甩上，鞭头卷住剑柄，倏地向前一送，长剑疾向蓝秦当胸刺来。

以上几幕，在金庸以清朝为背景的几部武侠小说中已是相当高层次的武功书写。然而，以清朝为背景的几部小说中的主人公的武功基本均朝向人间化。《飞狐外传》中的胡斐，勤修苦练，"增强内力"，而在听风之术上，其"耳音较之赵半山尚有不及"。胡斐甚至只"精研单刀拳脚，对其余兵刃均不熟悉"，更败于袁紫衣鞭下，"右颊兀自剧痛，伸手一摸，只见满手鲜血"。在与锺氏三雄对打时，"胡斐暗暗叫苦，情知再斗下去非败不可"。《倚天屠龙记》中的张无忌因病而求医于蝴蝶谷胡青牛门下却成为医药高手，世所罕匹，《飞狐外传》中的胡斐却对医药一无所知，犹如仆人，完全听命于程灵素的指挥，前往求见毒手药王。在福康安府中，胡斐又中了福康安的圈套，双手被礼盒夹住，危在旦夕。在天下掌门人大会中，胡斐因见突然出现的袁紫衣成为尼姑心中疑惑不备而遭汤沛暗算；而且，只见四大掌门的外貌，胡斐便已有"惧意"。到了红花会中人出现时，胡斐的拳法不敌陈家洛，刀法不及无尘道人的剑法。到了故事将结束之际，胡斐与功夫不高的田归农打斗时，亦多处受伤，若非倚仗南兰的指引从其父亲胡一刀墓旁挖出"冷月宝刀"，胡斐绝无法取胜。同样，号称"打遍天下无敌手"的金面佛苗人凤，①亦连遭暗算，先是腿上中了贵州蒋氏毒针，再后来又双眼中毒而盲。而且，苗人凤的妻子南兰竟被田归农诱骗而抛夫弃女。《碧血剑》中的袁承志在行刺皇太极时竟然败于玉真子手下，被点三处大穴而被捕。而在此前，袁承志的功夫可谓难逢敌手，可以破温氏兄弟五人及十多名弟子的五行八卦阵，力大能抛十个装满金银的大箱，却败于玉真子手下，由此而令袁承志这英雄人物泄气。以上这一连串重要角色在武功上的失败，在金庸早期的武侠小说中，绝无仅有。

简而言之，即在固有的故事中，再安插进去的英雄根本无法"成长"，胡斐无法超越红花会这些绝世高手，故此胡斐最终是个早夭的人物，既成不了大侠，亦成不了英雄。这便是此小说失败之所在。金庸自言：

《飞狐外传》所写的是一个比较平实的故事，一些寻常的人物，其中出现的武功、武术，大都是实际而少加夸张的……不像降龙十八掌、六脉神剑、独孤九剑、乾坤大挪移那么夸张。

---

① 计六奇记载李自成有左先锋名为苗人凤。计六奇撰，魏得良、任道斌点校《贼将官衔》，《明季北略》（中华书局，1984年），下册，23卷，655页。

武功之"夸张"与"实际"，实即武功之神话化与人间化之分野。武功之"人间化"的最明显人物便是《鹿鼎记》中的韦小宝，有论者认为：

> 韦小宝不懂武功而武功高手死在他手下，他靠的是匕首、宝衣、炉灰、砂子、蒙汗药之类的东西。无胜有是东方深厚的传统智慧之一。①

这似乎难以上升至有、无的哲学思考。韦小宝历拜名师，全是当世绝顶高手，包括海大富、陈近南、神龙教的洪安通夫妇以及长平公主，并曾在少林寺达摩院首座澄观的指导下练习：

> 韦小宝拼命挣扎，但手足上的绳索绑得甚紧，却哪里挣扎得脱，情急之际，忽然想起师父来："老子师父拜了不少，海大富老乌龟是第一个，后来是陈总舵主师父，洪教主寿与天齐师父，洪夫人骚狐狸师父，小皇帝师父，澄观师侄老和尚师父，九难美貌尼姑师父，可是一大串师父，没一个教的功夫当真管用。"

"管用"亦就是"实际"，他的各位师父的功夫都太"夸张"。由于韦小宝生性怠懒，所记得的便不多，却制服过假太后，并打败长平公主的徒弟阿珂。在长平公主受青海喇嘛围攻时出手相助，韦小宝的方法相当拙劣却实际省事，在房门板壁后逐一将他们刺死。在此，韦小宝救了长平公主、茅十八、康熙、方怡、沐剑屏、陶红英、顺治以及天地会与沐王府一干人等。金庸透过何惕守之口认同韦小宝的以目标为本的下三滥手段：

> 什么下作上作？杀人就是杀人，用刀子是杀人，用拳头是杀人，下毒用药，还不一样是杀人？江湖上的英雄好汉瞧不起？哼，谁要他

---

① 林岗《江湖·奇侠·武功——武侠小说史上的金庸》，见《金庸小说与二十世纪中国文学》，139页。

们瞧得起了？像那吴之荣，他去向朝廷告密，杀了几千几百人，他不用毒药，难道就该瞧得起他了？

故论者一直以来对韦小宝之所为嗤之以鼻，甚至认为金庸在《鹿鼎记》乃反侠之书写，实可商榷。很明显的是，韦小宝便是金庸武侠小说在武功之人间化的最高典范。韦小宝不大懂武功，但其手段屡救武功绝顶之人，由此益突显其武功人间化、侠客世俗化之意图。

七、天下第一

武功天下第一，乃江湖中人孜孜以求的梦想，或是欲望，或是理想。《射雕英雄传》中，西毒欧阳锋为了成为天下第一而不停害人，阴招尽出，先在船上恩将仇报偷袭洪七公，再在黄药师与全真七子的天罡北斗阵决斗时，则意图除掉黄药师，又在大理袭击南帝一灯大师。然而，在其义子杨过心中，欧阳锋必须苦思一夜方能破解洪七公打狗棒法的最后一招"天下无狗"，若在临阵时便早已输了，故西毒的武功终逊北丐洪七公一筹。欧阳锋的特征犹如毒蛇，每救他一次，即为他反噬一次。东郭先生的寓言，金庸深刻地一再警告世人，却同时设计从不后悔一再拯救欧阳锋的洪七公。故此，在华山论剑之际，① 黄药师与一灯大师均一致以道德崇高与武功盖世而推崇洪七公当为武功天下第一。一灯大师说："七兄，当世豪杰舍你更有其谁？"丘处机认为东邪、西毒及南帝在为人处世上各有不

---

① 相关论述可参阅何求斌《论"华山论剑"的文化渊源》，《湖北师范学院学报》（哲学社会科学版），2013年第6期，8—10页。

足，唯有洪七公"行侠仗义，扶危济困"而令他佩服得五体投地，即令有别人在武功上超过洪七公，而天下豪杰之士，必奉其为"武林中的第一人"。①《神雕侠侣》中，蒙古王子霍都企图以金轮国师为中原武林盟主，小龙女却打败了金轮国师而获得武林盟主之位，她却视之如敝屣。郭靖在《神雕侠侣》中的盟主推举大会中，中原群雄均认为其"武功惊人，又当盛年，只怕已算得当世第一，此时纵然是洪七公也未必能强得过他"。及至《神雕侠侣》，从蒙古来到中原的霍都王子亦认为郭靖乃"中原汉人第一"。《笑傲江湖》中的日月神教教主东方不败更有"当世第一高手"之称，他名字叫作"不败"，"果真是艺成以来，从未败过一次，实是非同小可"。当然，最终取替"东方不败"的是不必自宫而剑术独步天下的令狐冲。除此之外，我们还不能忽略一位在武学上没有实践却满腹经纶，对各门派之功夫了如指掌的人物，那就是《天龙八部》中的隐形高手王语嫣。

观乎金庸所有武侠小说中，真正的天下第一，应是既在江湖中难逢敌手，复在战场上以武功却敌的萧峰与郭靖。武功与战争实没法相提并论，一个人纵使武功天下无敌，但到了千军万马之中，却也全无用处，最多也不过自保性命而已。武林中的群殴比武与大军交战相较，可谓小巫见大巫。然而，《天龙八部》中的萧峰创造性地以功夫融入战争，并发挥出了惊人的效果：

---

① 金庸《射雕英雄传》，第4册，第39回，1576页。然而有论者认为"洪七公食古不化，要做英雄但到头来却后悔，行事又有双重标准，虽然一身本事，受人景仰，但也算不上是真英雄"。指的是洪七公放过为非作歹的欧阳克而对梁子翁下杀手的双重标准，又在两次分别拯救与放了欧阳锋之后而受其害的后悔。此实乃苛求太过。详见潘国森《话说金庸》(明窗出版社，1998年)，10—14页。

萧峰以指尖戳马，纵马向楚王直冲过去，眼见离他约有二百步之遥，在马腹之下拉开强弓，发箭向他射去。楚王身旁卫士举起盾牌，将箭挡开。萧峰纵马疾驰，连珠箭发，第一箭射倒一名卫士，第二箭直射楚王胸膛。

萧峰以出奇制胜的功夫结束一场内战，助辽帝耶律洪基重夺皇位：

萧峰斜身跃起，落上皇太叔的马鞍，左手抓住他后心，挺臂将他高高举起，叫道："快叫众人放下兵刃！"皇太叔吓得呆了，说不出话来。

萧峰所使的只不过是中原武林中平平无奇的地堂功夫，凭其"眼明手快，躲过了千百只马蹄的践踏"。此亦乃萧峰为段誉、虚竹及慕容复所不及之所在，此乃其智与勇的结合。在《神雕侠侣》中，郭靖则在襄阳城以"上天梯"的功夫爬上城墙的惊险一幕突显其以武功应用于战场之智慧：

郭靖一觉绳索断截，暗暗吃惊，跌下城去虽然不致受伤，但在这千军万马包围之中，如何杀得出去？此时敌军逼近城门，我军若是开城接应，敌军定然乘机抢门。危急之中不及细想，左足在城墙上一点，身子陡然拔高丈余，右足跟着在城墙上一点，再升高了丈余。这路"上天梯"的高深武功当世会者极少，即令有人练就，每一步也只上升得二三尺而已，他这般在光溜溜的城墙上踏步而上，一步便跃上丈许，武功之高，确是惊世骇俗。霎时之间，城上城下寂静无声，数万道目光尽皆注视在他身上。

郭靖再以三箭大败忽必烈大军：

郭靖身在半空，心想连受这番僧袭击，未能还手，岂非输于他了？望见金轮法王又是一箭射来，左足一踏上城头，立即从守军手中抢过弓箭，猿臂伸屈，长箭飞出，对准金轮法王发来的那箭射去，半空中双箭相交，将法王来箭劈为两截。法王刚呆得一呆，突然疾风劲急，铮的一响，手中铁弓又已断折。……他连珠三箭，第一箭劈箭，第二箭断弓，第三箭却对准了忽必烈的大纛射去。

这大纛迎风招展，在千军万马之中显得十分威武，猛地里一箭射来，旗索断绝，忽必烈的黄旗立时滑了下来。城上城下两军又是齐声发喊。

忽必烈见郭靖如此威武，己军士气已沮，当即传令退军。

郭靖的神威更在力斥忽必烈的招降以示忠贞不屈之后，身在千军万马之中，将"降龙十八掌"与《九阴真经》及全真派天罡北斗阵法，融会贯通，在战场上施展开来：

郭靖此时所施展的正是武林绝学"降龙十八掌"。法王等三人紧紧围住，心想他内力便再深厚，掌力如此凌厉，必难持久。岂知郭靖近二十年来勤练"九阴真经"，初时真力还不显露，数十招后，降龙十八掌的劲力忽强忽弱，忽吞忽吐，从至刚之中竟生出至柔的妙用，那已是洪七公当年所领悟不到的神功，以此抵挡三大高手的兵刃，非但丝毫不落下风，而且乘隙反扑，越斗越是挥洒自如。……郭靖的降龙十八掌实在威力太强，兼之他在掌法之中杂以全真教天罡北斗阵的阵法，斗到分际，身形穿插来去，一个人竟似化身为七人一般。

以上以武功驾驭战场的两幕，浑然天成，正如冯其庸评曰：

金庸小说中许多大的斗争场面，时时感到作者的笔下虽然在驱遣着千军万马，但却运笔如椽，头绪井然，实不让古人。[①]

郭靖作为中原武功第一的身手，于焉展现，其博大精深与勇猛刚烈，举世无匹，万夫莫敌，乃萧峰之后，在战场上如天神般横扫千军的英雄。

---

① 冯其庸《读金庸的小说》，见三毛等著《诸子百家看金庸》（明窗出版社，1997年），第4册，47页。

其实，武学亦乃文化的一部分，千头万绪，千门万户，万变不离其宗，至理名言，金庸以作为一代宗师的张三丰之口曰：

红花白藕，天下武学原是一家，千百年来互相取长补短，真正本源早已不可分辨。

此言足垂万世之范。纵观以上金庸在武功的书写上所耗费的无数心血，无疑令人叹服，有论者指出：

武打写意化的手法，正是大大拓展了武侠文类的弹性空间，金庸在利用此弹性空间方面，无疑是最具创意与成绩的一位。[1]

而金庸在武功的斗争过程中又予以文化、道德以至于一念之间的微妙变化以衍生惊变，此乃其在武侠小说上的创造性所在。

八、结语

金庸之武功书写不局限于打斗，更赋予了人生哲理。张无忌的"乾坤大挪移"有两重意思：一、"挪移"之意，亦即将敌方的力量转移，卸去其力量，这正为其后来跟张三丰学习太极拳大有关联，亦因其早有基础，再加上颖悟，故能在顷刻间便能学得张三丰草创的太极拳以打败赵敏手下的高手，力挽武当于倾覆之狂澜；二、"乾坤大挪移"此武功之出现，落在可以挪移乾坤的明教教主张无忌身上，他有幸获此绝顶武功秘籍并能顷刻练就而且避过走火入魔之险，力敌群雄，行侠仗义，然而他无法以此武功挪移乾坤，他不懂也不

---

[1] 林岗《江湖·奇侠·武功——武侠小说史上的金庸》，见《金庸小说与二十世纪中国文学》，150页。

屑于政治，故在朱元璋及其部下逼宫之际，便决定与赵敏退出江湖，隐居蒙古。张无忌作为侠客而不沾政治，故能免于萧峰与郭靖之死难，张无忌、赵敏之结合正如杨过与小龙女之模式，既完成侠客的功能，又能抽身而退，两全其美。

然而，武功在政治之前是无力的，袁承志便说："武功强只能办些小事，可办不了大事。"丁典也慨叹："纵然练成了绝世武功，也不能事事尽如人意。"绝世的武功纵使在江湖上可以解决纷争、主持公义，然而解决不了政治上的纷争。金庸指出："世上最厉害的招数，不在武功之中，而是阴谋诡计、机关陷阱。"因此，武功盖世的大侠不是自杀、战死，便是离开中原，隐居异域。

| 第 | 四 | 章 |

虽千万人吾往矣：侠之观念与谱系建构及其演变

一、前言

　　司马迁在《史记·游侠列传》中引韩非子之言曰："儒以文乱法，而侠以武犯禁"，并将侠区分为："游侠""布衣之侠""闾巷之侠"以及"匹夫之侠"。司马迁只是罗列、区分，却没有做出明确定义，例如"布衣之侠"，何以要加上"布衣"，而"布衣之侠"与"闾巷之侠"又有何分别？皆语焉不详。而此中关键在于司马迁指出：

　　今游侠，其行虽不轨于正义，然其言必信，其行必果，已诺必诚，不爱其驱，赴士之困厄。既已存亡死生矣，而不矜其能，羞伐其德，盖亦有足多者。[①]

　　所谓的"不轨于正义"中的"正义"，乃指官方标准的道德法律而言，即侠之所为虽乃犯法，然其所犯之法则又与"信"与"诚"及救死扶危有关，而侠不以其所为而骄矜自得，由此可见"侠"的

---

① 司马迁著，马持盈注《史记今注》，第6册，124卷，3219页。

特质：虽犯法，却又具道义，且谦卑，当然亦是与官方相对立的"布衣"。具体而言，"侠"之举措，亦即乾隆口中"迹近叛逆""无法无天"的红花会等人与朝廷作对之所为。①

武侠之雏形，目前均认为始见于唐传奇中的风尘三侠，②却事迹渺茫，形象模糊。及至明代施耐庵（字肇瑞，1296—1370）《水浒传》之出现，则群侠之英姿骤现，风格迥异，而快意恩仇之行径则大体如一，此乃近现代武侠小说所本。

正如有论者指出："武侠小说着眼于侠的善良、仗义与武功超群。"③有正义、善良之心，方有侠举，至于武功之高低，则与仗义行为并没有必然的关系。金庸指出：

武侠小说中真正写侠士的其实并不很多，大多数主角的所作所为，主要是武而不是侠。

由此可见，金庸在侠客的塑造上乃有意而为，其笔下的侠客各有不同的成长历程、性格形象及归宿，实有个人与时代之无限嘘唏。而金庸在其武侠小说中有关侠的观念与谱系建构及其演变，尤为关键。

二、"侠"的概念及其内涵

侠客多如繁星，金庸却只在《天龙八部》的第五册中提过一次

---

① 金庸《书剑恩仇录》，第 1 册，第 8 回，329 页。

② 有关《虬髯客传》对金庸武侠小说的影响，可参阅何求斌《从金庸对〈虬髯客传〉的评说看其武侠小说的情节要素观》，《湖北师范学院学报》（哲学社会科学版），2007 年第 6 期，39—44 页转 111 页。

③ 杨春时《侠的现代阐释与武侠小说的终结 —— 金庸小说历史地位评说》，见《金庸小说与二十世纪中国文学国际学术研讨会论文集》，180 页。

"大侠"，称颂的便是阻挠辽帝耶律洪基入侵北宋的萧峰。可见，金庸对"侠"之下笔，慎之又慎。[①] 侠客之所以为侠客，实即正如《飞狐外传》中赵半山之感慨：

一个人所以学武，若不能卫国御侮、精忠报国，也当行侠仗义、济危扶困。如果以武济恶，那还不如作个寻常农夫，种田过活了。

赵半山所推崇的无疑便是天地会的领袖如陈家洛与陈近南，上溯萧峰、郭靖、杨过以及张无忌等为国为民的侠客。相对而言，《雪山飞狐》与《飞狐外传》中的田归农，则是以武济恶而没有好下场，商家堡的商宝震及其父商剑鸣亦是或助纣为虐或滥杀无辜，前者死于非命，后者则为胡一刀所除。此外，《射雕英雄传》《神雕侠侣》中的欧阳锋、欧阳克，《倚天屠龙记》中的成昆、陈友谅、宋青书等，亦然如此。此外，《侠客行》中的"河北通州聂家拳"在江湖上颇有"英侠"之名，却"暗中无恶不作"，实乃伪侠，故满门尽为侠客岛所灭。《飞狐外传》中奸淫袁紫衣之母的汤沛，号称"甘霖惠七省"，实则乃无耻小人。《天龙八部》中的中原武林豪杰，在萧远山口中乃"南朝大盗"，在萧峰心中连畜生也不如。这些以武济恶、仗武欺人的伪侠横行江湖之现象，故方有《笑傲江湖》中令狐冲的感慨：

咱们自居侠义道，与邪魔外道誓不两立，这"侠义"二字，是甚么意思？欺辱身负重伤之人，算不算侠义？残杀无辜幼女，算不算侠义？要是这种事情都干得出，跟邪魔外道又有甚么分别？

令狐冲所说的朴实道理，实乃一般道德共识，然而华山派的岳

---

① 金庸曾在《"说侠"节略》一文中，以中、英、法、日等不同文化中的"侠士""骑士"及"武士"等概念做出比较论述。详见刘绍铭、陈永明编《武侠小说论卷》，下册，716—718 页。

不群、嵩山派的左冷禅以及青城派的余沧海等所谓的"正派"掌门，为了《辟邪剑谱》以及一统江湖的野心，屡行不义，无异于他们口中的所谓"邪魔外道"。至于令狐冲，却为师父岳不群一再陷害并逐出师门，反倒与"魔教"中人来往密切，却是金庸笔下所称颂的"英风侠骨"。金庸武侠小说中的"侠"的概念之复杂，可见一斑。

1."游侠"

"游侠"，顾名思义应是野云闲鹤、遨游四方，不沾不滞于任何江湖恩怨，更不涉政治斗争，除暴安良而又飘然远去。在金庸的武侠小说世界中，绝少"游侠"，金庸本来是想将胡斐写成"游侠"，他却无奈地卷入祖辈遗留下来的政治斗争之中。胡斐的祖先乃李自成四大护卫之一，四大家族在误会与利益之争中互相仇杀近百年，胡斐背负了太多的包袱，自然难以抽身。杨过的性格最迹近"游侠"，他在绝情谷失去小龙女期间十八年的侠举最近乎"游侠"，后来却又卷入助南宋抗击蒙古的政治行动。究其原因，便在于金庸套用《西游记》中孙悟空的模式塑造此人物，以致他先是叛逆，继而又被情花折磨，犹如孙悟空般被紧箍咒约束，最终为如来佛所降服，杨过亦不得不向名教屈服，一起参与抗击蒙军，然后才获得名教默认两人的关系，最终却是选择重回古墓隐居。基本上，金庸小说中绝大多数是非传统意义上的纯侠，或欲望过盛，或卷入政治、寻宝、秘诀之旋涡。

唯一不沾不滞之"游侠"，唯有令狐冲与任盈盈的传承"魏晋风度"，方能"笑傲江湖"。令狐冲之行侠仗义，本只凭心中善恶之判断，此一念之初的善良，却令他无法辨别其师岳不群究竟是君子还是伪君子？究其原因，便在于他对侠的崇高意义没有彻底的了解。

及至风清扬、曲洋、刘正风及任盈盈之出现，以及由嵇康《广陵散》改编而成的《笑傲江湖》的熏陶，方才令本来洒脱自由的令狐冲得到了精神层次的洗涤，由此从思想下及行动，一切侠举均有根有据，而其所为均没有任何的功利目的。由此，金庸便为"游侠"下了一个恰到好处的注脚。

2."布衣之侠"与"闾巷之侠"

侠并非整天飞檐走壁、刀光剑影，或置身荒郊野外，风餐露宿。我们可以按司马迁对"布衣之侠"与"闾巷之侠"的理解，大抵指的是日常生活中有侠义之举，而生活于寻常巷陌中的老百姓。《笑傲江湖》中便有以下一位卖馄饨的"布衣之侠"：

> 华山群弟子早就饿了，见到馄饨担，都脸现喜色。陆大有叫道："喂，给咱们煮九碗馄饨，另加鸡蛋。"那老人应道："是！是！"揭开锅盖，将馄饨抛入热汤中，过不多时，便煮好了五碗，热烘烘的端了上来。……梁发却向那馄饨担飞了过去。眼见他势将把馄饨担撞翻，锅中滚水溅得满身都是，非受重伤不可。那卖馄饨的老人伸出左手，在梁发背上一托，梁发登时平平稳稳的站定。……他猜到这卖馄饨的老人是浙南雁荡山高手何三七。

何三七身负绝技，却甘于平淡，以卖馄饨维生，故锱铢必较：

> 何三七笑道："不怪，不怪。你们来光顾我馄饨，是我衣食父母，何怪之有？九碗馄饨，十文钱一碗，一共九十文。"说着伸出了左掌。劳德诺好生尴尬，不知何三七是否开玩笑。定逸道："吃了馄饨就给钱啊，何三七又没说请客。"何三七笑道："是啊，小本生意，现银交易，至亲好友，赊欠免问。"

然而，其"自甘淡泊"的行止为武林中"好生相敬"，就连定逸师太也得让他三分。此外，《鹿鼎记》中自行解穴而为吴六奇所佩服的乡

农实乃"百胜刀王"胡逸之,同样貌不惊人而身负绝技:

> 忽见那乡农双手一抖,从人丛中走了出来,说道:"各位,兄弟失陪了。"说着拖着鞋皮,踢跶踢跶的走了出去。……那冯锡范内力透过剑尖入穴,甚是厉害,武功再高之人,也至少有一两个时辰不能行动。这乡农模样之人宛如个乡下土老儿,虽然他适才推牌九之时,按牌入桌,印出牌痕,已显了一手高深内功,但在这短短一段时候之间竟能自解穴道,实是罕见罕闻,委实难能。

如此功夫,就连神丐吴六奇也自叹不如。同样,《连城诀》中的狄云本亦乃湖南农村的习武之人,后来亦隐居雪山,由始至终均只是一具武功的农夫而已。至于颇富争议性的韦小宝,则乃金庸刻意塑造的有侠义之举的屠狗辈,皇宫可为家,妓院亦可为家,无可无不可,不沾不滞,虽胸无点墨,而天性中自有大智慧,难怪顾炎武、黄宗羲等名士竟认为他类近刘邦(字季,公元前256—前195)、朱元璋(字国瑞,1328—1398)式的人物而打算拥他为主。由此可见,金庸在此隐约指出侠义有时亦乃起义者之必要特征,如《倚天屠龙记》中的朱元璋在最初出场杀牛、煮牛并救了将近饿死的张无忌、杨不悔的表现,从而获得后来作为明教教主的张无忌委以统帅重任,实无异于《鹿鼎记》中不学有术而屡救他人以至于建功立业的韦小宝,由此他成为各方人物所倾心诚服的领袖。就算韦小宝没有偶遇陈近南等天地会中人,以其自小敬仰《大明英烈传》中的英雄侠义心态而言,他亦必会是个混混之中的侠客。

由此可见,"布衣之侠"与"闾巷之侠"均乃指日常生活中具侠义之举的人,乃侠之人间化。

3. 匹夫之侠

若心中没有崇高之侠义精神，仅凭心中是非作判断而出手，一如《水浒传》中的李逵，亦就是"匹夫之侠"而已；在金庸笔下，亦即《连城诀》中的狄云、《侠客行》中的石破天之流的人物。假如令狐冲没有风清扬、刘正风、曲洋以及任盈盈等人的引导，假如没有嵇康的《广陵散》及刘、曲二人改编的《笑傲江湖》的熏陶，令狐冲毕生亦只是"匹夫之侠"而已。金庸却令只凭心中善恶以抗衡江湖中的虚伪与黑暗的令狐冲进入"魏晋风度"的谱系，从此与任盈盈琴箫相奏，携手重塑江湖，从而成为"魏晋风度"之侠。

由此可见，司马迁在侠的分类上亦颇为笼统，而金庸在侠的塑造上，既有所传承，又有所创造与突破。

三、侠与政治

侠之本义原本就是"以武犯禁"，实乃与王法作对，因此才有汉初的灭侠之举。金庸笔下的萧峰与阿朱、郭靖与黄蓉、杨过与小龙女以及张无忌与赵敏，这四对侠侣均与政治有关：萧峰因夹于北宋与大辽之间，忠义两难全而自尽；郭靖与黄蓉一同在襄阳战死；杨过与小龙女则协助郭靖与黄蓉坚守襄阳，并击毙蒙古大汗蒙哥之后退隐古墓；张无忌则在朱元璋率部逼宫之下，选择与赵敏退隐蒙古。这四位侠客，均曾"以武犯禁"：萧峰以武阻辽帝南侵；郭靖以武阻成吉思汗南侵；杨过与小龙女大闹全真教并在重阳宫中与小龙女成婚也是"犯禁"；张无忌率领明教抗击蒙元，自然更是"以武犯禁"了。所谓的"禁"，实乃因时势之变而难以凝定，"犯禁"却正是彰显侠客之勇气与武功的试金石。

侠之参与政治，有时是身不由己，九难（长平公主）便说道："我本不想理会国家大事，国家大事却理到我头上来。"中指峰前，两白雕背负郭靖、黄蓉二人脱离裘千仞之火攻，翱翔而去，俨然便是"神雕侠侣"。然而这部小说命名为《射雕英雄传》，反而以"神雕侠侣"配上杨过与小龙女二人？这必须先从雕说起，《射雕英雄传》中的白雕"颇通灵性"，可以担负传达信息、具备运输功能以至于攻击敌人，而《神雕侠侣》中的雕已具备神性，以至于传授杨过至上的武功与剑术。郭靖在大漠上一举成名的原因在于一箭双雕射下象征邪恶的黑雕，故而展开其"英雄"的历程，杨过却自言不是英雄，其性情上近于黄药师之愤世嫉俗，恰好小龙女亦乃古墓中的"活死人"，即不吃人间烟火之人，两人遂在精神上契合而成侠侣。郭靖、黄蓉二人本可以翱翔而去而成其"神雕侠侣"，最终郭靖因受范仲淹与岳飞的精神感召而选择了力守襄阳，最终战死。故此，此雕不同彼雕，各有象征意义，亦暗喻了郭靖与黄蓉、杨过与小龙女之不同命运及作为侠客的类型。郭靖以武侠而参与抗击蒙军之政治行动，犹如《倚天屠龙记》中张无忌之牵领明教抗击蒙元，恢复河山。至于杨过则止于拯救弱小而几乎不涉政治，其抗击蒙军亦只是为了取悦郭襄而已。其率性而逍遥，则近于道家的理想型人物。四对侠侣，一为侠之大者，一为侠之游者，前者明知不可为而为，后者自由洒脱。萧峰、郭靖求仁得仁，走的是范仲淹与岳飞等民族英雄的救国救民的道路；张无忌被逼退隐，其实亦是一种政治风波中的明哲保身，实为儒家之"道不行，乘桴浮于海"。① 这四对情侠结

---

① 毛子水等注译《四书今注今译》（台北商务印书馆，1995年），60页。

构所塑造的侠侣，均与政治有关，故方有彼等共同参与的活动空间，并借此展现侠客之英风与爱国之热血，生死相随，这亦颇符合读者的阅读习惯与想象。同样，《笑傲江湖》中的令狐冲与任盈盈所面对的江湖帮派，实亦无异于黑暗的政治集团，故彼等则以"魏晋风度"而抗击黑暗，从而亦是成功的情侠结构。

四、侠客与英雄

"侠"与"英雄"，两者又有何分别？在《史记》中，刺秦的荆轲（？—公元前227）并不是被列于"游侠"列传中的，而是归为"刺客"一类。显然，在司马迁心目中，"刺客"与"侠客"是有所分别的。《史记》中的"游侠"，其舍身重义与自由的身份与《史记》中的"刺客"之为王侯门客，如荆轲之于燕太子丹（姬丹，？—前226），彼此乃宾主关系，在性质上颇不相同，这与后来演变的"侠"又有所不同。太子丹欲刺杀秦王（嬴政，公元前259—前210），作为门客的荆轲唯有舍命尽忠，这就带有下属对上司尽责任的性质。至于"游侠"，则为自由的江湖人物，没有"门客"的属性。"游侠"如朱家（生卒不详）、郭解（字翁伯，生卒不详）之所以备受推崇，就在于彼等独力于一切权力之外的自由精神。陈平原直接地指出："报知己之恩是刺客荆轲、聂政辈的行径，与游侠无涉。"①"游侠"与"刺客"在性质上之不同，尽见于斯。

① 陈平原《千古文人侠客梦》（麦田出版社，1995年），52页。

侠客一旦卷入政治旋涡，其信念之独立与行动之自由必然受限制以至于构成矛盾冲突，如萧峰、郭靖之死便是例证。令狐冲从未涉及政治，甚至刻意远离类似政治组织的日月神教，故方能"笑傲江湖"。萧峰既救了女真的完颜阿骨打，又有恩于辽帝耶律洪基，其生命便由此而出现暗涌，而此转向势必令其复杂的身份迈进更艰难的态势。萧峰夹在辽与宋之间，为阻辽帝南侵而献出生命，犹如《大庄严论经》中的尸毗王舍身喂鹰。其以武止戈，遂成就其为"侠之大者"，乃武侠与江湖的最高层次书写，昔日恨之入骨的丐帮中人由此改口说：

> 乔帮主为了中原的百万生灵，不顾生死安危，舍却荣华富贵，仁德泽被天下。

这就是金庸对"侠"的重新定义，萧峰之为天下苍生之所为才是"侠"的最崇高表现，这便与《战国策》及《史记》以及传统武侠小说中的侠客大为不同。悲剧的高潮，作为英雄的萧峰以死摆脱命运的播弄：

> 萧峰大声道："陛下，萧峰是契丹人，曾与陛下义结金兰，今日威迫陛下，成为契丹的大罪人，既不忠，又不义，此后有何面目立于天地之间？"举起右手中的两截断箭，内力运处，右臂回戳，噗的一声，插入了自己心口。

超乎国族利益，只为天下苍生而止武，又不忘忠义，这便超乎一般的江湖侠义，非止于侠客，而是英雄。郭靖谨记他二师傅所说的"乱世之际，人不如狗"，这亦是他决心成为英雄而不止于侠客的关键所在。当郭靖读到《岳阳楼记》中的"先天下之忧而忧，后天下之乐而乐"时，便决意成为其以天下苍生为重的追随者。郭靖又因喜欢韩世忠（字良臣，1090—1151）所书的岳飞那首诗，故黄蓉要求黄药师将题有该诗的画给了郭靖，而郭靖又由该画中的线索而获得《武穆遗书》，并由此传承了岳飞保家卫国的精神，肩负起抗击蒙古的重任。丘处机在嘉兴醉仙楼上对郭靖说："人生在世，文才武功都是末节，最要紧的是忠义二字。"由此种种，郭靖在《射雕英雄传》将结束前，几可以说已是退出江湖而步入政治，由"侠客"而转入"英雄"的行列。其时成吉思汗便称攻城有功而不爱财的郭靖为"英雄"。郭靖又不提儿女私情的辞婚，而是请求成吉思汗不要屠城，此乃其仁义之心，亦乃其成为英雄之所在。及至后来，当他在《神雕侠侣》中送杨过去全真教时见到全真派弟子的所作所为而自叹："怎地我十余年不闯江湖，世上的规矩全都变了？"这是因为他早已不是行走江湖的侠客，而是守卫襄阳的英雄。在《神雕侠侣》中的华山论剑一节，有以下关于郭靖身份的议论：

朱子柳道："当今天下豪杰，提到郭兄时都称'郭大侠'而不名。他数十年来苦守襄阳，保境安民，如此任侠，决非古时朱家、郭解辈逞一时之勇所能及。我说称他为'北侠'，自当人人心服。"一灯大师、武三通等一齐鼓掌称善。

朱子柳所谓的"决非古时朱家、郭解辈逞一时之勇所能及"，事实上乃金庸对侠的观念做出了崭新的阐释而已。

故此，萧峰、郭靖、张无忌、陈近南及陈家洛等以江湖力量而从事政治活动者，均乃由侠而英雄，或介乎两种角色之间，但往往是一涉及政治便绝少在江湖上"任侠"，一如郭靖所言的他"十余年不闯江湖"。在两种角色之间，彼等之命运亦必然有所改变，而更多的是英雄负担过重，主人公或死难或被迫舍却英雄的身份，重拾侠客之自由。

五、侠之谱系

金庸武侠小说的另一贡献在于侠之谱系的建构。有论者指出：

武侠小说必须在仗义与超逸两方面保持某种平衡。如果过分偏于社会责任，侠就变成忠臣良将而丧失独立人格，从而失去魅力。如果过分偏重于个体自由、放弃社会责任，侠就丧失了崇高性而缺乏感召力。古典武侠小说演变基本上反映了两种人格要素关系的变化。①

对古典武侠小说而言，此话不虚。不过，金庸武侠小说中侠客的情况，往往相当复杂。郭靖在《神雕侠侣》中基本上已是有实无名的襄阳守将，但他侠风依然，在冲击蒙古大营救杨过时，豪气干云，而他所使用的全是武功，而非军队。郭靖不是忠臣良将，只是偏于"社会责任"，颇近朱家、郭解之介入国家大事。《笑傲江湖》中的令狐冲所处之时空跟郭靖不同，无须抗击外敌，而他只是以一人之力重塑江湖，得以保持"个体自由"，又具备其"社会责任"而有侠的"崇高"与"超逸"。由此而言，郭靖与令狐冲乃金庸刻意塑造的两种截然不同而又具典范意义的侠客，前者为"侠之大者"，后者为"魏晋风度"之侠，由此而建构其侠之谱系。

丐帮帮主萧峰武功超群、义薄云天，传承其精神与职位者，则乃《射雕英雄传》与《神雕侠侣》中的洪七公。洪七公在众多侠客之中，乃最为光风霁月之侠客，既是帮众遍及天下南北的丐帮帮主，然而为他所杀之人无一不是犯罪之人，他在下手之前必定先行查访清楚，数目了然，善恶分明。洪七公地位超然，行事不沾不滞，且提携后进，带出了像郭靖这样的一代大侠。洪七公是"北丐"，承传其侠

---

① 杨春时《侠的现代阐释与武侠小说的终结——金庸小说历史地位评说》，见《金庸小说与二十世纪中国文学国际学术研讨会论文集》，180 页。

义之位者，便是"北侠"郭靖。除却萧峰、洪七公、郭靖、张无忌、陈近南、陈家洛这些为天下安危而奔走的乃"侠之大者"之外，金庸武侠小说中最关键、最精彩、最用心的书写，便是"魏晋风度"之侠客谱系的建构。曲洋与刘正风以琴箫合奏的《笑傲江湖》乃传承自嵇康的《广陵散》，彼等在临终前以《笑傲江湖》托付"侠骨英风"的令狐冲，自是引为同道中人。金庸小说中，自"东邪"黄药师之蔑视礼教、愤世嫉俗，再到杨过的以嵇康的四言诗创造武功，下及《倚天屠龙记》中的张三丰，再至《笑傲江湖》中的曲洋、刘正风以及令狐冲、任盈盈，均为抗俗辟邪、独立特行的侠客，堪称其武侠世界中的"魏晋风度"。黄药师既离经叛道，复又对早逝妻子冯氏一往情深，误以为女儿黄蓉死于意外，又吟曹植诗以"叹逝"。《神雕侠侣》中，杨过以嵇康的四言诗融入剑法：

风驰电逝，蹑景追飞。凌厉中原，顾盼生姿。

息徒兰圃，秣马华山。流磻平皋，垂纶长川。目送归鸿，手挥五弦。

《倚天屠龙记》中的张三丰任诞诙谐，不修边幅，金庸又安排他以王羲之的"丧乱帖"与"倚天屠龙刀歌诀"化为武功，目的正在于将中土武功的一代宗师在精神境界上神接"魏晋风度"。侠之"魏晋风度"，到了《笑傲江湖》时便有更为深入的书写，从刘正风与曲洋对嵇康《广陵散》的追寻，再改编为《笑傲江湖》，下传令狐冲与任盈盈。令狐冲的任诞、饮酒、长啸以及对抗黑暗、邪恶的精神，均乃集"魏晋风度"之大成。此中，任盈盈以《清心普善咒》的琴音为令狐冲疗伤，并教会他弹奏古琴，而她又从令狐冲处获得刘正风与曲洋之《笑傲江湖》，由此两人琴箫合奏而进入"魏晋风度"的谱系，以风骨、正义抗衡江湖的黑暗。这又是金庸对"侠"的概念的突破，将独孤九剑与"魏晋风度"紧密结合，将侠的精神层面，推至极致。

六、侠之演变

梁羽生（1924—2009）认为在武侠小说中"侠"比"武"更重要，"侠"是灵魂，"武"是躯壳，"侠"是目的，"武"是达成"侠"的手段，故此认为与其有"武"无"侠"，故宁有"侠"无"武"。①按梁羽生之见，《鹿鼎记》中的韦小宝便是有"侠"无"武"，虽然他会逃跑的"神行百变"以及洪教主所教的"狄青降龙"，纵使每次都有点狼狈，但在其机智的配合之下，总是化险为夷。这亦是金庸对侠的观念及形象的突破。然而，韦小宝的创造招来很多质疑，故有论者指出金庸笔下的侠有以下的演变：

金庸刻画武林人物形象，走了一个从"形似"到"神似"的过程，早期务求"形似"，中晚期则追求"神似"。在"形似"的阶段，金庸极力突显奇侠人物那种"仗剑行侠"的侠义道，与传统武侠小说里的人物形象或不同，其侠一也。中晚期阶段，作者似不满足于仅仅写出武侠人物的"形似"，试图把对人性、人生的体悟带到武侠小说中，透过笔下的武侠形象寄托这些人生的体验。因此，金庸追求笔下的形象不仅具有侠义性格，而且具有以前武侠形象所缺乏的丰富性，他们的命运融汇了前所未具的意义寄托。正是在这种意义上我们说金庸后期的奇侠又"形似"与"神似"均非金庸塑造侠客的关键，萧峰与韦小宝似乎在武功与形象上有天渊之别，前者的形象与精神均乃侠之大者的典范，而韦小宝在形象与武功上虽存在先天与后天

---

① 佟硕之（梁羽生）《金庸梁羽生合论》，见三毛等著《诸子百家看金庸》（明窗出版社，1997年），第4册，180页。林岗《江湖·奇侠·武功——武侠小说史上的金庸》，见刘再复、葛浩文、张东明等编《金庸小说与二十世纪中国文学国际学术研讨会论文集》，129页。

的双重缺陷，然而其精神上却因《大明英烈传》的感召而总怀有侠义之心。①

故此，若要为金庸早期与晚期之侠客作区分，只能说萧峰、郭靖、杨过、张三丰及张无忌乃崇高之侠，而韦小宝则为混混之侠。萧峰之作为大侠，就在于具备侠的原始精神——急人之难：

阿朱奇道："你也不认得他么？那么他怎么竟会甘冒奇险，从龙潭虎穴之中将你救了出来？嗯，救人危难的大侠，本来就是这样的。"

此外，东邪黄药师乃文化与武功之集大成者，实为中国文化之批判者，亦即对鲁迅"吃人礼教"之致意。一灯大师以一阳指医治垂危的黄蓉而元气大伤，五年之内武功全失，真是舍己忘我。张三丰乃一代宗师，甚至是神化了的道家人物，在金庸笔下，他亲切和蔼，朴素卑下，爱幼怜弱，其武功却博大精深，举世无敌。至于张无忌以"乾坤大挪移"救从塔上跳下的各门派中人，更是令金庸对其侠气一再推崇：

其实他的侠气最重，由于从小生长于冰火岛，不知人世险恶，不会重视自己利益，因而能奋不顾身的助力。

故此，金庸认为张无忌在"侠"方面，"发挥得很充分"。崇高之侠，形神俱备，自然众口铄金，而作为小赖子模式的韦小宝则形神皆缺，故而招来口诛笔伐。然而，侠亦是人，而传统武侠小说之偏颇便在于将侠客样板化，令他们失去了常人所有的七情六欲。我们几乎看不到《七侠五义》中的展昭有任何的儿女私情，《水浒传》中的燕青与李师师有情有义，却无疾而终。而且，古典武侠小说中，更多

---

① 林岗《江湖·奇侠·武功——武侠小说史上的金庸》，见《金庸小说与二十世纪中国文学国际学术研讨会论文集》，132 页。

的是江湖好汉对女性的残杀。然而,《天龙八部》中的萧峰虽受尽马夫人康敏的祸害,最终却没有手刃仇人。《射雕英雄传》中的梅超风以人头作为练功的工具,可谓恶贯满盈,最终却仍受到宽恕。《神雕侠侣》中的李莫愁作恶多端,却亦非他人所杀,而是死于情花之毒。

简而言之,金庸笔下的感情世界更是多姿多彩。段誉备受情欲的折磨,终有所领悟。郭靖对黄蓉是一见钟情,此情不渝。杨过在小龙女之外,亦处处留情,而终有情花之毒的折磨。张无忌更是坦言想四人共有,难舍难分。陈家洛亦曾拥有霍青桐与香香公主,却终一无所有。至于一向备受鄙视的韦小宝,更是七女同欢。金庸关于侠与女性的曲折而细腻的书写,意在突显侠的人间化与情感需要,还原彼等血肉之躯的身份。以上将侠之情感的人间化与侠客形象之多样化,实乃金庸对侠的书写的演变,惜乎不为一般论者所理解而已。

七、结语

金庸武侠小说中的侠并非只以"武"与"侠"的结合那么简单。首先,他赋予了"侠"崭新的定义,以萧峰、洪七公、郭靖、杨过、张三丰、张无忌等作为"侠之大者"的崇高典范,同时结合传统,建构了具有"魏晋风度"的侠之谱系,此为光风霁月之侠的精神,将侠的精神境界推至极致后,金庸又在"仗义每多屠狗辈"的观念上深入挖掘,以《鹿鼎记》中的韦小宝作为小癞子的模式,朝向无武而有侠方面的书写,从而丰富了侠的层次,亦令侠从崇高层面走向现实层面,做出精彩的呈现。简而言之,金庸笔下的侠,风姿迥异,各有不一般的曲折而动人的历程,不止丰富并突破了武侠小说中"侠"的形象,更拓展了中国人对"侠"的想象空间。

|第|五|章|

烛畔鬓云有旧盟：情之正变及情侠结构之突破

一、前言

　　情与武功是金庸武侠小说中的双刃剑，缺一不可，两者互涉，相得益彰。此中，萧峰与阿朱生死相随，郭靖与黄蓉乃侠侣之典范，杨过与小龙女的爱情可歌可泣，[①] 令狐冲与任盈盈的爱情最为洒脱幸福，而陈家洛与香香公主的爱情则近乎凄美哀绝。在武功方面，金庸苦心孤诣之绝招神功，成为日常话题，而其对于情之书写，则更提升了国民在感情方面的精神追求。

　　古往今来，情海茫茫，多少痴男怨女，唱尽无数的向往与哀歌。有论者认为：

　　金庸的创造在于，他进一步发掘了人的情感的深层结构，从而展开了对侠的现代阐释。古典小说也写情，但这种情是受理性制约的，它并不是非理性的欲望。民国武侠小说写情也未突破理性规范。金庸

---

① 　曾昭旭先生认为杨过与小龙女的感情是"偏锋""变格"，而郭靖与黄蓉则为"正格"。曾昭旭《金庸笔下的性情世界》，见《诸子百家看金庸》，第1册，18、27页。

则写了非理性的情。①

　　"非理性的情"，其实亦是人之常情，如《倚天屠龙记》中殷离心中念念不忘的是童年的张无忌，《神雕侠侣》中的李莫愁为陆展元所弃而成为杀人不眨眼的魔头，《天龙八部》中的阿紫意图伤害萧峰以令他永远留在自己身边，游坦之为了讨得阿紫的欢心而甘愿沦为玩偶。这一切均是情之变态，却也拓展了情的不同层面。古典小说中才子佳人终成眷属的传统模式，只是一厢情愿的想象，终非现实，而金庸武侠小说在在情之正与变方面均有所发挥，在情侠结构方面更有所突破，可谓波澜迭起，曲折回环，堪称一唱而三叹。

二、贪、嗔、痴

　　情种、情痴及情孽，乃金庸武侠小说中不可缺少的元素，一旦少了关于情的刻骨书写，该部小说的成功率必然大打折扣，如其中、短篇皆是，而其长篇则因情的一往情深或曲折坎坷而催人泪下，从而获得了巨大的成功。有论者这样指出金庸武侠小说中的贪、嗔、痴：

　　　　侠客的悲剧命运还由于情欲。金庸把义侠变成情侠，情欲成为侠客行动的主要驱动力。贪（权势、财富），嗔（怨仇），痴（情爱）三毒使侠客陷于盲目、疯狂、堕落，于是出现了爱情悲剧、争斗悲剧、寻仇悲剧。②

---

①　杨春时《侠的现代阐释与武侠小说的终结——金庸小说历史地位评说》，见《金庸小说与二十世纪中国文学国际学术研讨会论文集》，182 页。

②　杨春时《侠的现代阐释与武侠小说的终结——金庸小说历史地位评说》，见《金庸小说与二十世纪中国文学国际学术研讨会论文集》，188 页。

情与欲是两回事，故此说"情欲"成为金庸武侠小说中侠客行动的主要驱动力，实乃误读。慕容氏父子、段延庆、丁春秋、全冠清、叶二娘、天山童姥以至于李秋水均非侠客，而萧峰之大开杀戒亦与"情欲"无关，只是因为其契丹身份被揭发而遭中原武林围攻而导致。至于阿紫、萧峰、游坦之更非"三角恋"，阿紫从没爱上游坦之，萧峰亦没爱上阿紫，从何处说"三角恋爱导致他们同归于尽"？若要说金庸在情欲方面之刻画，此中风流人物，首推《天龙八部》中的段正淳，原因在于：

他不论和那一个情人在一起，都全心全意的相待，就为对方送了性命，也在所不惜，至于分手后别寻新欢，却又另作别论了。

段正淳之风流，竟无端成为阿朱与阿紫之父，颇为突兀，甚至可能有点有始无终。① 段正淳与段延庆之比武，高低立判，很明显便是纵欲过度所致。同样这位风流情种之功夫自不及专心致志于武功的萧峰，后来威震西南并会一阳指神功的段正淳竟在马夫人康敏手中犹如三岁婴孩之备受播弄，最终在情人王夫人的迷药之下而辗转死于慕容复手下。这便是风流孽债的报应。昔日，刀白凤为了报复段正淳的风流而甘愿委身犹如乞丐的段延庆：

忽听得一个女子的声音说道："天龙寺外，菩提树下，化子邂逅，观音长发！"

当时，她并不知乞丐是段正淳的仇人、前太子段延庆，而冥冥之中

---

① 段正淳在阮星竹家中题写以下对联："含羞倚醉不成歌，纤手掩香罗。偎花映烛，偷传深意，酒思入横波。""看朱成碧心迷乱，翻脉脉，剑双蛾。相见时稀隔别多。又春尽，奈愁何？"见金庸《天龙八部》，第3册，第23章，1011页。由"看朱成碧"，及阿碧身世不明，并与阿朱同为慕容家婢女，可以推测阿碧似乎亦几成为段誉的妹妹，可惜金庸无暇顾及。

自有业报：

观世音菩萨曾化为女身，普渡沉溺在欲海中的众生，那是最慈悲的菩萨。

最终，段正淳最爱的刀白凤委身于其时有如乞丐的敌人段延庆，并怀上了段誉。由此，女人、儿子以及皇位均为段延庆及其儿子所获得，段正淳却死于妇人之手，下场相当悲惨。

段正淳因风流而贻祸无穷最终致死，少林寺方丈玄慈竟也因为早年孽缘而身败名裂。玄慈年轻时曾与叶二娘有过一段孽缘，因此犯下淫戒：

玄慈缓缓摇头，叹了口气，说道："明白别人容易，明白自己甚难。克敌不易，克服自己心中贪嗔痴三毒大敌，更加艰难无比。"

身为方丈犯下淫戒而被公诸于世，实甚震撼：

少林寺方丈当众受罚，那当真是骇人听闻、大违物情之事。

但玄慈敢作敢担，亲口承认过错并愿受惩罚。玄慈之犯戒与受罚突显的是情欲之复杂性，并非空门所能勘破，佛的智慧却使他勇于承担。玄慈当年误信慕容博之阴谋而带领中原武林高手在玉门关伏击萧远山一家，明知这是萧远山的报复，他亦如其所愿而甘愿身败名裂。在错失被揭穿之后，玄慈身负双重罪孽，在劫难逃，而其智慧亦终在此刻突显出来，他亦这样规劝叶二娘："痴人，你又非佛门女尼，勘不破爱欲，何罪之有？"此诚为智者之言。玄慈一力承担所谓的罪过，并获解脱：

过去二十余年来，我日日夜夜记挂着你母子二人，自知身犯大戒，却又不敢向僧众忏悔，今日却能一举解脱，从此便无挂累恐惧，心得安乐。说偈道："人生于世，有欲有爱，烦恼多苦，解脱为乐！"说罢慢慢闭上了双眼，脸露祥和微笑。

然而，倪匡从情的角度而评玄慈为"下下人物，恋栈名位，不知所云"。实非如此。金庸在此探讨的是人性,玄慈是和尚,但也是人,他在戒律与情欲之间,先是犯下色戒,而最终醒觉,成其为夫为父,又诚心忏悔,接受惩罚,以死赎罪,以成其为英雄人物。金庸借此突显玄慈的"英雄好汉的行径":

但他不隐己过,定要先行忍辱受杖,以维护少林寺清誉,然后再死,实是英雄好汉的行径。群雄心敬他的为人,不少人走到玄慈遗体之前,躬身下拜。

金庸在此突显的是一个人若知错而能改,便能获得别人的原谅,而且玄慈并没有在最后时刻追究慕容博昔日所安排的阴谋,亦没有反击萧远山的报复,这便是得道者的所为。同样,玄慈的儿子虚竹原本亦谨守清规,而在犯下淫戒之后,他真心爱上西夏公主并快乐地过着婚姻生活。以上这两个例子,恰好说明金庸乃在戒律与情感中做出探讨,以正视人性中爱情的需要与赎罪的勇气。

金庸笔下的主人公中在四处留情之后而有领悟者,则非段誉莫属。段誉乃多情种子,颇有《红楼梦》中贾宝玉的影子,而他心中竟有情与佛经之辩:

佛经有云:"当思美女,身藏脓血,百年之后,化为白骨。"话虽不错,但她就算百年之后化为白骨,那也是美得不得了的白骨啊。

虽常常为不同的女子痴狂、烦恼,然而段誉又叹道:

"不住色生心,不住声香味触法生心,应无所在,而生其心",可是若能"离一切相",已是大菩萨了。我辈凡夫俗子,如何能有此修为?"怨憎会,爱别离,求不得,五阴炽盛",此人生大苦也。

段誉从一开始便是金庸笔下一个试验品,从逢美女便爱,到痴迷王语嫣,再到误以为他所爱的女子竟都是同父异母的妹妹。及至最后方知道自己并非段正淳所生,他与王语嫣及其他为他所喜欢的女子并无血缘关系时,终于觉悟他所爱的只是神仙姐姐的心象,心象一灭，爱欲即去，他终于"离一切相"。然而，他还是如《红楼梦》中的贾宝玉般娶妻生子，晚年按大理皇家之例，出家为僧，[1]这亦是大智慧。

此外，《天龙八部》中的马夫人康敏、《飞狐外传》中的马春花及南兰，全为情欲所播弄，从而引致弥天大祸。康敏因萧峰在洛阳牡丹花会上没看她一眼而顿生嗔恨，遂致江湖的连场腥风血雨，最终她被阿紫划破了脸而被镜中自己的丑陋容颜所吓死。苗人凤之妻南兰"水性杨花、奸滑凉薄"、抛夫弃女，而引诱她的田归农所垂涎的只是她的藏宝图而已。徐铮甘愿娶怀了福康安孩子的马春花，最终却死于同样痴恋马春花的商宝震手下，商宝震又死于马春花刀下，他们均不知马春花倾心的却是福康安。胡斐在徐、商两人墓前说："马姑娘从此富贵不尽。你们两位死而有知，也不用再记着她了。"福康安虽视马春花为玩物而已，而马春花却对他一片痴心：

> 只听马春花微弱的声音不住在叫："孩子，孩子！福公子，福公子，我要死了，我只想再见你一面。"胡斐又是一阵心酸："情之为物，竟是如此不可理喻。"

康敏的淫荡毒辣，南兰的水性杨花，马春花的愚昧麻木，实乃金庸对情之失控与欲之祸变的省思。一部《天龙八部》写尽人间的贪、嗔、痴，以武侠小说而阐释佛家思想，[2]无出其右。

情、欲相生而互涉，为情所迷而溺于欲，则不懂情为何物，至于因情而成魔，则是下下之人。

---

[1] 关于段誉之原型人物、段和誉的相关论述，可参阅王洪力《追溯〈天龙八部〉中的段氏儿女》，《文史杂志》，2006年第6期，57—58页。

[2] 李志强《漫谈小说〈天龙八部〉与佛教文化》，《佛教文化》，2004年第4期，42—43页。

三、因情成魔

　　爱情可以成就人的一生，同样亦可以令人遗憾终生，甚至毁掉人的一生。《天龙八部》中的萧峰与阿朱的爱情至死不渝。《射雕英雄传》中的郭靖因黄蓉之爱及其引导而走上大侠之路。《神雕侠侣》中身为孤儿的杨过在与小龙女的一往情深的爱情当中，获得了温暖心灵的慰藉。《倚天屠龙记》中的张无忌在赵敏的协助下，沉冤得雪，儆恶除奸，并毅然远离政治，隐居蒙古。《笑傲江湖》中的令狐冲在任盈盈的琴音治疗下走向"魏晋风度"的大侠之路，两人重塑江湖，终成眷属。以上均为爱情的积极而光明的作用。然而，此中亦不乏有人因情而成魔进而扭曲人性，甚至祸害江湖。

　　《神雕侠侣》一开始便是腥风血雨，道姑李莫愁凶狠如鬼魅，令人不寒而栗。李莫愁爱上陆展元，陆展元却娶了何沅君，自此李莫愁胡乱杀人，包括杀害与何沅君毫无关系的何拳师满门二十余口，又在沅江上连毁六十三家货栈船行。同时，一灯大师四大护卫之一的樵夫，即在《射雕英雄传》中曾被黄蓉、郭靖戏弄而在田间以一人之力顶住巨石与黄牛的武三通，在《神雕侠侣》中本有家室，却因爱上嫁作陆展元之妻的义女何沅君，因而疯疯癫癫。不幸的是十年之后，武三通仍不罢休而寻上陆家闹事，陆氏夫妇虽已早逝，李莫愁却要灭陆氏满门，武三通出手相救而为李莫愁的毒针所伤，其妻却又为他吸毒而身亡。因爱生恨而至于灭门，甚至累及无辜，李莫愁外号"赤练仙子"，实为情魔。反讽的是，元好问（字裕之，1190—1257）的《摸鱼儿》却由情魔李莫愁所唱出：

　　李莫愁心念一动，突然纵声而歌，音调凄婉，歌道："问世间，情是何物，直教生死相许？天南地北双飞客，老翅几回寒暑？欢乐笑，离别苦，就中更有痴儿女。君应有语，渺万里层云，千山暮雪，只影向谁去？"

此为上半阕，可惜李莫愁不懂亦没唱出此词的下半阕的真谛：

横汾路，寂寞当年箫鼓，荒烟依旧平楚。招魂楚些何嗟及，山鬼暗啼风雨。天也妒，未信与，莺儿燕子俱黄土。千秋万古，为留待骚人，狂歌痛饮，来访雁丘处。

"莺儿燕子俱黄土"，陆展元及其妻子均已成为黄土，独剩李莫愁费尽心思，祸害人间，因情成魔，岂不可悲？而她竟高唱此词而不明个中真谛，岂不可笑？情之所起，一往而深，却不知古今天下多少人沉溺于情而不能自拔，而实不知情为何物。李莫愁乃因情孽而沦为情魔，遂致杀戮丛生，风波迭起，如黄蓉嘲讽她的"胡作非为，害人害己"，而她最终亦跌入绝情谷中千万根情花毒刺之中，遭受业报。至于与她共谋的绝情谷谷主公孙止，他心中只有欲望与阴谋，此人乃集奸淫及邪毒于一身，根本不知情为何物。

《天龙八部》中的江湖风波，起于萍末，一切便从萧峰的一个眼神而始。康敏因萧峰在洛阳牡丹花会上看也不看她一眼，遂怀恨在心而密谋加害：

洛阳百花会中，男子汉以你居首，女子自然以我为第一！你竟不向我好好的瞧上几眼，我再自负美貌，又有甚么用？那一千多人便再为我神魂颠倒，我心里又怎能舒服？

由于一眸的疏忽，康敏掀风作浪，色诱丐帮长老，杀害丈夫马大元，揭发萧峰的契丹身世：

那一日让我在马大元的铁箱中发现了汪帮主的遗书。我偷看那信，得知了其中过节……我要你身败名裂，再也逞不得英雄好汉。我便要马大元当众揭露，好叫天下汉人都知你是契丹胡虏，要你别说做不成丐帮帮主，更在中原没法立足，连性命也是难保。

康敏偷窥带头大哥写给汪帮主的信件而揭穿萧峰乃契丹人之动机，竟乃因爱而成恨，遂祸害无端，最终导致丐帮分裂，萧峰于中原无立足之处。而她亦恶有恶报，为阿紫划破脸而被镜中自己的丑陋容颜吓死。此乃可谓"贪嗔爱痴"之所在，由康敏之倾慕萧峰、害萧峰，再至勾引白世镜，并叫他杀害马大元，再至噬咬段正淳之肉，可见诸般恶念，均系于因情成魔所致。同样，段正淳的私生女阿紫亦为情所困而造孽：

> 阿紫情根深种，殊无回报，自不免心中郁郁，她对游坦之大加折磨，也是为了发泄心中郁闷之情。

情之所至，流落江湖的"聚贤庄"少庄主游坦之却甘于以性命交付：

> 段誉斜目向王语嫣看了一眼，心想："我对王姑娘一往情深，自忖已是至矣尽矣，蔑以加矣。但比之这位庄帮主，却又大大不如了。人家这才是情中圣贤！"

其实不然，游坦之亦是因情成魔，段誉对内情有所不知而误以为他是"情中圣贤"。游坦之因痴恋阿紫而甘愿被她戴上铁面罩，成为其练习毒功的试验工具，基本已是被兽化、物化。云南摆夷女子何红药恋上汉人夏雪宜，其时夏雪宜正在五毒教附近采集蛇毒以准备复仇大计。何红药因爱而忘却教规，私带夏雪宜进入毒龙洞而令五毒教失去教中三宝，包括金蛇剑、二十四枚金蛇锥以及藏宝地图，从而被处接受鹤顶蛇的"万蛇咬啮"之惩罚，以致丑陋无比，同时得二十年间不许偷盗或接受别人救济的行乞活命。最终换来的不过是夏雪宜的"逢场作戏"，他的真爱是温仪。由此，何红药变成犹如鬼魅般的人物，相当凄凉。

因情而成魔，金庸从元好问的《摸鱼儿》写起，却又突破其想象，此曲既可深情无限，出自李莫愁之口却又令人不寒而栗。爱的力量，可以是建设性的，亦可以是毁灭性的，这便是金庸对爱情的书写深度的拓展。

四、心象

金庸笔下"心象"的书写，实乃对爱情迷障方面的探索。"心象"，即心中的完美的爱的理型。这一切，实始于《倚天屠龙记》，殷离在蝴蝶谷迷恋上童年的张无忌。而在《天龙八部》中再以段誉之迷恋王语嫣，因为她像无量宫中的琅嬛玉洞中的"神仙姐姐"。这位"神仙姐姐"，便是逍遥派的掌门无崖子以恋人李秋水的妹妹的容颜而塑造的雕像，同样无崖子亦恋上此"心象"而不自知。天山童姥与李秋水之生死搏斗便是为了争夺无崖子，两人在冰库之殊死相搏，实乃困兽之斗。最为荒谬的是，号称"逍遥派"掌门的无崖子，一生在爱情上贪多嗜欲，而天山童姥与李秋水由遗留下来的画中人的一颗痣，方知他心中所爱是李秋水的妹妹，从而令两人气绝身亡。三人之感情纠葛，终究虚妄，三人之爱，终非真爱，均是贪之所至。金庸在此将世间情爱之荒谬一面，撕裂殆尽。

出于对情欲之熟悉，天山童姥安排虚竹在西夏地下冰窖中与西夏公主亲热，"梦姑"与"梦郎"遂成彼此之"心象"，后来竟梦想成真。金庸这样描写初涉性爱的虚竹："轻怜密爱，竟无餍足""真不知是真是幻。是天上人间"。情欲的书写，亦是定力的考验，虚竹所习的少林派禅功已尽数为无崖子化去，定力全失，却终于了解了自己的需要：

虚竹觉得这黑暗的寒冰地窖便是极乐世界，又何必皈依我佛，别求解脱？

世间一切，如梦幻泡影，天山童姥虽然武功深湛，到头来仍不免功散气绝，终化作黄土。然而，一场捉弄虚竹的性爱恶作剧，竟成就了一段美好姻缘，而天山童姥与李秋水为了得到无崖子的爱而恶斗终生，却终无所得。

五、一往情深

一往情深的爱情书写在金庸笔下可歌可泣，堪称二十世纪自"五四"新文学革命以降，近百年的现当代中国文学中，无人能及。萧峰与阿朱、郭靖与黄蓉、杨过与小龙女、令狐冲与任盈盈的爱情故事，家喻户晓，流传深远。金庸以其笔下一往情深的书写，成为国民对美好而纯真的爱情典范的向往。

在《天龙八部》中，萧峰被马夫人康敏陷害之后，为江湖所不容而几乎走投无路之际，阿朱犹如桃花的意象般出现，为萧峰所面对的暴烈而黑暗的江湖世界带来春意盎然的生机：

乔峰一怔，回过头来，只见山坡旁一株花树之下，站着一个盈盈少女，身穿淡红衫子，嘴角边带着微笑，脉脉地凝视自己，正是阿朱。

此际，本来万念俱灰的萧峰忽然生有所恋：

霎时间心中闪过一种念头："我这一死，阿朱就此无人照顾了！"

第一次的儿女情长，萧峰方才成为一个有血有肉的人：

萧峰纵声长笑，四周山谷鸣响，他想到阿朱说"愿意生生世世，和你一同抵受患难屈辱、艰险困苦"，她明知前途满是荆棘，却也甘受无悔，心中感激，虽满脸笑容，腮边却滚下了两行泪水。

故此，后来一直纠缠他不放的阿紫亦代替不了阿朱，至于美艳妖冶的康敏与一往情深的阿朱相比之下，更如尘埃。在萧峰心中，只有阿朱，别无他人："阿朱就是阿朱，四海列国，千秋万载，就只一个阿朱。"《射雕英雄传》中的黄药师为人孤傲愤世，他却因为聪慧绝世的妻子冯氏之早逝而准备殉情之舟：

船底木材却并非用铁钉钉结，而是以生胶绳索胶缠在一起，泊在港中固是一艘极为华丽的花船，但如驶入大海，给浪涛一打，必致沉没。他本拟将妻子遗体放入船中，如此潇洒倜傥以终此一生，方不辱没了当世武学大宗匠的身份，但每次临到出海，总是既不忍携女同行，又不忍将她抛下不顾，终于造了墓室，先将妻子的棺木厝下。这船却每年油漆，历时常新。要待女儿长大，有了妥善归宿，再行此事。

黄药师之所为，真乃魏晋中人的一往情深，其对所爱的依恋与执着，实即他女儿黄蓉借范仲淹而指出的"大英雄、大豪杰，也不是无情之人"。如此境界，在刚从作为异域的蒙古来到中原而朴实敦厚的郭靖而言，便是在危在旦夕的时刻对黄蓉道出愿在阴间也仍然背着她。纵然两者之情感境界高低有别，而情深则如一。

在诸多爱情的书写中，《神雕侠侣》乃金庸刻意为反抗名教而精心结构的"情书"。《神雕侠侣》的故事架构实乃以《西游记》中的孙悟空与唐僧二人为原型，以取经之艰难，隐喻杨过与小龙女师徒在南宋礼教制约之下，不顾旁人之阻拦，经历重重困难，生生死死，可歌可泣。杨过与小龙女的一往情深，令旁人黯然失色：

杨过朗声吟道："茕茕白兔，东走西顾。衣不如新，人不如故。"此诗出自乐府《古艳歌》。

杨过所吟的《古艳歌》中的"人不如故"一句，击中了被弃的裘千尺的心扉：

裘千尺望望她，又望望杨过，只见二人相互凝视，其情之痴，其意之诚，那是自己一生之中从未领略过、从未念及过的，原来世间男女之情竟有如斯者，不自禁想起自己与公孙止夫妻一场，竟落得这般收场，长叹一声，双颊上流下泪来。

杨过与小龙女双双吐血，心灵相通。而公孙谷主贪新厌旧，裘千尺以血液破解公孙止的闭穴功，又以枣核伤其双眼，如此狠毒的夫妇，恰正与杨过、小龙女两人之至死不渝形成强烈的对照。绝情谷主要人绝情而他自己纵欲，杨过认为此举违反人性：

有生即有情，佛家称有生之物为"有情"，不但男女老幼皆属有情，即令牛马猪羊、鱼鸟蛇虫等等，也均有情，有生之物倘真无情，不免灭绝，更无繁衍。绝情谷所修者大违人性物性，殊非正道。

本已绝情的小龙女因此重燃旧情，决心与杨过长相厮守，而要人绝情的公孙止却强逼小龙女与他成婚。情与人性及名教的冲突，乃《神雕侠侣》书写的重心所在。绝情谷违背人性的书写，实正是对两宋礼教森严之抨击；杨过与小龙女之师生恋，正是对礼教大防之冲击。诸多劫难之后，杨过在赠送三个礼物予郭襄当中均与军国大事有关：一、歼灭二千蒙古军；二、火烧蒙古军粮；三、送去达尔巴以揭穿霍都王子企图当丐帮帮主的阴谋。杨过又与小龙女共同捍卫被蒙古军猛攻的襄阳，并由杨过击毙蒙古大汗蒙哥。由此，两人的爱情终获得郭靖、黄蓉等一干道德捍卫者所默许。最终，杨过与小龙女还是退隐于不属于世俗道德所管辖的古墓之中。

《笑傲江湖》中的令狐冲连番遭受师父岳不群的陷害，几为江湖所不容，唯有任盈盈对他一往情深：

> 想到她为了相救自己，甘愿舍生，自己一生之中，师友厚待者虽也不少，可没一个人竟能如此甘愿把性命来交托给自己。胸口热血上涌，只觉别说盈盈不过是魔教教主的女儿，纵然她万恶不赦、天下人皆欲杀之而甘心，自己宁可性命不在，也决计要维护她平安周全。

故此，令狐冲为了解救甘于留在少林寺为人质的任盈盈而率众攻打少林寺。传承"魏晋风度"的令狐冲与任盈盈最终琴箫合奏《笑傲江湖》，共结连理，实是金庸武侠小说中最美满幸福的一对侠侣。

《飞狐外传》中的程灵素深爱胡斐，当胡斐中了石万嗔的碧蚕毒蛊、鹤顶红以及孔雀胆三大剧毒时，她毅然"用情郎身上的毒血，毒死了自己，救了情郎的性命"。《连城诀》中，乡下少年狄云貌不惊人，纯朴木讷，纵被师妹戚芳误会而好事成空，却始终对她一往情深。戚芳中了奸人万圭父子的圈套而为其妇，而狄云则以德报怨，以解药救其丈夫万圭，后来又收养了她的女儿。这段感情，虽不浪漫，亦无甚动人心魄之所在，却令人难以释怀。与之相对照的是同在狱中的丁典，虽是一介武夫，却与凌霜华因钟情绿菊花而惺惺相惜，由此而堕入爱河，这段纯真的爱情因其父知府凌退思的夺宝阴谋而夭折。最终，凌霜华被作为活死人般覆盖于棺木之内以引知悉《连城诀》的丁典前来相见，凌退思诱骗丁典中毒而获《连城诀》中的宝藏秘密。最终，丁典与凌霜华均死于非命，这段高贵如绿菊花的爱情，始终不负彼此的初见。

《鹿鼎记》中的"百胜刀王"胡逸之对陈圆圆一往情深而自白：

> 当年陈姑娘在平西王府中之时，我在王府里做园丁，给她种花拔草。她去了三圣庵，我便跟着去做伙伕。我别无他求，只盼早上晚间偷偷见到她一眼，便已心满意足，怎……怎会有丝毫唐突佳人的举动？

因此之故，他竟去保护陈圆圆所喜欢而几乎为冯锡范所杀的李自成，[①] 这在韦小宝而言，简直是不可思议，韦小宝一直都在戏弄郑克塽及刘一航，目标均在获得阿珂及方怡。而且，在胡逸之心中，一往情深永高于武功："武功算得什么？我这番深情，那才难得。可见你不是我的知己。"然而，倪匡则对胡逸之的所作所为提出批评：

> 李自成"天天晚上来陪"陈圆圆，胡逸之一点也不想干涉？在李自成每晚皆来之际，胡逸之的心中不知是甚么滋味。

胡逸之对陈圆圆的爱，并不涉及情欲，一如仪琳对令狐冲的爱，只有纯粹的爱念，别无他求。这是爱的最高理念，乃柏拉图之恋，乃"魏晋风度"的光风霁月之恋，倪匡之不理解胡逸之，正如吴六

[①] 陈岸峰据吴梅村《圆圆曲》中"西施"与"吴王"的隐喻并结合其他证据，从而推出陈圆圆实为穿梭于崇祯、吴三桂及李自成之间的间谍的定论。见陈岸峰《甲申诗史：吴梅村书写的一六四四》，162—197 页。

奇、韦小宝之不理解胡逸之一样，并不出奇。

道姑、尼姑、和尚对情的难舍，亦是人性的一部分。仪琳虽是尼姑，却是曲洋口中的"多情种子"，其对情的崇高执着，有如宗教苦行。仪琳对令狐冲的爱已至极致：

仪琳心想："当我抱着令狐师兄的尸身之时，我心中十分平静安定，甚至有一点儿欢喜，倒似乎是在打坐做功课一般，心中甚么也不想，我似乎只盼望一辈子抱着他身子，在一个人也没有的道上随意行走，永远无止无休。"

至于仪琳之父不戒和尚之甘愿削发为僧，为的是追求作为尼姑的心爱女人而又竟能成功，实是讽刺而不乏幽默，其一往情深却并无二致。

六、情侠结构的突破

情侠结构的突破，乃金庸武侠小说获得巨大成功的原因所在。《射雕英雄传》中的郭靖之所以获得洪七公传授降龙十八掌之绝技，全因黄蓉之帮忙，在其成为大侠的路上，其武功与文化之修养，全凭黄蓉作为其导师而完成。《神雕侠侣》中的杨过孤苦无依，在被全真教中人追捕、欺负之际，亦是小龙女接纳他成为古墓派弟子并授予功夫，由此他才真正地进入武学的天地。《天龙八部》中的萧峰在被中原武林驱逐之际，多亏阿朱的爱情方获得存活下去的希望。《笑傲江湖》中的令狐冲更在任盈盈的音乐治疗之下方才痊愈，并在与任盈盈琴箫合奏《笑傲江湖》的精神引导下，传承嵇康《广陵散》的"魏晋风度"，由此而"笑傲江湖"。在此情侠结构上，男主人公虽仍是武侠世界之中心人物，最终仍是武功天下第一，并成为重塑江湖之领袖，往往作为其精神导师的却是女性，如黄蓉之于郭靖，小龙女之于杨过，赵敏之于张无忌，以及任盈盈之于令狐冲。至于阿朱之于萧峰，则可谓半途而夭折，或许因此方有萧峰之自杀身亡的悲剧。而事实上，阿朱此人物在塑造上，思想深度确是比其他女主角有所不足，故其凭一时冲动以代父赎罪而死，也是合情合理。同样，身边没有作为精神导师的主人公如狄云以至于袁承志便或身陷囹圄或不得不去国离乡。此外，金庸笔下的女性在武功方面亦是主人公的导师，如小龙女之于杨过，天山童姥之于虚竹，甚至王语嫣之于段誉以及慕容复。由此而言，金庸的武侠世界并非如一般论述所言之男性中心主义。

金庸笔下那些脱离了情侠结构的其他作品，均不成功，如其中、短篇小说除了故事内容之不尽如人意之外，情侠结构一旦无法突显则终究功亏一篑，如《飞狐外传》《雪山飞狐》《书剑恩仇录》《连城诀》《侠客行》《白马啸西风》《鸳鸯刀》及《越女剑》等作品，几乎无一例外。

七、结语

主人公之习武历程及其成为大侠之路并不能成为武侠小说成功的唯一元素，情之正与变乃金庸最擅于驾驭而且发挥得淋漓尽致之所在，故其作品既是武侠小说，又是当代爱情之经典。情侠结构的完美结合，令金庸武侠小说中的人物成为当代崇高美好爱情的想象楷模，而女性在精神与武功方面作为主人公之导师，则乃金庸在情侠结构之突破。欲海情天，恋情的坎坷曲折及恋人的陪伴成长，历尽波劫，再印证一往情深的崇高精神契合，实乃侠之人间化。侠之人间化，实即人性的书写，亦即是金庸武侠小说对五四文学思潮的遥相呼应。

| 第 | 六 | 章 |

丈夫何事空啸傲："魏晋风度"的建构及传承

一、前言

按金庸武侠小说的发展而言，有论者认为其中的"崇高感"慢慢消失。① 事实上，金庸一直念兹在兹地在努力建构侠的崇高风格：

假如没有令狐冲、任盈盈、刘正风、曲洋这类隐士式人物的言行作背景，《笑傲江湖》的隐喻意味就要大打折扣。②

所谓的"隐喻意味"在此并没有道出，实际上便是"魏晋风度"。"魏晋风度"，源自鲁迅的《魏晋风度及文章与药及酒之关系》，由此而为千载的风流与呐喊落下注脚，同时亦令他神接竹林精神，在愤怒、诙谐之间，以生命之火划破黑暗。"魏晋风度"之关键便是药与酒所产生的作用，③ 而这便是武侠世界中常见的两种元素。

---

① 杨春时《侠的现代阐释与武侠小说的终结 —— 金庸小说历史地位评说》，见《金庸小说与二十世纪中国文学国际学术研讨会论文集》，188 页。

② 林岗《江湖·奇侠·武功 —— 武侠小说史上的金庸》，见《金庸小说与二十世纪中国文学国际学术研讨会论文集》，126 页。

③ 鲁迅《魏晋风度及文章与药及酒之关系》，见《而已集》（人民出版社，1973 年），86—87 页。

再按《世说新语》中体现的"魏晋风度"的其他关键元素而呈现于侠的人格中的，还有长啸、任诞以及一往情深。

酒，牛饮者多，善饮者稀，懂得个中三昧并借以抒情者，更微乎其微。药，借以养生，魏晋人以酒服五石散，江湖中人则以药酒防毒健体增加功力。长啸与任诞，则为个人的抒情与处世的方式，前者是道家的养生方法，而任诞之行径，则为一种傲世的人生哲学。至于一往情深者，则更是"魏晋风度"中情感的最高境界。

金庸武侠小说踵步先贤，在黑暗的时空中，回荡着远古的啸声，在刀光剑影的江湖中，奏起竹林琴音。

二、魏晋风度谱系

魏晋名士，多为饮者，饮者皆孤独，如阮籍（字嗣宗，210—263）之痛饮便是为了逃避司马氏政权之笼络。故有论者指出："金庸小说的悲剧性还体现为一种孤独意识。"[①] 所谓的"孤独意识"，其实即是如阮籍般的矫然不群的"魏晋风度"。

《射雕英雄传》中的黄药师独来独往、睥睨天下；《神雕侠侣》中的洪七公独自一人背锅上华山找蜈蚣吃，杨过在神雕的训练下成为绝顶高手，他与《笑傲江湖》中的令狐冲一样同在孤独的时刻，机缘巧合地传承了绝顶高手独孤求败的精妙剑术。东邪黄药师曾吟嵇康的诗："振衣千仞冈，濯足万里流。"黄药师心中必有嵇康精神之存在，方吟此诗。其实，黄药师之愤世，既是"魏晋风度"的表现，而这一切其实又源自

---

① 杨春时《侠的现代阐释与武侠小说的终结 —— 金庸小说历史地位评说》，见《金庸小说与二十世纪中国文学国际学术研讨会论文集》，188 页。

其祖辈极力为岳飞的冤案平反而惨遭杀戮，由此而铸就了黄药师愤世嫉俗的思想，甚至有"诅骂皇帝""推倒宋朝"的造反意识，可谓叛逆至极。由此而言，颠覆一切便是其根本的思想，故黄药师抨击"虚伪礼法""伪圣假贤""吃人不吐骨头的礼教"而自称"邪魔外道"。

颠覆礼教，源自魏晋，传承于"五四"精神，这也正是鲁迅推崇嵇康及"魏晋风度"之所在。然而正义凛然的侠之大者洪七公评黄药师为"特立独行"而"向来尊敬他的为人"，其人品道德是绝无可疑的了。

原来，黄药师出生于其时作为异域的丽江，从小便不受儒家思想之规范。事实上，金庸早已着墨交代黄药师与"魏晋风度"的思想渊源：

常道："礼法岂为吾辈而设？"平素思慕晋人的率性放诞，行事但求心之所适，常人以为是的，他或以为非，常人以为非的，他却又以为是，因此得了个"东邪"的诨号。

黄药师的"礼法岂为吾辈而设？"正是阮籍所说的"礼岂为我辈设耶？"亦即嵇康所提出更为激烈的"越名教而任自然"。黄药师之愤世嫉俗及避世，呈现于"试剑亭"两旁悬挂的对联："桃华影落飞神剑，碧海潮生按玉箫。"① 此对联正好隐含"逃辟"（桃、

---

① 金庸原著中"试剑亭"的原诗乃引自清初诗人吴绮的《程益言邀饮虎邱酒楼》一诗中的"绮罗堆里堆神剑，箫鼓声中老客星"，后来修订本第十八回则改为"桃花影里飞神剑，碧海潮生按玉箫"，而修订本第十回中则又为"桃华影落飞神剑，碧海潮生按玉箫"。吴宏一认为"绮罗堆里堆神剑，箫鼓声中老客星"较"桃华影里（落）飞神剑，碧海潮生按玉箫"为好，在于前者"写的是落拓情怀，有情翠袖扣；揾英雄泪的感慨，有金剑沉埋、壮气蒿莱的悲怆"，而后者则重于写景，"但写得太飘逸了，象是描写超然物我的世外高人，而非有点落拓文士模样的东邪黄药师"。因此吴先生认为"新不如旧"。事实上，黄药师对早逝妻子冯氏一往情深，并预备殉情之船，其性情是绝不可能"绮罗堆里堆神剑"的，故此联必换，而魏晋中人的黄药师的形象与情怀，正该"飘逸"，而非"落拓"。故在来来《神雕侠侣》中，金庸仍不忘让黄药师在襄阳城外行军布阵以营救郭襄。详见吴宏一《金庸小说中的旧诗词》，吴晓东、计璧瑞编《2000'北京金庸小说国际研讨会论文集》，456—458 页。

碧）两字，切合黄药师的思想。虚伪礼法、伪圣假贤，正是嵇康"非周薄孔"所攻击的一切。① 从以下例子可见黄药师之思想，他说：

> 我平生最敬的是忠臣孝子。一俯身抓土成坑，将那人头埋下，恭恭敬敬的作了三个揖。欧阳锋讨了个没趣，哈哈笑道："黄老邪徒有虚名，原来也是个为礼法所拘之人。"黄药师凛然道："忠孝仁义乃大节所在，并非礼法！"

然而，黄药师如此乖邪，终非一代宗师，面对弟子曲灵风之死，他仍厉声责问傻姑其父有否传授武功，益显其人之怪戾至极。

黄药师之愤世嫉俗已过犹不及，失却了人之常情，亦即鲁迅所说的"清得太过，便成固执"，远不及洪七公之平易近人与张三丰之宽容博大。

《神雕侠侣》中的杨过与小龙女一直以来对以名门正派自居的全真派的抗衡亦大有深意。

全真巨变，名教之尊备受冲击。杨过与小龙女饱受名教之磨难，而作为名教之执法者之全真教亦在是否投降蒙古而陷于劫难，这正是黄药师所鄙视的"伪圣假贤"。最终，杨过与小龙女在全真派的王重阳灵前成亲，既是蔑视礼教之任诞，亦圆了王重阳与林朝英两人未敢逾越的情爱之梦。

事实上，甄志丙（即尹志平）的奸污小龙女及全真派的为投降蒙古而陷于内讧，便是金庸急于撕毁所谓名门正派这些大人先生的假面具。

---

① 有关嵇康思想的论述，可参阅陈岸峰《顾日影而弹琴：嵇康的痛苦及其追求》，《诗学的政治及其阐释》，27—58页。

《神雕侠侣》中杨过之成长历程铸就了其与黄药师一般的愤世嫉俗。然而，杨过与世外高手独孤求败心心相印：

瞧他这般行径，定是恃才傲物，与常人落落难合，到头来在这荒谷中寂然而终，武林之中既没流传他的名声事迹，又没遗下拳经剑谱、门人弟子，以传他的绝世武功，这人的身世也真可惊可羡，却又可哀可伤。

杨过因为对自身性格及思想的了解而体认了独孤求败的为人，故其武功风姿亦仿若魏晋中人：

杨过剑走轻灵，招断意连，绵绵不绝，当真是闲雅潇洒，翰逸神风，大有晋人乌衣子弟裙屐风流之态。

杨过与小龙女虽不熟悉历史与诗文，行止却契合魏晋中人，一如阮籍般不随俗却又守礼。及至《倚天屠龙记》，金庸再塑造张三丰以王羲之的"丧乱帖"而创造武功。张三丰"文资武略"，武艺冠绝天下。此时此刻他心中的"怫郁悲愤之气"不止于弟子俞岱岩之伤势，更在于天下苍生在元兵蹂躏之下的悲苦。这正是张三丰及武当七侠驱除鞑虏、还我河山的鲜明立场。悲愤，也是魏晋中人的思想特征，嵇康与阮籍均是如此，故此才有嵇康之锻铁与阮籍之纵酒以抒情。

情之所至，张三丰以倚天剑、屠龙刀之歌诀而创造另一套武功而达至"武功与书法相结合、物我两忘的境界之中"。此乃无意之书，乃张三丰作为武学大宗师的融会贯通，举手投足皆武功，实乃兴之所至的创造。这是张三丰的巅峰造极，金庸笔下，别无他者。

《笑傲江湖》中导引令狐冲传承魏晋风度的是华山剑宗长老风清扬，其形象其实源自黄药师："这人身背月光，脸上蒙了块青布，只露出一双眼睛。"令狐冲想起的那个"青布蒙面客"，正是黄药师在《射雕英雄传》中初次出场的形象，而风清扬的形象则是"白须青袍老者，神气抑郁，脸如金纸"。令狐冲与风清扬精神相契。

引导令狐冲进入"魏晋风度"的更为重要的人是任盈盈,其居所是:"好大一片绿竹丛,迎风摇曳,雅致天然。"竹林,便是七贤雅聚之所在,世称"竹林七贤"。任盈盈乃魏晋谱系中人,能弹奏从《广陵散》中变化而来的《笑傲江湖》,令狐冲依稀记得便是那天晚上所听到曲洋所奏的琴韵。金庸复以《世说新语》中的思想塑造其武侠小说中的人物。

《笑傲江湖》中的令狐冲绝然不同于江湖中人如任我行、东方不败、岳不群及左冷禅的争权夺利,只因其"人生贵适意"的思想。此实即来自《世说新语·识鉴第七》第十则张翰(字季鹰,生卒年不详)所说的"人生贵得适意尔,何能羁宦数千里以要名爵"!

魏晋风度,即为冲决一切束缚与压抑,追求精神的自由,剑术亦复如是,行云流水,率性任意,便所向无敌。传承了独孤九剑的风清扬,其"行云流水,任意所之"的思想,释放了令狐冲在武学上因种种规矩所造成的障碍,他个性本洒脱自在,风清扬所授的独孤九剑正契合其个性,故而剑因人而活,人借剑而笑傲江湖。由此,金庸便在《笑傲江湖》中建构了一群不甘沉溺于江湖争权夺利而向往"魏晋风度"的人物。

《鹿鼎记》一般均被视作"反侠""流氓"的小说,金庸竟书写了吴六奇与陈近南及韦小宝驶船至"白浪汹涌,风大雨大,气势惊人"的江中。小船忽然倾侧,风雨声中,吴六奇放开喉咙唱起"故国悲恋"之曲,吴、陈"两人惺惺相惜,意气相投,放言纵谈平生抱负,登时忘了舟外风雨"。其实这便是《世说新语·雅量第六》第二十八则,谢安与王羲之及孙绰(字兴公,314—371)出海畅游所遇的惊险一幕。金庸借此以彰显丐帮的吴六奇与天地会总舵主陈近南均具备谢安于惊涛骇浪中仍然泰若自如的"雅量",彼此均有足以

"安天下"之气魄。①

　　然而，事与愿违，空悲切。而这一幕的书写，正是意欲里应外合，以吴六奇在广东所掌握之军事力量策反以及颠覆清政权，故其于海上悲歌。这一幕之感慨山河"尽归别姓"之悲壮与嵇康临刑前弹奏《广陵散》之号召为魏国复仇的理念，②并无二致。

　　由以可见，金庸在其武侠小说中所建构的"魏晋风度"谱系，可谓用心良苦，别有怀抱。

三、一往情深

　　魏晋风度的其中一个重要元素，便是一往情深。魏晋中人对情之执着，源自对生命之珍视，以抗衡人生之短促以及当时社会之黑暗。

　　《世说新语·伤逝第十七》第十六则记载的"人琴俱亡"的故事，王徽之（字子猷，约338—386）因王献之（字子敬，344—386）之亡而"恸绝良久"，亦是对生命短促之纵情悲恸。

　　故此，《射雕英雄传》中的黄药师因悲痛聪慧绝顶的妻子冯氏之早逝，竟准备了殉情之船，由此可见黄药师之"一往情深"。西毒欧阳锋虽是来自西域的化外之人，竟亦一眼洞悉黄药师误以为黄蓉早逝的哀恸乃阮籍哭母般的深情绝痛。黄药师误以为女儿黄蓉身

----

① 　陈岸峰《一往情深：论〈世说新语〉中的社会结构、思想变迁及生命之情调》，见陈岸峰译注，刘义庆编著《世说新语》，8页。
② 　陈岸峰《顾日影而弹琴：嵇康的痛苦及其追求》，见《诗学的政治及其阐释》，43—47页。

亡，遂引曹植的《行女哀辞》及"天长地久，人生几时？先后无觉，从尔有期"以"叹逝"。

"叹逝"，正是魏晋中人的生命意识，当时的平均年寿不过四十岁。[①] 最具体的"叹逝"，在于王羲之《兰亭集序》中的"死生亦大矣。岂不痛哉！"[②]

《天龙八部》中，除了阿朱，萧峰心中已没有别的女人，阿朱一死，萧峰亦基本生无可恋。《神雕侠侣》中的杨过与小龙女历劫终不悔，小龙女跃下碧水潭以消杨过情花之痛，十六年后，杨过久候小龙女不至亦跃入碧水潭中，终得重聚。这亦即曹植的"从尔有期"之说。

杨过与小龙女两人之一往情深，可谓生生死死，死而复生，实乃深得晚明汤显祖（字义仍，1550—1616）《牡丹亭》中"一往情深"之三昧。《笑傲江湖》中的任盈盈、仪琳亦对令狐冲一往情深，最终令狐冲与任盈盈琴箫合奏，终成"笑傲江湖"的神仙美眷。

《鹿鼎记》中的"百胜刀王"胡逸之痴恋陈圆圆而甘为贩夫走卒以亲炙佳人，陈圆圆之一言半语，已足以令他九死不悔，甚至甘愿舍身保护她所钟情的李自成，亦可谓一往情深。作为江湖上的成名人物，痴绝若此，殊为难得；而且在胡逸之心中，一往情深甚至高于武功。可惜的是，陈圆圆并不知道胡逸之的痴情，她钟情的是李自成，却又忘不了吴三桂，且有些思念苍白无力的崇祯，然而这

---

① 陈岸峰《顾日影而弹琴：嵇康的痛苦及其追求》，见《诗学的政治及其阐释》，29—31 页。

② 王羲之著，严可均辑《兰亭诗序》，见《全晋文》（商务印书馆，2006 年），上册，26 卷，258 页。

三个男人其实并不珍惜她。

由此魏晋风度中一往情深的书写，其光芒足以令金庸武侠小说中的其他孽缘黯淡无光，段正淳的拈花惹草，田伯光的淫荡，康敏、瑛姑、李莫愁之因爱入魔，皆不足一提。

四、任诞

任诞，是魏晋中人蔑视礼教的行为艺术。[①]

阮籍在司马昭（字子上，211—265）面前张开大腿而饮酒；在母丧之际蒸小猪而食，喝酒两斗，再大哀而至于吐血。刘伶则更纵酒放任，脱衣裸形于屋中。《神雕侠侣》中，洪七公背锅上华山煮蜈蚣。《射雕英雄传》中，周伯通在桃花岛拉屎、撒尿戏弄东邪与西毒，又在《神雕侠侣》中为养玉蜂而拜小龙女为师。

《倚天屠龙记》中的张三丰虽仙风道骨，却"任性自在，不修边幅"，而被称为"邋遢道人"或"张邋遢"。其诙谐任诞，无异于洪七公，当然没有他的贪吃，亦没有周伯通、桃谷六仙的夸张，因为他毕竟是一代宗师，其诙谐却又令武当上下和谐又充满人情味。

《神雕侠侣》中，杨过虽与小龙女同室却不涉乱：

二人虽然同室，却相守以礼。黄蓉悄立庭中，只觉这二人所作所为大异常人，是非实所难言。

---

① 陈岸峰《一往情深：论〈世说新语〉中的社会结构、思想变迁及生命之情调》，见陈岸峰译注，刘义庆编著《世说新语》，7—8页。

这实无异于如阮籍送嫂以及睡于当炉女子之侧。同样，《笑傲江湖》中的令狐冲亦然放诞却谨守男女之防，"不但不是无行浪子，实是一位守礼君子""古今罕有"，令暗中监察其所为的莫大先生"好生佩服"。

令狐冲最初出现于读者面前的一幕，竟是滞留于妓院，颇有谢安之"携妓出风尘"的意味，以其任诞以颠覆江湖中的伪君子、伪侠客。

令狐冲对于世俗的礼法教条，从来不瞧在眼里，其胸襟思想之特质实乃其师——素有"君子剑"之称、文质彬彬的岳不群永远也不可能企及的境界。此外，桃谷六仙有节奏性地出现以调剂主角令狐冲的伤痛与冤屈；最后是六兄弟一起大便，更钻于令狐冲与任盈盈洞房之床下。

任诞，正是对所谓的"大人先生"的嘲弄，亦即是对所谓的岳不群的所谓"君子"的映衬。岳不群却为了一统江湖而甘于"自宫"，以练"辟邪剑法"。然而，整个江湖几乎均为"君子剑"岳不群所蒙蔽。

岳不群说道："时时说得仁义为先，做个正人君子"，又做贼喊贼，一脸道貌岸然地劝说为他所陷害的令狐冲要有"正邪忠奸之分"。而事实上，岳不群自己坏事做尽，一再陷害徒弟令狐冲，而又在人前以正派自居，以师长之姿指斥令狐冲。

在任我行眼中的岳不群却是：

此人一脸孔假正经，只可惜我先是忙着，后来又失手遭了暗算，否则早就将他的假面具撕了下来。

金庸借桃干仙道出："岳先生人称'君子剑'，原来也不是真的君子。"

人间有伪君子，伪道学，江湖世界亦大不乏伪侠客。此为金庸传承自"魏晋风度"而对人间黑暗的洞烛明照，亦是对侠的清洁精神的追求。

五、饮酒与服药

饮酒与服药，对魏晋中人而言，乃密不可分。

《世说新语》中有以下关于酒的记载："王光禄云：'酒正使人人自远'"；王卫军（生卒年不详）云："酒正自引人箸胜地"；王忱云："三日不酒饮，觉形神不复相亲"；张翰（字季鹰，生卒年不详）认为身后名声："不如实时一杯酒。"毕世茂（生卒年不详）说得更为具体：

一手持蟹螯，一手持酒杯，拍浮酒池中，便足了一生。

饮酒，有时也是为了服食五石散，《世说新语》记载：

王孝伯在京行散，至其弟王睹户前，问："古诗中何句为最？"睹思未答。孝伯咏："'所遇无故物，焉得不速老！'此句为佳。"

王恭（字孝伯，？—398）服食五石散之后行散以令药力散发，[1]而其行散及其所吟咏的内容亦是对于生命短促的焦虑，而这一则记载正反映了魏晋悲歌及抒情之关键所在。

《笑傲江湖》中令狐冲自称"胡闹任性、轻浮好酒""浮滑无行、好酒贪杯的浪子"。五毒教的五宝花蜜酒有"百毒不侵"之功效，敢于喝此毒酒者，唯有擅饮而胸怀坦荡的令狐冲。他一出场，

---

[1] 鲁迅《魏晋风度及文章与药及酒之关系》，《而已集》，86—87 页。有关五石散之论述可参阅余嘉锡《寒食散考》，《余嘉锡论学杂著》（中华书局，2007 年），上册，181—226 页。

便是酒馆打架、向乞丐讨酒喝，可以说是金庸借酒以呈现令狐冲的任诞。

令狐冲在西湖的梅庄喝酒一幕精彩绝伦，祖千秋的酒论精彩迭出。西湖梅庄的丹青生向令狐冲道出他酿造西域美酒的苦工，甚至"特地到北京皇宫之中，将皇帝老儿的御厨抓了来生火蒸酒"。然后，他们又以不同的杯子喝不同的美酒。田伯光找到美酒而尽毁，只留下两瓮，更挑着酒上华山找令狐冲共饮。田伯光虽是"淫贼"，但他千里迢迢挑酒上华山之巅找令狐冲共饮，因为"只有如此胸怀的大丈夫，才配喝这天下名酒"。

纵情声色，饮酒服药，本就是魏晋中人对于有限生命的尽情挥霍。

六、长啸

行散至空旷的山林之处，面对天地苍茫，感怀平生，自免不了长啸，借以抒情，故长啸亦是"魏晋风度"的重要元素之一。

唐代的孙广（生卒年不详）在他所著的《啸旨》一书中，全面地揭示了啸与道教的关系。在道教看来，"啸"有养生作用。发啸前的精神准备正是修神炼气的开始，而"啸"的过程则是修神炼气的深化。[1] 晋人成公绥（字子安）的《啸赋》，以赋的形式将"啸"的方法、"啸"音的特征及效果做出细致描绘。其《天地赋》中便有"慷慨而长啸"之说。

---

[1] "啸咏"是道教"内养"之方，"服食"是道家"外养"之法，相关论述可参阅李零《中国方术考》（人民出版社，1993年），324—329页；邰德仁《释"啸"》，《吉林省教育学院学报》，2013年第9期第29卷，125—126页。

及至魏晋，啸有了很大的发展，宗教色彩渐淡，音乐特性渐浓，并有明确的五音规定，依五音结构旋律，循五音之差别，以表现不同情感。魏晋名士可谓将其运用至极致，往往以"啸"代替语言，作为心灵的沟通。

"啸"只为形式，而倨傲狂放则乃其灵魂。《世说新语·栖隐第十八》第一则记载了阮籍与苏门真人以啸进行交流。在《射雕英雄传》中则转换为黄药师、洪七公在桃花岛以箫与啸抗击西毒欧阳锋之筝，"三般声音纠缠在一起，斗得难解难分"。

按情调而言，自是阮籍与苏门真人为雅，而金庸在此之演绎则似乎更为扣人心弦。《射雕英雄传》中，黄药师在海上误信女儿黄蓉已死而吟曹植之四言诗："感逝者之不追，情忽忽而失度，天盖高而无阶，怀此恨其谁诉？"并折箫而长啸。《神雕侠侣》中，杨过与小龙年分别十六年后，饱历沧桑而武功已臻绝顶的杨过，以长啸驯服群兽。一灯大师听了啸声，不禁佩服，虽觉他啸声过于霸道，不属纯阳正气，但自己盛年之时，也无这等充沛内力，此时年老力衰，自更不如，认为杨过之内力刚猛强韧，实非当世任何高手所能及。《天龙八部》中，令狐冲在想到左冷禅乃挑动武林风波的罪魁祸首，故"一声清啸，长剑起处，左冷禅眉心、咽喉、胸口三处一一中剑"。

由此可见，啸有不同的功能，而善于啸者均乃"魏晋风度"谱系中人。

七、《笑傲江湖》与《广陵散》的传承关系

金庸在《笑傲江湖》中从刘正风、曲洋写起，下及令狐冲、任盈盈，金庸对琴、箫及《广陵散》《笑傲江湖》之书写，实乃对"魏

晋风度"以及竹林七贤的精神领袖嵇康的崇高致意。

令狐冲本以为曲洋与刘正风"这二人爱音乐入了魔",刘正风却向他道出嵇康与《广陵散》的传承:"我托你传下此曲,也是为了看重你的侠义心肠。""慷慨重义",乃《广陵散》的精神核心。

刘正风认为正、邪之斗"殊属无谓",而他与曲洋"琴箫相和,武功一道,从来不谈""知他性行高洁,大有光风霁月的襟怀",故方有金盆洗手以昭告天下。

然而,身处江湖的刘正风可谓欲罢不能。刘正风一眼看出令狐冲具备魏晋风骨,故决定在临危之际将《笑傲江湖》之曲谱托付给他。

令狐冲与任盈盈邂逅于竹林,其时所见竟是"好大一片绿竹丛,迎风摇曳,雅致天然"。任盈盈乃魔教的大小姐,家居陈设却俨然魏晋风韵:

桌椅几榻无一而非竹制,墙上悬着一幅墨竹,笔势纵横,墨迹淋漓,颇有森森之意。桌上放着一具瑶琴,一管洞箫。

以"竹"作为筑居之所及陈设,以琴、箫陈列其间,足见其对竹林精神之向往。任盈盈乃"魏晋风度"中人,她能弹奏从《广陵散》中变化而来的《笑傲江湖》,"难得是琴箫尽皆精通"。

任盈盈既会弹奏《笑傲江湖》,且解了令狐冲之围,而令狐冲竟能听出其所奏与曲谱之别,这便是任盈盈与令狐冲之精神契合处及缘分之交会处。

由此可见,令狐冲对刘正风之托念兹在兹,而他竟一眼认定未曾谋面、只闻琴音的"婆婆"(任盈盈)便是值得托付《笑傲江湖》曲谱之人,实乃智的直觉,亦是知音之人。

任盈盈以《清心普善咒》之琴音为令狐冲作治疗:"原有催眠之意,盼能为你调理体内真气。"作为琴音治疗,《清心普善咒》具备魏晋精神的感召，"琴"与"精神"，在此密不可分。

"服药""弹琴"以获得"精神"及治疗，基本便成为令狐冲在整部小说中的常态。金庸以琴音作治疗，很明显地超出一般的医学治疗，却又与当今的音乐治疗互通，实乃武侠小说中的创造性突破。

渐渐地，二人便有精神的汇通之处，任盈盈亦急盼令狐冲能一起弹奏《笑傲江湖》。很明显，任盈盈所期待的并非俊男巨贾，而是一位精神互契的魏晋中人。

令狐冲虽不懂琴理琴技，却一语点中任盈盈所弹奏的《笑傲江湖》与嵇康《广陵散》之别在于"温雅轻快"与"慷慨决死"。其中分野，一语中的，可谓别具慧根。

故此，任盈盈便作为精神导师般向令狐冲说出此曲中不同段落之抑扬顿挫所蕴含的精微所在。由于了解《广陵散》与《笑傲江湖》的魏晋精神以及两曲之分别，而任盈盈又教会了令狐冲琴理及琴艺，由此导引令狐冲进入了"魏晋风度"谱系。及至令狐冲与任盈盈结婚之际，两人在婚礼之上琴箫合奏，"终于完偿了刘曲两位前辈的心愿"。

金庸由《射雕英雄传》《神雕侠侣》以及《倚天屠龙记》中关于"魏晋风度"的书写，终于在《笑傲江湖》中大放异彩，并以圆满的结局将"魏晋风度"与侠义相结合，堪称侠的最高境界。

八、结语

金庸小说中的"魏晋风度"，从黄药师、杨过、张三丰、曲洋、刘正风下及令狐冲，均为抗邪辟恶之特立独行的侠者，其与任盈盈能终成眷属而笑傲江湖，在情侠结构上亦更具突破性的书写。武侠中之"魏晋风度"的书写及其谱系之建构，竹林摇曳，琴箫合奏，亦歌亦酒，笑傲江湖。

魏晋风度与武侠世界的结合，乃从精神层面落实至行动层面，将抗击黑暗、涤除虚伪的千古诉求，发挥至淋漓尽致，实乃金庸在武侠小说史上的创造性贡献。

| 第 | 七 | 章 |

塞上牛羊空许约：武侠的异域书写与历史省思

一、前言

在金庸的武侠小说中，异域与中原的关系错综复杂。异域高手、喇嘛常带有颠覆中原政权的阴谋而在江湖兴风作浪，由此亦为主人公带来成长的考验，并构成故事的冲突张力。

异域与中原既有抗衡、冲突之处，又不乏包容互补之所在，当中原侠义沦丧之际，则往往有新一代的少年在异域潜心修炼，在遭遇连番奇迹之后，返回中原武林，骤然崛起，一鸣惊人。此外，成名的大侠又往往在故事结束之前，自愿或被迫隐居异域。

故此，金庸武侠小说中之异域书写，并不能简单地概括为中原与异域之对立，或推崇与贬抑之非此即彼的二元模式。本文聚焦于金庸武侠小说中的异域书写，以揭示其主要特征及功能，再下及异域与中原、文学与历史之省思。

二、西毒东来

海登·怀特（Hayden White）指出"历史"之要务在于具体事物而不是对"可能性"感兴趣，而"可能性"则是"文学"著作所表述的对象。因此，西毒东来，邪功异能，魅影妖魂，形成了异域所带来的异国情调，震撼读者。金庸武侠小说中一切有关毒的事物，大多来自异域或异族，西毒欧阳锋及欧阳克，乃此中赫赫有名的人物。《射雕英雄传》与《神雕侠侣》中的欧阳锋，其武器毒蛇杖有以下巧夺天工的设计。

原来欧阳锋杖头铁盖如以机栝掀开，现出两个小洞，洞中各有一条小毒蛇爬出，蜿蜒游动，可用以攻敌。这两条小蛇是花了十多年的功夫养育而成，以数种最毒之蛇相互杂交，才产下这两条毒中之毒的怪蛇下来。欧阳锋惩罚手下叛徒或强敌对头，常使杖头的怪蛇咬他一口，遭咬之人浑身奇痒难当，不久毙命。欧阳锋虽有解药，但蛇毒入体之后，纵然服药救得性命，也不免受苦百端，武功大失。

以毒中之毒的怪蛇伤人，说到底亦即对自身武功不够自信，方才以此等下三滥手段攻击对手，其实又何异于《鹿鼎记》中备受批评的韦小宝的手段呢？即使他号称"西毒"，实亦不配与"东邪""北丐""南帝"及"中神通"并列当世五大高手。至于其与嫂嫂私通的私生子欧阳克及其手下在光天化日驱赶大批毒蛇，场面吓人，令洪七公亦大为震惊。后来，洪七公想出以飞针破毒蛇阵，才免受其害。西毒欧阳氏叔侄（父子）二人之毒害中原武林，可见一斑。多年之后，当金庸在《鹿鼎记》中提及"化尸粉"，仍忘不了将此"十分厉害"的药物追溯到欧阳锋身上：

韦小宝从海大富处得来的这瓶化尸粉十分厉害，沾在完好肌肤之上绝无害处，但只须碰到一滴血液，血液便化成黄水，腐蚀性极强，化烂血肉，又成为黄色毒水，越化越多，便似火石上爆出的一星火花，可以将一个大草料场烧成飞灰一般。这化尸粉遇血成毒，可说是天下第一毒药，最初传自西域，据传为宋代武林怪杰西毒欧阳锋所创，系以十余种毒蛇、毒虫的毒液合成。

"化尸粉"中的主要元素仍是蛇，即以此而揭示使用者之毒如蛇蝎。蛇之为毒，又见于《笑傲江湖》中的五毒教，其创教教祖和教中重要人物均是云贵川湘一带的苗人，善于使瘴、使蛊、使毒。令狐冲喝下五仙教教主蓝凤凰的五宝花蜜酒，其中包括五条小小毒虫，分别是青蛇、蜈蚣、蜘蛛、蝎子以及小蟾蜍。五毒酒使令狐冲血中有毒而性命无碍，因其不惮于喝此五毒酒之坦荡胸怀，从而令一众异域江湖人物拜服，一反蓝凤凰心中"汉人鬼心眼儿多"的成见，以见其对"'她者'的开放容纳"。[①]关于蛇更为恐怖的书写，乃是《碧血剑》中五毒教的毒龙洞，此中万蛇蜿蜒，场面吓人：

> 毒龙洞里养着成千成万条鹤顶毒蛇，进洞之人只要身上有一处蛇药不抹到，给鹤顶蛇咬上一口，如何得了？这些毒蛇异种异质，咬上了三步毙命，最是厉害不过。因此进洞之人必须脱去衣衫，全身抹上蛇药。

夏雪宜在毒龙洞中引诱了何红药，除了获得金蛇剑外，又尽得五毒教的二十四枚金蛇锥与藏宝地图。何红药却因犯了教规，只服解药而入蛇窟，受万蛇咬啮之灾而变得奇丑无比，出洞之后又行乞二十年。此外，《天龙八部》中，西夏一品堂的"悲酥清风"是一种无色无臭的毒气，最终死于"悲酥清风"的并非与西夏抗衡的中原武林或丐帮中人而是段正淳，可谓风流业报。《飞狐外传》中的石万

---

① 史书美《性别与种族坐标上的华侠省思》，见吴晓东、计璧瑞编《2000'北京金庸小说国际研讨会论文集》，377页。

嗔号称"毒手神枭",在与师兄"毒手药王"无嗔大师斗毒时,为"断肠草"熏瞎双眼,遂逃往缅甸野人山,以银蛛丝逐步拔去"断肠草"毒性,却因此而目力大损,在天下掌门人大会上无法分辨程灵素在玉龙杯上所沾的赤蝎粉与旱烟管中喷出的烟雾的颜色,因此而中毒。《连城诀》中的番僧宝象饿了会吃人肉,竟想吃了狄云,后来在狄云的游说之下改为喝老鼠肉汤,却因此而中了老鼠肉中的金波旬花之毒而亡。至于万圭则中了言达平的花斑毒蝎,乃自回疆传来的异种,令中毒者不会立刻毙命,要折磨一个月才致死。以上这些令人毛骨悚然的关于毒物的书写,无疑为金庸的武侠小说增添了不少神秘诡异的异国情调,而这恰好是一般读者所匮乏而充满好奇之所在。①

与此同时,主人公总是因缘巧合地喝了百毒不侵的蟒蛇血或药酒,由此快速地提升了彼等进入高手的行列,否则必定受挫而令小说无法继续。例如,《射雕英雄传》中的郭靖初出道时笨手笨脚而被梁子翁的大蟒蛇缠绕,而此蛇来历不凡:

药方中有一方是以药养蛇、从而易筋壮体的秘诀。他照方采集药材,又费了千辛万苦,在深山密林中捕到了一条奇毒的大蟒蛇,以各种珍奇的小动物与药物饲养。那蛇体色本是灰黑,长期食了貂鼠、丹砂、参茸等物后渐渐变红,蛇毒也渐化净,喂养十余年后,这几日来体已全红。

---

① 王剑丛指出:"神秘性,是金庸武侠小说的另一特色。变幻莫测的武功、神出鬼没的人物、人烟稀少的大漠、冰天雪地的高山峻岭、不见天日的深谷洞穴、巧绝天工的暗道等等,无不充满着神秘性。人类有一种好奇的天性,这种神秘性很好地满足了读者的好奇心理。从美学的角度看,神秘性能产生一种距离感,也就是一种美感。"见王剑丛《香港文学史》,360页。

在情急之下，郭靖咬死蟒蛇并吸取其血，却因祸得福而百毒不侵，甚至内力大增。故此，梁子翁便矢志要吸食郭靖之宝血。

以上关于异域毒物的书写，为异域增添了几分神秘而邪恶的氛围。而在毒物之外，更有相关的邪功异能以作配合，这又是江湖风波的导火线。

三、邪功异能

毒药必配邪功异能，方才相得益彰，以增强杀伤力。金庸武侠小说中的邪功异能以及五花八门的修炼方法及器具，几乎全来自异域。《连城诀》中青海黑教血刀门的血刀老祖所使用的血刀每逢月圆之夜，"须割人头相祭，否则锋锐便减，于刀主不利"。欧阳锋赖以成名的"蛤蟆功"，名称极之不堪，其练习的姿势亦类同蛤蟆之姿态：

只见欧阳锋蹲在地下，双手弯与肩齐，宛似一只大青蛙般作势相扑，口中发出牯牛嘶鸣般的咕咕声，时歇时作。

从其毒蛇杖之以怪蛇伤人，及至于夜间对着月亮中的黑影练习蛤蟆功，均可见欧阳锋此人物之形象的邪恶与卑下，堪称集众恶于一身。《天龙八部》中，阿紫的毒功来自星宿派丁春秋的神木王鼎：

这座神木王鼎是本门的三宝之一，用来修习"不老长春功"和"化功大法"的。……这神木王鼎能聚集毒虫，吸了毒虫的精华，便可驻颜不老，长保青春。

而其修炼邪功的方法更是恐怖：

这蚕虫纯白如玉，微带青色，比寻常蚕儿大了一倍有余，便似一条蚯蚓，身子透明如水晶。那蟒蛇本来气势汹汹，这时却似乎怕得要命，尽力将一颗三角大头缩到身子下面藏了起来。那水晶蚕儿迅速异常的爬上蟒蛇身子，从尾部一路向上爬行，便如一条炽热的炭火一般，在蟒蛇的脊梁上烧出了一条焦线，爬到蛇头之时，蛇皮崩开，蟒蛇的长身从中分裂为二。那蚕儿钻入蟒蛇头旁的毒囊，吮吸毒液，顷刻间身子便胀大了不少，远远瞧去，就像是一个水晶瓶中装满了青紫色的液汁。

由此神鼎所修炼的邪功，损人利己，自然是阿紫不惜背叛师父丁春秋，急于据为己有的宝物。阿紫既修炼邪功，其行止亦具有不可理喻之毒：

阿紫嘤咛一声，缓缓睁眼，突然间樱口一张，一枚蓝晃晃的细针急喷而出，射向萧峰眉心。

本来一直善待她的萧峰亦不禁怒骂："这妖女心肠好毒，竟使这歹招暗算于我。"阿紫乃段正淳的私生女，由其一出场即害死大理四大护卫之一，可见其狠毒。故此，倪匡代笔期间而令阿紫因为丁春秋所伤而失去眼睛亦是合理而智慧之举，她基本上是个没有灵魂的人物，以至倪匡事后仍对她恨恨不已。[1] 恶之化身的阿紫及其所属的星宿派之所作所为，尽显不可理喻之恶。

"恶"乃是人间众生相的其中一种，而集中写"恶"则乃文学创作中极少有的尝试，金庸将至恶之人的阿紫与至善之人的萧峰置于同一时空并结伴而行，亦是深层次的人性拷问。同样，在《倚天屠龙记》中亦因家庭不睦而杀害父亲殷野王的小妾的殷离（阿蛛）亦修炼"千蛛万毒手"：

从怀中取出一个黄澄澄的金盒，打开盒盖，盒中两只拇指大小的蜘蛛蠕蠕而动。蜘蛛背上花纹斑斓，鲜明夺目。

---

[1] 倪匡《再看金庸小说》（重庆大学出版社，2009年），74—75页。

　　殷离语音娇柔，举止轻盈，无一不是绝色美女的风范，可就是因为修炼"千蛛万毒手"而变得丑陋。不同的是，殷离善良依旧，甚至终生惦记童年的张无忌，以至于疯疯癫癫。《天龙八部》中，流落辽国的"聚贤庄"少主游坦之为获得阿紫的芳心，亦继段誉误吃蛤蟆而因祸得福之后，因被冰虫叮咬而练就邪功。游坦之的邪功，犹如段誉无形无相的六脉神剑，"触不到、摸不着，无影无踪"。当他心中不再存想，冰蚕便不知去向，若再存念，冰蚕便又爬行。游坦之继而又修炼腐尸毒：

　　游坦之的"腐尸毒"功夫的要旨全在练成带有剧毒的深厚内力，能将人一抓而毙，尸身上随即沾毒。

　　急于报仇，急于超越，游坦之从此沦为半人半兽，甚至善恶不分。游坦之因缘际会，于苦难中练成毒掌，人性之书写至此又另辟新章，原本身处优越之善良少年，忽惨遭家门巨变，历尽磨难，几被兽化。

　　阿紫的师父，青海"星宿派"的丁春秋的"化功大法"，更是令人闻风丧胆：

　　"化功大法"，中掌者或沾剧毒，或经脉受损，内力无法使出，犹似内力给他尽数化去，就此任其支配。

然而，丁春秋的下场极为悲惨：

　　这个童颜鹤发、神仙也似的武林高人，霎时间竟然形如鬼魅，嘶唤有如野兽。

　　与丁春秋同样以不同方法修炼长春不老神功的天山童姥，在缥缈峰灵鹫宫修炼"天长地久不老长春功"时，犹如鬼魅妖魔。

　　天山童姥本以喝人血而存活，及至受了虚竹之规劝后，方以鹿血代替，场面残忍血腥：

　　那女童喝饱了鹿血，肚子高高鼓起，这才抛下死鹿，盘膝而坐，一手指天，一手指地，又练起那"天长地久不老长春功"来，鼻中喷出白烟，缭绕在脑袋四周。

在虚竹眼中，天山童姥乃"借尸还魂的老女鬼"。天山童姥虽练成了长生不老，却每隔三十年便要返老还童一次。因此，天山童姥的身子从此不能长大，永远是八九岁的模样，亦因此而失去无崖子的爱，遗憾终生。天山童姥借"生死符"以控制别人，令中此符者"似狼嗥，如犬吠，声音充满了痛楚，极为可怖"，其功效类似于《笑傲江湖》中日月神教的"三尸脑神丹"及《鹿鼎记》中神龙教的"豹胎易筋丸"。丁春秋、天山童姥、任我行以至于洪安通等人，均是金庸借此对政治偶像之操纵、愚弄群众的批判。

诺思鲁普·福莱指出："每一个文学作品都具有虚构面和主题面。"从异域的毒物之东来以至于邪功异能之修炼，金庸以其独具匠心的虚构以服务其胡汉之争的主题，令彼此之角力更为惊心动魄。海登·怀特指出，如用历史编纂学的方式将奇异、宗教信仰及故事模式放进文化范畴之内，而这些"数据"与我们的时空距离与生活方式都离得较远，便会产生"异国情调"。《倚天屠龙记》中有关摩尼教的书写，原本是我们十分陌生的，而透过金庸的武侠小说，摩尼教与明朝之建立的关系才为柳存仁先生所关注并做出论述，[①]一般读者亦因此而了解了这一历史事实，从而将陌生变成熟悉，甚至由此而对中国历史与文化中所存在的异国文化因素，"获得更多的信息"。柯林伍德（R. G. Collingwood，1889—1943）把历史学家的这种敏感性称为对事实中存在的"故事"或对被埋藏在明显的故事里面或下面的真正的故事的嗅觉。他得出的结论是，当历史学家

---

① 柳存仁《金庸小说里的摩尼教》，北京大学与香港中文大学中国语文文学系编《中文学刊》，2005 年第 4 期（12 月），275—317 页。

成功地发现历史事实中隐含的故事时，他们便为历史提供了可行的解释。

异域之邪功毒器，丰富了阴谋的悬念与武侠打斗过程中的惊险，从而为阅读带来更多的紧张与快感，同时是对主人公成长的考验。异域所存在的对中原文化、历史进展之可能影响的书写，亦是进一步深度挖掘中原与异域彼此碰撞所发出的火花，由此而充分发挥文学之想象。[①]

以上形形色色的邪功异能，反角的功夫之诡秘恐怖，益突显主人公降妖伏魔的武功之高超。邪功异能之别出心裁，最终亦是为了突出邪不胜正的思想。同时，以上对异域的毒物以及邪功异能的苦心孤诣的书写，则为了衬托出异域书写的另一关键——胡汉之争。

四、胡汉之争

正因为历史迷雾重重，文学才有展开想象的空间。因此，金庸武侠小说大都选择了易鼎之际的书写，如两宋、元明及明清之际。正因为长期以来，这些关键的历史时刻基本已构成了国人的精神创伤，大批与以上国族灾难相关的戏剧、小说以至于说唱均叙述了民族的哀伤，同时反映了时间的长河基本上亦冲不掉国民对"靖康之难""甲申之变"以及国家沦亡于异族铁蹄之下的创伤与困惑。金庸的武侠小说则明显地大异于传统的政治叙述，而是以逆向的书写，走向江湖，走向民间。

---

① 金庸曾于1961年创办文学杂志《武侠与历史》，于1976年停刊，共出版了758期。见刘登翰《香港文学史》，263页。

138

金庸武侠小说中往往是多方共存的状态，此中包括宋、辽、汉、满、蒙、回、藏，甚至罗刹国的多民族的共存的格局。① 亦因如此，胡汉之争及其所衍生的民族大义，基本便是金庸武侠小说中的主旋律。此中，最为突出的书写莫过于《天龙八部》中世代梦想复国的慕容氏家族，然而慕容复的胸襟极其狭隘：

> 他是燕国慕容氏的旧王孙。可是已隔了这几百年，又何必还念念不忘的记着祖宗旧事？他想做胡人，不做中国人，连中国字也不想识，中国书也不想读。

相对于身为大理王子的段誉之仁义之心与文化修养，数百年来念兹在兹地图谋入主中原的慕容复，却不读中国书，这亦正是历代入主中原的异族成败的关键所在。然而，慕容家族抛开文化的软技巧，直接以阴谋胁迫中原武林，以致江湖上人人皆知慕容家"只想联络天下英豪，为他慕容家所用""要做武林至尊"。原来，慕容家族的恢复大梦及其家族历史渊源流长：

> 慕容复的祖宗慕容氏，乃鲜卑族人。当年五胡乱华之世，鲜卑慕容氏入侵中原，大振威风，曾建立前燕、后燕、南燕、西燕等好几个国家。其后慕容氏为北魏所灭，子孙四散，但祖传孙、父传子，世世代代，始终存着中兴复国的念头。中经隋唐各朝，慕容氏日渐衰微，"重建大燕"的雄图壮志虽仍承袭不替，却眼看越来越渺茫了。

一如几部长篇中的大理段氏与蒙古王室，金庸在此将来自记录的历史事实，移植入其故事之中，从而以江湖武侠的角度诠释历史，释出新义。慕容家族被镶置于大历史的兴亡之中，慕容博的野心在

① 宋伟杰《论金庸小说的"家国想象"》，见《金庸小说与二十世纪中国文学国际学术研讨会论文集》，326 页。

于挑起宋辽纷争，令两国兵连祸结，闹得两败俱伤，从而坐收渔人之利。故此，他先诱骗中原武林人士袭杀萧远山一家，复以武力胁迫中原武林，却功亏一篑。或因终日纠缠于复国大梦，金庸笔下的慕容复几乎甚少心理活动与情感，他远至辽国参与驸马招亲为的亦是伺机崛起，却料想不到竟连番受辱，后来又以诡计胁迫段正淳传位于段延庆，并企图作为其义子以继其皇位，意图以大理之兵入侵中原以图复国。然而，无论是慕容博之苦心孤诣地挑起宋、辽争端以及江湖风波，或是慕容复之四处钻营，虽徒劳无功，却正是整部《天龙八部》中导致主人公萧峰于忧患中成长的肇事者，又阴错阳差地将萧峰推至风口浪尖从而成为一代大侠。如此书写技巧，同样出现于《射雕英雄传》中的郭靖与《倚天屠龙记》中的张无忌的成长历程。这正是金庸以历史意识融入武侠小说而令笔下人物串演出易鼎之际的种种可能性，由此而突显其武侠小说之寄托所在，即侠客的一切所为，非止于江湖风波，而是与国家兴亡息息相关，由此展开犹如史诗般的画卷，并增强侠客的行动的正义性。

金庸武侠小说书写了由中原武林自发的保家卫国的行动，其可歌可泣，比《说岳》《杨家将》《呼家将》《万花楼》《五虎平西》《五虎平南》等演义小说的官方抗战，可谓不遑多让，而其细腻动人之处，有过之而无不及。海登·怀特指出，心理治疗过程是在情节结构中换掉占主导地位的那些事件，"以另一个情节结构取而代之"。金庸成功的武侠小说总是在国族濒危之际，不是一如正史般之君庸臣奸、忠臣受害之结构模式，而是突出江湖少侠从磨难中崛起以拯救天下苍生，如《天龙八部》《射雕英雄传》《神雕侠侣》《倚天屠龙记》《书剑恩仇录》《鹿鼎记》，皆是如此。

海登·怀特还认为：最伟大的历史学家总是着手分析他们文化历史中"精神创伤"性质的事件，例如革命、内战、工业化和城市化一类的大规模的程序，以及丧失原有社会功能却仍能继续在当前社会中起重要作用的制度。

金庸以其武侠小说为国族疲弱的历史时空置换了情节结构，以大侠率领江湖人物抗击外侮，从衰颓而转换为抗争，从消极阴暗而转为昂扬光明，他不止治疗了由正史所带来的"精神创伤"，更借此而弘扬了消失已久的侠的精神。然而，金庸很明显地在《碧血剑》中过于拘泥于正史，从而失去其成功作品中置换情节结构的作用，亦即海登·怀特所言之历史与小说的相对比重（relative weight）的失衡，由此而令整部小说失去其文学想象及其创造性之所在。

何谓"侠"？金庸笔下并没有单一的侠，在其主要作品中却往往借助异域因素而拓宽了"侠"的义涵。宋人视辽人为毒蛇猛兽，怨毒甚深，而曾为丐帮帮主的"乔峰"，一下子即变为"萧峰"，从江湖上众口称颂的"大侠"一变而为"辽狗"，可谓翻天覆地的身份转变，一下子令乔峰无所适从，痛苦彷徨。彷徨无措的萧峰，当在雁门关口看见契丹人胸口的狼图腾后，才醒觉自己胸口亦同样有狼图腾的刺青。

狼图腾终于令萧峰确认自己的种族，而"心中苦恼之极"。确认身份后，萧峰惊觉自身作为辽人的狼性与蛮劲，从契丹老汉垂死之际的"狼嗥之声"而顿觉"心灵相通"，再回忆聚贤庄上中原武林中人的无情无义，汉人与契丹之限，刹那泯灭。萧峰终于明白："我到底是汉人还是契丹人，实在殊不足道"，种族之别与善恶无关，"不再以契丹人为耻，也不以大宋为荣"。及至后来萧峰以武止戈，以下犯上，力阻辽帝南侵，其壮烈与仁义亦感动了以他为敌的丐帮中人：

吴长风捶胸叫道："乔帮主，你虽是契丹人，却比我们这些不成器的汉人英雄万倍！"

这一幕犹如海登·怀特所谓的"定格"（mirriored），对种族的善恶之分作了重新诠释。在此一刻，中原江湖中人亦因萧峰的仁义而改变辽人与禽兽无异的观念。然而，金庸再写出汉人对契丹人萧峰之仁义的理解，彼等认为究其原因，亦只是因为萧峰自幼受少林高僧与丐帮汪剑通帮主的养育教诲，方才改了契丹人的凶残习性。即是说，此乃中原文化改变了辽人的凶残属性，最终汉人与辽人在属性上仍有所区别。由此可见，这"定格"的一幕，隐含了作者与小说人物对萧峰的不同评价。

在《笑傲江湖》中，西域美酒助令狐冲成为具魏晋风度之纯侠，丹青生以三招剑法换得西域剑豪莫花尔彻赠送十桶三蒸三酿的一百二十年吐鲁番美酒，用五匹大宛良马驮到杭州后，他依法再加一酿一蒸，十桶美酒，酿成一桶。故此，此美酒历万里关山而不酸，酒味陈中有新，新中有陈。这葡萄美酒即使嗜酒的令狐冲痛饮一番之外，同时金庸借此将令狐冲纳入侠的魏晋风度的谱系。令狐冲凭借琴箫合奏以及嗜酒的魏晋风度而成为"笑傲江湖"的游侠。

除了突显种族身份及胡汉冲突之外，金庸又书写出中原与异族在武功上难以种族而作区别。契丹人萧峰以"太祖长拳"攻玄难的"罗汉拳"，可是汉人玄难所使的少林寺拳法来自天竺，由此以突显种族之争的荒谬。同样，萧峰之父萧远山的武艺，是辽国的一位汉人高手所传授。因此，萧远山力阻辽后对大宋用兵，乃是为了报答恩师的深恩厚德。从拳术之来源而蕴藏种族之争的省思，意在突显金庸历史之想象力如水银泻地、无孔不入，一如海登·怀特所言：

> 一个优秀的职业历史学家的标志之一，就是不断地提醒读者注意：历史学家本人对在总是不完备的历史记录中所发现的事件、人物、机构的描绘是临时性的。

因此金庸武侠小说在一定历史事实的基础上的文学想象，基本均朝向一个共同的目的 —— 参与历史诠释。例如，宋朝边境官兵对辽人之所为：

> 好几个大宋官兵伸手在契丹女子身上摸索抓捏，猥亵丑恶，不堪入目。有些女子抗拒支撑，便立遭官兵喝骂殴击。

> 那军官大怒，抓起那孩儿摔了出去，跟着纵马而前，马蹄踏在孩儿身上，登时踩得他肚破肠流。

简而言之，宋、辽本无分别，胡、汉各有恶行，如此书写，则为正史所无：

> 历史学者在努力使支离破碎和不完整的历史材料产生意义时，必须要借用柯林伍德所说的"建构的想象力"，这种想象力帮助历史学家 —— 如同想象力帮助精明能干的侦探一样 —— 利用现有的事实和提出正确的问题来找出"到底发生了什么"。

借着宋兵虐杀辽人的场面，金庸无疑颠覆了中原的历史书写，而颠覆的勇气则蕴含了历史书写的质疑，亦存在对异域的包容。这无疑便是柯林伍德所说的"批判性与建构性"的诠释策略。在追问纷争的历史真相的努力之后，金庸武侠小说并没有为种族之争提出解决的方法，而是将中原与异族的种种纠缠的复杂面呈现于其武侠小说之中，绝非简单的"夷不胜华"。①

种族之争，虽炽烈而无稽，却终难解决，而在旋涡中挣扎，在力挽狂澜而终究无力回天的悲壮中，却再次彰显了侠客的人性光辉。

① 宋伟杰《论金庸小说的"家国想象"》，见《金庸小说与二十世纪中国文学国际学术研讨会论文集》，326—327 页。王一川更认为金庸武侠小说呈现出"抑夏扬夷"，乃翻转"'夏夷'二元对立视野"的现象。见王一川《文化虚根时段的想象性认同》，吴晓东、计璧瑞编《2000'北京金庸小说国际研讨会论文集》（北京大学出版社，2002 年），51 页。

五、胡汉之恋

胡、汉之势不两立，乃《天龙八部》《射雕英雄传》《神雕侠侣》《倚天屠龙记》《书剑恩仇录》《雪山飞狐》《飞狐外传》以及《鹿鼎记》中的主要冲突元素。驱除鞑虏、还我河山，岳飞的精忠报国及其《武穆遗书》乃金庸作品之基本要义，最终在《倚天屠龙记》中由张无忌将《武穆遗书》转赠予徐达，终由徐达驱逐蒙元，助朱元璋建立由汉人统治的大一统江山。而《碧血剑》《飞狐外传》《雪山飞狐》《书剑恩仇录》以及《鹿鼎记》则又再度书写明、清易鼎后，天地会反清复明的抗争，虽前赴后继，却挥不去无力回天的哀怨。由此而言，民族主义思想在金庸武侠小说中极为炽烈。正因如此炽烈的民族主义，在烽火连天的易鼎之际与民族大义的危急关头，金庸武侠小说中的胡汉之恋，更是肝肠寸断，脍炙人口。

一般情况下，金庸武侠小说的结局均是大侠之退隐异域，虽壮志未酬，而金庸又往往为彼等安排了异域美人相伴。《天龙八部》中被揭发契丹身份的丐帮帮主萧峰，在被中原武林围攻、追杀之际，获得大理皇弟段正淳的私生女阿朱一往情深的爱慕，从而使他在人生的黑暗时期重获生存的希望：

乔峰一怔，回过头来，只见山坡旁一株花树之下，站着一个盈盈少女，身穿淡红衫子，嘴角边带着微笑，脉脉的凝视自己，正是阿朱。

这一幕非常动人，堪称神来之笔。爱情凌驾一切种族界限，因此萧峰深受感动地说：

萧某得有今日，别说要我重当丐帮帮主，便叫我做大宋皇帝，我也不干。我宁可做契丹人，不做汉人。

同样，如天神般人物的萧峰，别说他只是契丹人，便是魔鬼猛兽，阿朱也不肯离他而去。种族之泯合，先在阿朱心中开花，阿朱认为萧峰是"汉人也好,是契丹人也好,对我全无分别"。《射雕英雄传》中,成吉思汗因郭靖有功而钦赐其为"金刀驸马",郭靖与华筝虽青梅竹马,郭靖自回归中原后却对黄蓉一见钟情,由此而背弃婚约,虽有划地封王的利诱亦不为所动。突显的却是作为汉人的郭靖对爱情与国族的追求与忠贞。《倚天屠龙记》中的蒙古郡主赵敏亦为了张无忌而甘愿汉化,波斯少女小昭为了张无忌而甘愿回归波斯出任总坛教主。《书剑恩仇录》中的陈家洛更同时获得回疆的霍青桐与香香公主两姐妹的垂青,他却将香香公主转赠予乾隆以作政治筹码,虽是为大我而牺牲小我,却亦间接突显其政治无能,由此以揭示恢复汉室之无望。

然而,不幸的恋情亦因种族歧见而生,《天龙八部》中的丐帮副帮主马大元的夫人康敏因在洛阳牡丹花会上自觉不受萧峰(乔峰)青睐,便以其身世的秘信而兴风作浪,从而掀起一场江湖巨变。《白马啸西风》中的李文秀与苏晋虽青梅竹马、两情相悦,却因为晋威镖局掠夺并杀害哈萨克族人,自此"哈萨克人对汉人甚为憎恨"。纵然精通《可兰经》的阿訇卜拉姆解释了伊斯兰教允许与汉人通婚,然而成为哈萨克族人心中的英雄的李文秀终归也无法与她心爱的苏晋在一起,只能孤身匹马返回中原。

由以上这些细节的描写,可见金庸的身份穿梭于小说家与历史学家之间:

历史学家在研究一系列复杂的事件过程时,开始观察到这些事件中可能构成的故事。当他按自己所观察到的事件的内部原因来讲故事时,他以故事的特定模式来组合自己的叙事。

金庸乃以侠客的成长故事及其爱恨情仇,诠释历史。因此之故,有论者认为:

金庸小说"历史感"之强烈，往往使读者分辨不出究竟他是在写"历史小说"还是"武侠小说"。[①]

换言之，金庸乃以武侠写历史，他不只是小说家，而是带有诠释历史目的的小说家。

胡汉之恋在金庸小说中增添了异域的浪漫情调，而更多的是异族美女情倾中原大侠，这无疑亦是民族主义叙事的一部分。异域虽为中原带来动荡，为主人公带来挑战，却因为爱情的联系，又成为主人公退而归隐的选择。

六、潜修去国

异域乃金庸武侠小说中的双刃剑，既是挑起中原江湖风波、危及国族之根源，同时是主人公修炼以重塑江湖、拯救国族以至于去国归隐之所在。异域虽然荒芜，却是侠客潜心修炼或隐居的好地方。《射雕英雄传》中的郭靖先从蒙古人那里学会摔跤之术，此技能令他在桃花岛上与西毒欧阳锋较量时不落下风。《倚天屠龙记》中的张无忌在冰火岛上受到义父金毛狮王谢逊的严格训练，随后因被朱长龄追捕而掉落昆仑山附近的悬崖，在洞中获苍猿赠予《九阳神功》，又被布袋和尚背上光明顶，因缘际会于乾坤一气袋中练成"九阳神功"，继而又在光明顶的秘道中获明教教主阳顶天留下的"乾坤大挪移"心法，练成神功，后来再获波斯圣火令上的波斯神功。此中，

---

① 林保淳《通俗小说的类型整合 —— 试论金庸的武侠与历史》，见刘再复、葛浩文、张东明等编《金庸小说与二十世纪中国文学国际学术研讨会论文集》，162 页。

最为微妙的异域潜修的好处莫过于长年漂流于孤岛的谢逊，冰火岛的寒与热原来对谢逊的身体大有好处，故其武功造诣虽不及仇人成昆，然而其身体因长年在冰火岛生活而异常健壮：

> 他年纪比成昆小了十余岁，气血较旺，冰火岛上奇寒酷热的锻炼，于内力修为大有好处，百余招中丝毫不落下风。

最终，谢逊就凭其在冰火岛中不自觉而获得的体力而战胜本来武功比他高强的成昆，终于报仇雪耻。此外，《书剑恩仇录》中隐于回疆的陈家洛，自小便获天池怪侠袁士霄传授武功；《连城诀》中的狄云，在雪山中练习血刀老祖的刀法；《侠客行》中的石破天被谢烟客带上摩天崖，又因缘际会，学得一身怪异武功，继而在荒岛上获史小翠传授金乌刀法，其后又在侠客岛石壁上无师自通地学会以蝌蚪文写成的"侠客行"武功。此中最为曲折离奇而精彩万分的是《天龙八部》中，虚竹被天山童姥挟持往西夏地下冰窖，学会了天山折梅手与天山六阳掌，由此一跃而成为与萧峰、段誉鼎足而立的三大高手之一。

同样，每当中原江湖道义沦丧，主人公唯有被迫离开故土，短期或长期潜藏归隐于异域。《天龙八部》中的萧峰因契丹身份被揭发而被迫辞去丐帮帮主之位，在被中原武林追杀而心灰意冷之下，潜返辽国。在途中，萧峰因缘际会，先后备受女真首领完颜阿骨打与辽国皇帝耶律洪基的礼遇。萧峰因救了耶律洪基性命而与他结为兄弟，后又助其重夺政权而被封为南院大王。萧峰以武止戈，阻拦了辽帝南侵，最终亦以死谢罪，其后由阿紫抱着跳下昔日他父亲萧远山跳下的悬崖，仿如回归母体。《倚天屠龙记》中的张无忌出生、成长于冰火岛，因此甚为眷恋冰火岛"没人世间的奸诈机巧"，后因朱元璋的逼宫，他不得不携蒙古郡主赵敏归隐蒙古。《碧血剑》中的袁承志在华山学艺之后下山，不久便被推举为七省盟主，又在短时间内竟尽识崇祯之无能、李自成之荒谬以及皇太极之英明，在无可奈何之下，率众退隐海外。同样，长平公主亦拜木桑道人为师，前往藏边修炼武功。《书剑恩仇录》中的陈家洛早年潜居回疆，从天池怪侠学武，后担任天地会总舵主，在与乾隆多番周旋较量之下，无功而返，又隐居回疆。后来又在《飞狐外传》中偶回中原，却恢复无望，终日郁郁寡欢。《连城诀》中的狄云虽成长于湖南，但在一连串的迫害之下，他与水笙在雪山之中暗生情愫，最终仍是返回雪山隐居。

由此可见，异域乃是侠客潜修之理想所在，至于是否可以成为去国归隐之处却大成问题。萧峰便死于他出生的辽国，张无忌天真地选择在蒙古归隐，至于陈家洛之隐居回疆而没有如《白马啸西风》中李文秀与回民所发生的矛盾，原因在于天地会与回疆在当时联手抗清一事上有利益一致之处。如此结局，金庸又颠覆了传统古典小说中的功成名就的成功结局，挫败了读者在阅读上的惯常期待（to frustrate conventional expectation）的书写，一方面符合历史事实；另一方面颠覆了古典小说的结构模式，即英雄不一定成功，成功者不一定是英雄，如张无忌去国，朱元璋称帝，陈家洛隐于回疆，乾隆当国，基本上从《天龙八部》《射雕英雄传》《神雕侠侣》《倚天屠龙记》《书剑恩仇录》以至于《鹿鼎记》，均是如此书写模式。

然而，若与对江南的书写如杭州、嘉兴相较之下，金庸对异域的风土人情的着墨与渲染显然不够，萧峰所在的辽国，段誉与郭靖及陈家洛所成长的大理、蒙古及回疆，均甚少涉及地理与民俗，这一点可谓白璧微瑕。

七、结语

透过异域书写，金庸亦对中原的江湖做出了批判与反思，中原的江湖人物并非想象中的义薄云天，更多的是蝇营狗苟，猥琐卑下，往往重塑江湖与拯救国族的均是来自异域的少侠，如萧峰、段誉、虚竹、郭靖、张无忌等。异域的政权崛起，亦正是由于中原政权之颓败，故此金庸武侠小说几乎都是对中原政治的批判，从两宋君主，以至于崇祯、李自成，无一不是昏庸害民之主。金庸所创造的异域与中原两个世界，彼此互相渗透，既互侵，复互补。金庸之异域书写，实际亦是对中原的另一种书写，可以说是超越历史与意识形态的诠释。

| 第 | 八 | 章 |

总　结

　　金庸对其作品的修订工作始于 1970 年 3 月，到 1980 年年中结束，共费十载。二十世纪八十年代其小说再版时，他重新作了一番修订。例如，《射雕英雄传》在结构、情节安排及人物塑造方面均作了相当大程度的删改，删掉"蛙蛤大战""铁掌帮行凶"，以及小红鸟的描写，增加了曲灵风盗画、黄蓉强逼别人抬轿、长岭遇雨以及黄裳撰写《九阴真经》。曲灵风盗画是为了献予师父黄药师，并因此而牵引出郭靖从黄药师所赠的画中而找到了《武穆遗书》。黄蓉逼人抬轿一幕突显其在旁人眼中"小妖女"的形象，也是必要的。至于黄裳著《九阴真经》，则是一以贯之的武学乃源自文化，而非匹夫所能创造。此外，又在《鹿鼎记》中确定长平公主即《碧血剑》中的阿九的断臂为左臂，乃对历史事实的尊重。

　　二十一世纪初，金庸又再一次做出大幅度的修订。此中最显著的修订有以下三项：一、尹志平改为甄志丙；二、降龙十八掌改为二十八掌，再经萧峰删减为十八掌；三、梅超风与师父黄药师有过一段近乎神交的暧昧。尹志平乃全真派得道之士，此前写他在《神雕侠侣》中奸污小龙女，确实不该，如今还其清白，却似乎亦覆水难收。《天龙八部》中的降龙十八掌之增减，以至于增写了梅超风与师父黄药师近乎神交的那些暧昧文字，两项修订均属画蛇添足。然而，点点滴滴的修订，亦可见金庸在艺术与思想上对其武侠小说之作为严肃文学的极度重视与不懈努力。

整体而言，金庸武侠小说所体现的是中国历史的千年兴亡与人性善恶之明灭，可谓波澜壮阔，可歌可泣。在创作特征上，有论者认为金庸武侠小说有前、后期之分野：

> 金庸的作品可以分为前、后两期。我以为，除《笑傲江湖》和《鹿鼎记》外均为前期作品。前后期的分别在于，前期多以武侠写人生，后期则以武侠写政治。①

然而，《天龙八部》中的风波难道不是因政治而发？《射雕英雄传》自始至终都是政治，《神雕侠侣》中的郭靖已成为襄阳的实际守御者，杨过亦参与过抗击蒙古并击毙大汗蒙哥，至于《倚天屠龙记》更是一部反蒙元统治的武侠小说。故此，以人生与政治区分金庸武侠小说为前、后期，并不恰当。此外，又有论者认为：

> 他写着武侠，写着政治，又不时透出对武侠愚昧的叹惋和对中国政治文化传统的根本上的鄙弃。正因为这样，金庸的小说才拓出了武侠的新境界，成为二十世纪里真正有现代意义的作品之一。②

在本书的研究基础之上，除了各概念之阐释之外，还发现有关金庸各部小说之优劣，大致上可以透过三个标准做出衡量。

一、风物描写之文字是否优美。③金庸成功的武侠小说总是有大

---

① 吴予敏《金庸后期创作的政治文化批判意义》，见刘再复、葛浩文、张东明等编《金庸小说与二十世纪中国文学国际学术研讨会论文集》，343 页。
② 吴予敏《金庸后期创作的政治文化批判意义》，见刘再复、葛浩文、张东明等编《金庸小说与二十世纪中国文学国际学术研讨会论文集》，346 页。
③ 刘珂《谈金庸小说中的风物描写》，见吴晓东、计璧瑞编《2000' 北京金庸小说国际研讨会论文集》，538—556 页。

段的关于风景与人物的描写,如《天龙八部》《射雕英雄传》《神雕侠侣》《倚天屠龙记》《笑傲江湖》及《书剑恩仇录》各部小说中均有关于西湖及江南风景的描写。例如:

> 陈家洛也带了心砚到湖上散心,在苏堤白堤漫步一会,独坐第一桥畔,望湖山深处,但见竹木森森,苍翠重叠,不雨而润,不烟而晕,山峰秀丽,挺拔云表,心想:"袁中郎初见西湖,比作是曹植初会洛神,说道:'山色如娥,花光如颊,温风如酒,波纹如绫,才一举头,已不觉目酣神醉。'不错,果然是令人目酣神醉!"

> 他幼时曾来西湖数次,其时未解景色之美,今日重至,才领略到这山容水意,花态柳情。凝望半日,雇了一辆马车往灵隐去看飞来峰。峰高五十丈许,缘址至颠皆石,树生石隙,枝叶翠丽,石牙横竖错落,似断似坠,一片空青冥冥。

真可谓一流文字,这便是金庸的苦心孤诣之作的特征。

二、主人公之功夫招数及其演变以至于打斗场面之设计是否精彩。例如,《天龙八部》中萧峰夜闯少林寺、聚贤庄大战,以及后来在辽国兵变时,萧峰在战场上卧于马腹之上、飞奔于马背之上生擒南院大王及其父的场面。在《射雕英雄传》中,洪七公与欧阳锋在海上的搏斗;在桃花岛上,东邪黄药师与西毒欧阳锋及北丐洪七公以箫、筝及啸作较量;在撒马尔罕附近的村庄,郭靖与欧阳锋、周伯通以及裘千仞四大高手在一片漆黑的屋中过招。《神雕侠侣》中,郭靖在全真派大战、在蒙古攻击襄阳城之际攀城墙而上以及在蒙古军中力救杨过的场面;小龙女在全真派以左右互搏之术使出千百剑的场面;杨过与小龙女在襄阳救郭襄时与金轮法王于高台上的大战。在《倚天屠龙记》中,张无忌于光明顶以"乾坤大挪移"力战两仪剑法,在武当山上以太极拳力战玄冥二老,以及在少林寺力战三高僧的"金刚伏魔圈"。以上这些武打场面,均可谓苦心孤诣之刻画,而且绝非止于打斗，其中实蕴含了情感及招数的微妙变化，并具有推动情节发展的功能蕴于其中。

三、爱情的书写是否真挚感人。《天龙八部》中的萧峰与阿朱，《射雕英雄传》中的郭靖与黄蓉，《神雕侠侣》中的杨过与小龙女，《倚天屠龙记》中的张无忌与赵敏，以及《笑傲江湖》中的令狐冲与任盈盈，以上的情侠结构，其曲折坎坷与生死相随之爱情，催人泪下。任何未经历患难的爱情，或来得太容易的爱情，如《碧血剑》中的乡下黑小伙袁承志一下山便有四女以至于包括长平公主的纠缠，实在难以令人信服。有时候，美女如众星拱月，对故事发展并没有帮助，反而削弱了男主角在读者心中的形象。特别是《倚天屠龙记》的结局，小昭已黯然回国，殷离疯癫而去，周芷若卑鄙无耻，张无忌在为赵敏画眉之后，心中却仍有四美齐享的念头，这与人物早期的成长经历及形象的描述很不一致。

另外一个值得一提的现象，便是金庸武侠小说的结局一般有点婆婆妈妈，如《天龙八部》中萧峰死后，金庸还花了几万字写段誉寻找长生不老药，寻药需要一国之君亲自去吗？《神雕侠侣》中杨过击毙蒙古大汗蒙哥后，几位大侠从襄阳长途跋涉上华山论剑，来回需时，且问在此期间由谁来指挥、守卫正在被攻打中的襄阳城？《倚天屠龙记》中的张无忌与赵敏隐居蒙古也就罢了，还要写周芷若要求他们不可拜堂成亲。周芷若如此卑鄙无耻的行径，怎还有颜面在他们面前说这样的话？《侠客行》到了最后，石破天的身世已呼之欲出，何必还要石破天大呼"我是谁？我是谁？"《飞狐外传》中的胡斐在最后既知杀父仇人，何以不杀石万嗔？甚至连田归农也放过？而且，要在《雪山飞狐》弄个两难的结局：砍还是不砍？最关键在于，商家堡中的胡斐与平四叔乃以为父复仇而存在，何以自商家堡之后，胡斐虽念及父仇，却一再含糊而过？当他与苗人凤化敌为友一起喝酒吃饭讨论胡家刀的时候，何不当面将其父之死因问个水落石出？甚至到了后来，程灵素提点他大概是田归农从毒手药枭获得毒药而毒害胡一刀的线索，胡斐却在多次有机可乘之下，一再任两人逍遥法外。《飞狐外传》从一开始至小胡斐在商家堡中救出众人的书写，无论文字、人物、情节以至于结构，可以说是相当成功的开端，可惜的是自此以下，却是每况愈下，最终导致整个故事功败垂成。故此，有论者这样指出金庸武侠小说的不足之所在：

> 金庸的长篇写得较为成功，短篇却大都不甚理想。这可能与原作在报纸上连载的原因有关，长篇的连载虽是每日经营，但刊载的时间却长达三四年。但在周刊或月刊上写的往往是成了长一点的篇幅。①

基本上，金庸的长篇小说是比较成功的，甚至是有意贯穿而血脉相连之作，从《天龙八部》《射雕英雄传》《神雕侠侣》《倚天屠龙记》《碧血剑》《鹿鼎记》《书剑恩仇录》《飞狐外传》《雪山飞狐》，这些作品之间均有传承关系，当然《碧血剑》《飞狐外传》及《雪山飞狐》均有不尽如人意之所在，至于其他独立成篇或没有历史背景的短篇作品，成就便更有所不及。

整体而言，金庸与鲁迅皆堪称二十世纪中国现代文学的两座高峰。冯其庸这样评价金庸武侠小说的成就：

> 他十多年来，所写小说之富，实在惊人，这在中国古今小说史上，恐怕也是不多见的。而这许多小说，虽然故事有的有连续性，但却无

---

① 孙立川《回归传统，革故鼎新——试论金庸对中国传统小说的改造和发展》，见刘再复、葛浩文、张东明等编《金庸小说与二十世纪中国文学国际学术研讨会论文集》，110 页。

154

一雷同，无一复笔，这需要何等大的学问，何等大的才气，何等大的历史、社会和文学的修养？把他的小说加在一起看看，难道不感到是一个奇迹式的现实么？难道不感到这许多卷帙，是一座艺术的丰碑么！①

鲁迅的小说在"五四"期间所起到的是国民性的批判，而金庸的武侠小说则紧随其后完成了对传统价值观的重建。一言以蔽之，鲁迅与金庸，在二十世纪中国文学史上乃双峰并峙，相互辉映。

---

① 冯其庸《读金庸的小说》，见三毛等著《诸子百家看金庸》，第4册，45页。

下篇

金庸武侠小说中的

隐型结构

推荐辞二

　　陈岸峰通过解读金庸小说中的武侠世界，切入传统的思想文化，以及文学考古的深度挖掘，亦通过普适价值的理念及广大的江湖世界，重新建构历史，解释历史，写出了不一样的金庸世界。

　　本书可以说是比较文学的杰作，作者并非孤立地研究金庸的武侠小说，而是通过多种古今文学名著跟金庸作品相互对比，指出其中问题所在。而作者最大的创新和收获就是"隐型结构""文学考古"两大理念，同时借此建立其个人的批评理论纲领。

　　所谓"隐型结构"，作者认为"金庸几乎将很多古典小说中的主角及配角以至于情节及对话等细节全都搬进了自己的小说中"，在实际操作中，包括"人物移植""情节及结构嵌置"，然后"再加上金庸的创造性，此中包括武功与爱情以及历史"，达至"文本互涉"的概念，"除了不同文本间的互涉现象"之外，还"包括更广阔、更抽象的文学、社会和文化体系"。

　　例如作者讨论《天龙八部》中的"隐型结构"，指出萧峰与武松、段誉与贾宝玉、虚竹与鲁智深的关系，以至《雷雨》中的孽缘故事等，都有密切的关系，富有创意，促进了大家对文学作品的阅读和思考。

《射雕英雄传》以《说岳全传》中的岳飞、陆文龙与曹宁分别作为郭靖与杨康的原型，郭靖显然完全继承了岳飞的志事，光复宋室，弘扬民族正气。《神雕侠侣》则以《西游记》中唐僧与孙悟空的形象作为小龙女与杨过的原型，既是师徒，复为恋人，关系更为密切，深入人心，最终二人战胜礼教和岁月，构成永恒的"侠侣"形象，可能比很多历史人物还要真实。而杨过与孙悟空、猪八戒与周伯通的形象演变等，都很传神。《倚天屠龙记》则与白蛇故事、《说唐》《瓦岗英雄》及《雷雨》诸书，也有密切的联系。

金庸甚至将《三岔口》与《十日谈》的混合结构穿插于其中，例如《射雕英雄传》中的"牛家村密室"、《天龙八部》中的"窗外"、《倚天屠龙记》中的"布袋""皮鼓"及"山洞"、《笑傲江湖》中的"磷光""雪人"及"桌下"、《鹿鼎记》中的"衣柜""蜡烛"及"破窗而出"、《鹿鼎记》与《雪山飞狐》中的"说故事"等相近的情节安排，反复使用。

"由不同人物讲述不同版本的故事，导致扑朔迷离""在盘根错节的脉络中，诱使狐疑不已的读者在阅读的森林中继续跋涉，并逐渐获得阅读的快感"，增强戏剧效果，揭示事实真相，伸张正义，惩罚坏人，自是值得大家仿效的写作手法。

陈岸峰复以《世说新语》中的魏晋故事为蓝本，借以诠释《笑傲江湖》及《鹿鼎记》中人物的精神理念及场景安排，散发萧散的风神，既剖析了金庸从临摹到创造的过程，又超出了读者的想象世界，令人叹为观止。

至于"文学考古"，其实也就是作者的考证功夫，有时像考古发掘，有时又像福尔摩斯探案，要将很多"碎片"联系起来，解释现场状况。

陈岸峰认为考古的功能有三："揭开作者的借用、改编之所在""阐述金庸在临摹之后的创造力所在""揭示金庸武侠小说中古今中外文学之传承与交流"。

陈岸峰将《天龙八部》与《红楼梦》相互比较，指出段誉即"断欲"，宝玉即"饱欲"；二人都具有"痴"的特质；父亲要宝玉读书求功名，宝玉不听而被打，同样父辈要段誉练武功，段誉索性逃跑；段誉视王语嫣为仙子而自己为凡夫俗子，宝玉视女人为水，男人为泥；宝玉为花园命名而大显才华，而段誉则在曼陀山庄中大显茶花知识；两人同样整天周旋于不同女子之间而烦恼不休；段誉与宝玉最终也是完婚后再出家为僧。

在此，作者罗列七条证据，言之成理，可见在考证方面用力甚深。

其实，本书更大的成就在于"诠释历史"，"金庸从《天龙八部》中的北宋积弱、《射雕英雄传》与《神雕侠侣》中的南宋抗击外敌，下及《倚天屠龙记》中的明教抗击蒙元，从黑暗而渐至光明，还我河山，再至《碧血剑》中明末1644年的'甲申之变'，再至《鹿鼎记》《书剑恩仇录》《雪山飞狐》《飞狐外传》的反清复明"。

金庸说史主要集中于宋元明清四代，弘扬大汉天声，以民间的力量抵抗异族入侵。

可见金庸有意颠覆了传统正史成王败寇的书写方式，并重新加以诠释，这有点像《三国演义》及《水浒传》之作，其实都反映了作者的庶民想象及世俗的江湖世界，可能比官方撰史还要真实及具体。

而陈岸峰的研究，则用挖深的方法，在武侠世界之外，重整传统的文化秩序，并在金庸武侠故事的基础上带出形而上的精神世界，着重反映中国的传统思想及文化情怀，甚至上溯至魏晋风度以及老庄的道家心法，严格来说更是对金庸小说的再颠覆，再解读，带出新的亮点。

　　陈岸峰《金庸武侠小说中的隐型结构》在分析文本个案上颇有心得，锐意挖掘金庸武侠小说的思想深度，揭示其中的隐型结构，有助于厘清金庸武侠小说与中外文学的渊源及其创造力的惊人表现，思虑缜密，言之成理，从一个全新的角度诠释金庸，解读金庸，是难得一见的力作，值得推荐。

黄坤尧

香港中文大学中文系荣休教授　香港艺术发展局评审委员

2016 年 6 月 15 日

| 第 | 一 | 章 |

导 论

一、西潮的冲击及其影响

二十世纪的中国遭受全球化的冲击,如饥似渴地吸收不同国家的文学、文化以至于林林总总的思想及主义。此中包括"五四"时期的多元吸收,五十年代内地对苏联文学、文化的输入,八十年代初又大量接受西方思潮,可谓"五四"之后的另一高潮。

至于中国香港、中国台湾方面,则在英、美文学及思想的译介以至于比较文学方面,掀起一阵文学热潮,从六十年代至九十年代,可谓其鼎盛时期。

这一切的文学吸收与思想启蒙,对于出生在二十年代并以武侠小说崛起于五十年代的金庸,均有莫大的冲击。

"五四"时期,英美及日本思想深深地吸引了当时的文人学者,例如胡适对杜威(John Dewey,1859—1952)"实用主义"的推崇,对自由主义的信仰;徐志摩对英国雪莱(Pescy Bysshe Shelley,1792—1822)的接受,对印度诗人泰戈尔(1861—1941)的引进;梁实秋(1903—1987)等人对《莎士比亚》的翻译;以吴宓(字玉衡，1894—1978）为首的学衡派对白壁德（Irving Babbit，1865—1933）的人文主义（Humanism）的推崇以及中、西文化的比较论述；鲁迅、周作人两兄弟对日本文学及文化的介绍，对域外小说的译介，对希腊文化的追溯。郁达夫小说所受日本私小说的影响；曹禺（字小石，1910—1996）的《雷雨》，更是移植了易卜生（Henrik Johan Ibsen，1828—1906）的《群鬼》（*Ghosts*），在巴金的《家》《春》《秋》之外，以戏剧的形式响应了"五四"的激烈反传统思潮，揭露了"家"的黑暗，从而获得了巨大的成功。易卜生透过曹禺的《雷雨》，影响了金庸的武侠小说。因此之故，方有金庸《天龙八部》中，萧峰在雷雨之夜以降龙十八掌犹如闪电般击杀他心中的仇人段正淳，不料却是恋人阿朱易容代父受罚，而此中隐藏的便是《雷雨》中的血缘纠缠。

同样，金庸《雪山飞狐》中众人上山说出胡一刀被杀的始末，正是乔万尼·薄伽丘（Giovanni Boccaccio，1313—1375）《十日谈》（*Decameron*）的翻版。《雪山飞狐》中胡斐的举刀杀或不杀苗人凤，《神雕侠侣》中杨过犹豫于杀或不杀郭靖，正是莎士比亚《王子复仇记》（或译为《哈姆雷特》）（*Hamlet*）中哈姆雷特的著名挣扎：to be, or not to be。西班牙的《小癞子》（*La Vide de Lazarilla de Tormes*），乃比较文学中的"成长小说"（Bidungsroman）的源头，《小癞子》或英国狄更斯（Charles John Huffam Dickens，1812—1870）的《苦海孤雏》（*David Copperfield*）在金庸笔下最为典型的影响就是《鹿鼎记》以及《侠客行》。丹尼尔·笛福（Daniel Defoe，1660—1731）的《鲁滨逊漂流记》（*Robinson Crusoe*）中的孤岛漂流，一再影响了金庸的《射雕英雄传》与《倚天屠龙记》的书写，洪七公、郭靖及黄蓉在孤岛上智斗欧阳锋与欧阳克，在风浪孤舟中大显神通，而张无忌与金毛狮王谢逊在其笔下，更两度漂流孤岛。

印度史诗《罗摩衍那》中的神猴哈奴曼（Hanuman），透过吴承恩（字汝忠，约1500—1583）的《西游记》而影响了金庸的《神雕侠侣》的创作。至于中国古典小说对金庸武侠小说的影响，则更为具体而深入。

二、"隐型结构"的定义

金庸武侠小说中一直有一个令研究者忽有所思却又百思不得其解的谜团，这就是其结构的问题。陈墨指出：

> 《连城诀》《侠客行》《天龙八部》《笑傲江湖》《鹿鼎记》等小说，都在离奇情节的背后，有一个完整的形而上结构。而在其他的小说中，虽未必有完整的形而上结构，但每有离奇处必有寓言却是事实。传奇使金庸小说情节博大，而寓言使金庸小说意义精深。[1]

在此，论者并未指出何以在以上几部小说中有"完整的形而上结构"，而"完整的形而上结构"指的又是什么？由此，金庸小说情节的博大、意义的精深，也就无从说起。

有论者则指出金庸"以套式反应为出发却又不为情节套式所囿的艺术处理"，而称之为"乱套结构"，[2]如此结论，令人莞尔。又有论者指出：

> 过分的离奇和巧合，为了渲染和烘托环境气氛，枝蔓也过于繁复，

[1] 陈墨《金庸小说与二十世纪中国文学》，见《金庸小说与二十世纪中国文学》，（明河社出版，2000年），83页。
[2] 吴秀明、陈择纲《金庸：对武侠本体的追求与构建》，见《当代作家评论》，1992年第2期，51页。

使人物命运对角色的性格揭示作用有所降低。但金庸用精心构思的情节高潮或小高潮去突出人物形象，展示角色的性格，相当程度弥补了上述缺失。①

所谓的离奇和巧合，事实上均其来有自。至于所谓的"形而上结构"或"过分的离奇和巧合"的奇特现象，实乃基于金庸所设置的"隐型结构"所造成的必然结果。

事实上，金庸武侠小说中的长篇几乎都具有"隐型结构"，这并非简单的"原型"（archetype），而是金庸几乎将众多古典小说中的主角及配角以至于情节及对话等细节都搬进了自己的小说中，因此以"隐型结构"称之，金庸的小说基本与中西小说形成"文本互涉"（inter—texuality）。

"文本互涉"乃保加利亚裔文学理论家克丽丝蒂娃（Julia Kristeva, 1941— ）将其所提出的"正文"（text）和另一文学理论家，俄罗斯的巴赫金（M. M. Bakhtin，1895—1975）的小说理论中的"对话性"（dialogicality）与"复调"（polyphony）两种理论融汇而形成。"正文"本身亦具有不断运作的能力，这是作家、作品与读者融汇转变的场所，即所谓的"正文"的"生产特性"（productivity）。

故此，"正文"便是各种可能存在意义的交会场所，打破了传统文学批评单一性的概念。而就在这"正文"的"生产特性"的场所中，透过符表的分解与重组，所有的"正文"都是其他"正文"的"正文"，互为"正文"成为所有"正文"存在的基本条件；在这种

① 林岗《江湖·奇侠·武功——武侠小说史上的金庸》，见《金庸小说与二十世纪中国文学》，130页。

基础上，克丽丝蒂娃借巴赫金理论称为"文本互涉"。"文本互涉"这一概念包括具体与抽象的相互指涉。

具体指涉指的是陈述一具体的、容易辨别出的文本和另一文本，或不同文本间的互涉现象；而抽象指涉则是一篇作品之向外指涉的，包括更广阔、更抽象的文学、社会和文化体系，其完全视创作者的阅历与学养以及社会环境所决定。据考察，金庸小说中至少有六部长篇小说的人物、情节以至于结构均源自中国古典及现代小说以至于外国小说，甚至金庸这几部小说之间又形成彼此的文本互涉。

金庸武侠小说的隐型结构，方式大致如下：一、人物移植；二、情节及结构嵌置；三、在一与二的基础上再加上金庸的创造性，此中包括武功与爱情以及历史。以下例子，足以印证以上三项特征的存在。《鹿鼎记》第二十回中，神龙教教主洪安通及夫人在教韦小宝武功时，透露了金庸小说创作中的想象资源：

洪安通微笑道："好，我来想想，第一招是将敌人举了起来，那是临潼会伍子胥举鼎，叫做'子胥举鼎'。"洪夫人道："好，伍子胥是大英雄。"洪安通道："第二招将敌人倒提而起，那是鲁智深倒拔垂杨柳，叫做'鲁达拔柳'。"洪夫人道："很好，鲁智深是大英雄。你这第三招虽然巧妙，不过有点儿无赖浪子的味道，似乎不大英雄……"
又：

洪安通笑道："对，不过关云长的赤兔马本来是吕布的，秦琼又将黄骠马卖了，都不大贴切。有了，这一招是狄青降龙驹宝马，叫做'狄青降龙'，他降服的那匹宝马，本来是龙变的。"

洪安通在此提到了古典小说的《水浒传》《说唐》以及《五虎平西》。又：

韦小宝取钱赏了太监，心想："倒便宜了吴应熊这小子，娶了个美貌公主，又封了个大官。说书先生说精忠岳传，岳飞爷爷官封少保，你吴应熊臭小子如何能跟岳爷爷相比？"

《说岳全传》的痕迹，在此原形毕露。在此，伍子胥、鲁智深、张敞、关羽、吕布、秦琼、狄青、岳飞等人物，拔柳、举鼎、画眉等细节，赤兔马与黄骠马等道具，金庸无一不了然于胸，熔铸一炉，幻化万千，重新结构，以莫测的情节，奇诡的武功，以及催人泪下的爱恨情仇，从而震撼万千读者，风靡海内外。

三、"隐型结构"三重奏

1. 中西古典小说的移植

金庸武侠小说，曾大量移植古典小说中的人物及情节以作为其基本的结构。例如，《天龙八部》中移植了《水浒传》中的武松作为萧峰的原型，以《红楼梦》中的贾宝玉作为段誉的原型，又再以《水浒传》中的鲁智深作为虚竹的原型。三个主角的原型武松、贾宝玉及鲁智深及其故事，已奠定故事的基本结构。《射雕英雄传》中移植了《说岳全传》中的岳飞与陆文龙及其故事分别作为郭靖与杨康的原型及结构。《神雕侠侣》则移植了《西游记》中唐僧与孙悟空师徒及部分情节作为小龙女与杨过的原型与发展情节，猪八戒、沙僧、白龙马、佛祖、观音、托塔天王以及其他人物均无所遗漏地以另一种姿态出现，并构成故事的各个环节。至于《倚天屠龙记》则更为复杂，此长篇移植了《说唐》《瓦岗英雄》《白娘子永镇雷峰塔》《白蛇传》及《后白蛇传》以至于《雷雨》等人物及情节作为张无忌及其他人物的原型及故事结构。至于《笑傲江湖》与《鹿鼎记》则挪用了笔记小说《世说新语》中的精神及理念及部分具体故事作为书写的方向及场景设置。

此外，西方小说如《十日谈》《鲁宾逊漂流记》《顽童历险记》（*Adventures of Huckleberry Finn*）、《基督山伯爵》（*Le Comte de Monte—Cristo*）、《块肉余生录》（*David Copperfield*）等，亦在不同层次影响或出现于金庸的武侠小说中。在基本设置了原型人物及隐型结构之外，剩下的便是金庸在爱情与武功元素的输入，以及为各部小说的主旋律确定基调的工作了。

2.《三岔口》与《十日谈》的混合结构

此外，金庸又于各部小说中大量运用《三岔口》与《十日谈》的混合结构穿插其中。

《三岔口》的故事发生于北宋之际，杨六郎（杨延昭）手下的大将焦赞因打死奸臣王钦若女婿谢金吾而被发配沙门岛，杨延昭命任堂惠于途中暗中保护焦赞。焦赞与解差夜宿于三岔口店中，任堂惠跟踪而至，同住一店。店主刘利华夫妇怀疑任堂惠欲暗中谋害焦赞，于是深夜潜入卧室欲杀任堂惠，在黑暗中二人展开搏斗，焦赞闻声赶来参战，混战连场，后经刘氏妻取来灯火，彼此说明详情，始释误会。其直接的影响便是《射雕英雄传》中的牛家村密室的设计，很多真相唯有密室中的郭靖与黄蓉才知道。

而《十日谈》的故事发生于 1348 年的佛罗伦萨，七位姑娘与三个男子在面对瘟疫时一起上山避难，其中有三位美丽的少女乃三位男士的情人，十天中他们共讲了一百个故事，直接影响的金庸作品便是《雪山飞狐》，一大批人跨越千山万水跋涉上山讲述杀害胡一刀的不同版本的故事。

事实上，在金庸很多的小说中重复将《三岔口》与《十日谈》的混合结构套用于其小说中，既有匿藏起来或黑暗中打斗的情节，亦复有不同版本的故事的悬疑而令真相悬宕，待主角慢慢揭开。混合结构的设置令情节复杂莫测，扣人心弦，同时由此而淡化了其挪用古典小说资源的痕迹，其书写策略亦因此而几可谓天衣无缝。

3. 其他

此外，金庸又将自己武侠小说中的大量人物、情节以及道具，经改造后再以崭新的方式呈现于不同的武侠小说之中，从《神雕侠侣》中的尼摩星再至《天龙八部》中的段延庆，便是一个经改造后获得成功的绝佳例子，这方面将在下文中逐一列出，在此不再赘述。

四、历史时空的传承结构

金庸在其武侠小说的创作上很明显是经过一番精心策划的，企图将各部长篇小说贯穿起来，造成故事上的血脉相连。有论者指出：

> 《书剑恩仇录》因是长篇处女作，结构较为零乱。《射雕英雄传》《神雕侠侣》《倚天屠龙记》这三个互有关联的长篇，采用的是一种既有牵连，又各自有中心的"关系结构"，较之《雪山飞狐》《飞狐外传》这一对似乎更为成功，而《天龙八部》《鹿鼎记》《笑傲江湖》均是可圈可点的巨构之作，却能回应接合，不相抵触，可见作者构思的成熟。[1]

---

[1] 孙立川《回归传统，革故鼎新——试论金庸对中国传统小说的改造和发展》，见《金庸小说与二十世纪中国文学国际学术研讨会论文集》，111 页。

事实上，《天龙八部》《射雕英雄传》《神雕侠侣》《倚天屠龙记》《笑傲江湖》及《鹿鼎记》均有传承关系，金庸以降龙十八掌、九阴真经、九阳神功、倚天剑、屠龙刀、《武穆遗书》以及"魏晋风度"贯穿了这几部长篇小说。

在历史事件上，金庸从《天龙八部》中的北宋积弱、《射雕英雄传》与《神雕侠侣》中的南宋抗击外敌，下及《倚天屠龙记》中的明教抗击蒙元，从黑暗而渐至光明，还我河山，再至《碧血剑》中明末的1644年的"甲申之变"，再至《鹿鼎记》《书剑恩仇录》《雪山飞狐》《飞狐外传》的反清复明。事实上，金庸在《鹿鼎记》中亦不忘上溯《碧血剑》：

这黄衫女子，便是当年天下闻名的五毒教教主何铁手。后来拜袁承志为师，改名为何惕守。明亡后她随同袁承志远赴海外，那一年奉师命来中原办事，无意中救了庄家三少奶等一群寡妇，传了她们一些武艺。[1]

金庸又在其他武侠小说中尝试使各部小说在历史上血脉相连。例如，《鹿鼎记》中的白衣尼（长平公主）回到皇宫，见到昔日自己的卧床而忆起远在异域的袁承志，又以袁承志获金蛇郎君《金蛇秘诀》的方法找出藏于《四十二章经》中的羊皮碎片；凭着韦小宝的"化尸粉"，便上溯至《射雕英雄传》《神雕侠侣》中的西毒欧阳锋。同样，《笑傲江湖》中的风清扬道：

我本在这后山居住，已住了数十年，日前一时心喜，出洞来授了你这套剑法，只是盼望独孤前辈的绝世武功不遭灭绝而已。

由此，《笑傲江湖》又上溯至《神雕侠侣》。此外，反清复明

---

[1]　陈岸峰《甲申诗史：吴梅村书写的一六四四》（香港中华书局，2014年）。

亦乃隐型的结构脉络，基本由此而贯穿了《鹿鼎记》《书剑恩仇录》《飞狐外传》及《雪山飞狐》。

由各部长篇小说在历史时空中的一脉相承，基本上金庸是以武侠小说的方式，重新诠释中国历史。

五、移植、创造及"文学考古"

移植与创造，究竟如何区分？又何谓"文学考古"？三者又有何关系？

首先，移植源自"文本互涉"。"文本互涉"的概念，实又颇类同于北宋江西诗派宗师黄庭坚（字鲁直，1045—1105）诗论中的"夺胎换骨""点铁成金"，[①] 此亦即模仿而至于创造的过程，实即由明代复古诗派中前七子的李梦阳（字献吉，1473—1530）与何景明（字仲默，1483—1521）所论争的模拟从"临摹古帖"以至于"达岸则舍筏"的过程，[②] 亦基本尽呈现于金庸的武侠小说的创造历程之中。

金庸大量移植了中外小说中的人物及情节，曾经亦步亦趋，而

---

① 释惠洪《冷斋夜话》一卷；黄庭坚《答洪驹父书》。分别见吴文治编《宋诗话全篇》（江苏古籍出版社，1998年），第3册，2429页；第2册，944页。

② 前七子乃以李梦阳与何景明为首，此外尚有徐祯卿、边贡、康海、王九思、王廷相；后七子乃以李攀龙与王世贞为主，此外尚有谢榛、宗臣、梁有誉、徐中行与吴国伦。因为彼等提倡"文必秦汉，诗必盛唐"的复古文学观念，故此一般文学史与文学批评史对这一流派也以"复古诗派"视之。李、何两人之论争，分别见李梦阳《答周子书》；何景明《与李空同论诗书》，见郭绍虞编《中国历代文论选》（上海古籍出版社，1990年），第3册，51页，38页。陈岸峰《沈德潜诗学研究》（齐鲁书社，2011年），37—43页。

关键在于他并非抄袭，而是在挪用、改编之后加以熔铸，真正地做到了如黄庭坚诗论中的"夺胎换骨"与"点铁成金"，或何景明所谓的舍筏登岸。事实是，读者反应已说明了一切，金庸是一个绝妙的调酒师及酿酒师，他所制造的酒瓶美观大方而富有传统风格，他所制造的佳酿，味道独特，芬芳馥郁，醉倒海内外无数饮者。这就在于其博采众家之长而自成一家风格，这便是他的创造力之所在。

至于"文学考古"，则必须逐一考证，包括人物之外貌特征，生平之际遇，道具之运用，以至于复杂的衍变等种种琐碎，均以考古般的挖掘古墓的方式，逐一清理，拂去尘埃，重整碎片，还其原貌，揭其身份，并道出整个挖掘的历史价值。

至于"文学考古"的意义则在于：一、揭开作者的挪用、改编之所在；二、阐述金庸在"临摹"之后的创造力所在；三、揭示金庸武侠小说中，古今、中外文学之传承与交流。以上三种意义，便是此书研究的目的以及贡献之所在。

六、研究综述与章节安排

"文学考古"与"隐型结构"乃此书提出的两个学术概念，前所未有。事实上，文学创作中多有意识的移植，纯粹的移植不足称道，而金庸在其武侠小说中的移植中西小说中的原型、情节以及故事结构及道具，均作了很大程度的改造以至于创造，甚至同一人物同一情节亦多有衍变，虽可谓千头万绪，错综复杂，却仿如山阴道上行，令人目不暇给，叹为观止。

下编共分九章，第一章是为导论，第二至第七章则主要以金庸的《射雕英雄传》《神雕侠侣》《倚天屠龙记》《天龙八部》《笑傲江湖》以及《鹿鼎记》这六部长篇小说作为文学考古的主要对象，第八章是为"混合结构"之论述，第九章是为总结。此研究实乃对金庸武侠小说所隐藏的"原型结构"所作的大规模的全面挖掘及清理，故以《金庸武侠小说中的隐型结构》为题。

| 第 | 二 | 章 |

顿渐有序:《射雕英雄传》中郭靖的原型及其英雄历程

一、前言

　　金庸自二十世纪五十年代至二十一世纪的当下，一直都是当代文坛上最具有影响力同时也是最受欢迎的小说家。在金庸的武侠小说中，广受传颂的《射雕英雄传》被视为"布局最严谨、气魄最浑厚的一部小说"。[①] 实际上，其所谓的严谨布局与浑厚气魄，均其来有自，并非金庸所创造，而实乃按《说岳全传》而展开"互文"书写。此中种种细节，历来为论者所忽略，却正是金庸武侠小说创作时借用古典小说资源的基本模式，同时赋予武侠与思想的创造性。

二、杨康的原型

　　《射雕英雄传》中，丘处机为郭靖与杨康取名，以示不忘"靖康

---

① 苏墱基《金庸的武侠世界》(明窗出版社，1997 年)，147 页。

之耻"。陆文龙之父母为金人所杀而他为兀术收为养子。金庸却将陆
文龙的故事一分为二地复杂化:一、郭靖之父为金人所杀而随其母
流落蒙古;二、杨康之母为金人王爷所抢时已怀孕,故他并不知自
己的身世,以为自己乃金国小王爷。杨康较郭靖更为接近陆文龙的
际遇,[①] 而且彼此均是武艺超群,深得父王喜爱。《说岳全传》中亦有
陆文龙与曹宁这两位本是宋人而身在金营的小将,陆文龙乃宋朝节
度使陆登之子,陆登死于国难,陆文龙被金兀术收为养子,[②] 后为王
佐所劝服,又有哺乳他成长的奶娘作证,[③] 故而其归宋顺理成章。然
而,曹宁的降宋并在战场上杀死父亲曹荣的举动则明显过于草率:

> 那曹荣看见儿子改换衣装,大怒骂道:"逆子!见了父亲还不下
> 马?如此无礼!"曹宁道:"爹爹,我如今是宋将了。非是孩儿无理,
> 我劝爹爹何不改邪归正,复保宋室,祖宗子孙皆有幸矣。爹爹自去三
> 思!"曹荣大叫道:"狗男女!难道父母皆不顾惜,背主求荣?快随我
> 去,听候狼主正罪。"曹宁道:"我一向不知道,你身为节度,背主降
> 虏。为何不学陆登、张叔夜、李若水、岳飞、韩世忠?偏你献了黄河,
> 投顺金邦?眼见二圣坐井观天,于心何忍,与禽兽何异!你若不依,
> 请自回去,不必多言!"曹荣大怒道:"畜生!擅敢出言无状!"拍马
> 舞刀,直取曹宁,望顶门上一刀砍来。那曹宁一时恼发,按捺不住,

---

① 有论者隐隐察觉杨康与《说岳全传》中陆文龙的关系,却未就此做出深论。见吴秀明、
陈择纲《金庸:对武侠本体的追求与构建》,《当代作家评论》,1992 年第 2 期,56 页。

② 成书于同治三年(1864 年)前后的《说岳全传》中的陆文龙之父死于金兀术攻宋之
际,陆文龙却为仇人金兀术收为义子,基本乃采纳产生于清雍正年间《说唐》(《说唐演义
全传》)的崇德书院版本中的秦彝为杨林所杀而秦彝之子秦琼后来又被杨林收为义子的故事
为蓝本。

③ 钱彩《说岳全传》(桂冠出版社,1994 年),第 55 回,429、433 页;第 56 回,
434 页。

手摆长枪只一下，将父亲挑死，吩咐军士抬了尸首回营，进帐缴令。

元帅大惊道："你父既不肯归宋，你只应自回来就罢。那有子杀父之理？岂非人伦大变！本帅不敢相留，任从他往。"曹宁想道："元帅之言甚是有理。我如今做了大逆不孝之事，岂可立于人世？"大叫一声："曹宁不能早遇元帅教训，以至不忠不孝，还有何颜见人！"遂拔出腰间的佩刀，自刎而死！元帅吩咐把首级割下，号令一日，然后收棺盛殓。曹荣系卖国奸臣，斩下首级，解往临安，……

《射雕英雄传》中分饰曹宁般的不认父的杨康，则在比武招亲中打败其父杨铁心："十根手指分别插入穆易左右双手手背，随即向后跃开，十根指尖已成红色。"纵使后来知悉身世，杨康亦不与杨铁心相认：

完颜康跪在地下，向母亲的尸身磕了四个头，转身向丘处机拜了几拜，一言不发，昂首走开。

扮演王佐潜入金营之角色，金庸又一分为三，郭靖既有江南七怪为师，复得全真教的马珏道长指点，而杨康则拜于全真教的丘处机门下。扮演"王佐"角色的是穆念慈，虽然丘处机亦有此功能，而穆念慈则更是千方百计地希望杨康直面自己的身世，弃暗投明，回归祖国的怀抱。当然，穆念慈虽没断臂，却同是王佐般担任"苦人儿"之职，自遇杨康以后，即肝肠寸断、颠沛流离，最终伤心咳血而死。至于王佐之断臂，却发生于扮演"王佐"角色的穆念慈的儿子即《神雕侠侣》中的杨过身上。[①]

郭靖身在蒙古，以哲别之箭术而获得成吉思汗赐婚为金刀驸马，

[①] 陈晓林则从"天残地缺"的角度指出："由于小龙女失贞，杨过自不可不断臂。"这纯粹是臆测而已。陈晓林《天残地缺话〈神雕〉》，见《诸子百家看金庸》，第1册，61页。

类近陆文龙之小王爷身份，而同是武艺超群，知悉其父为金人所害，即立志报仇。后来，他在蒙古军中以金刀驸马之尊而任征伐花刺子模之统帅，正如陆文龙身为金营大将一样。当他知悉成吉思汗密令讨伐南宋并欲封他为宋王后，其母自尽以明志，他毅然回归南宋，最终在坚守襄阳时力抗蒙军而殉国，一如陆文龙为抗击金兵而殉国。

至于《说岳》中陆文龙的乳母（老奶奶），此角色则由杨康的母亲包惜弱所扮演。

妇人道："俱是同乡，说与你知道谅不妨事，只是不可泄漏！这殿下是吃我奶长大的，他三岁方离中原。原是潞安州陆登老爷的公子，被狼主抢到此间，所以老身在此番邦一十三年了。"

包惜弱扮演"奶妈"的角色，道出杨康身世的真相：

"你道你是大金国女真人么？你是汉人啊！你不叫完颜康，你本姓杨，叫作杨康！"

完颜康惊疑万分，又感说不出的愤怒，转身道："我请爹爹去。"

包惜弱道："你爹爹就在这里！"大踏步走到板橱边，拉开橱门，牵着杨铁心的手走了出来。

完颜康斗然见到杨铁心，惊诧之下，便即认出，大叫一声："啊，是你！"提起铁枪，"行步蹬虎""朝天一炷香"，枪尖闪闪，直刺杨铁心咽喉。包惜弱叫道："这是你亲生的爹爹啊，你还不信么？"举头猛往墙上撞去，蓬的一声，倒在地下。

以上是金庸以杨康分饰陆文龙与曹宁的混合角色，杨康具有陆文龙殿下的地位以及不知其父为养父所杀的背景，却又不同于陆文龙获悉真相后回归祖国，而同时兼具了曹宁伤害父亲的细节。更为深入以岳飞为原型的，是郭靖的身世、结义及婚姻以至于成为抵御外敌的英雄的成长历程。

三、郭靖与岳飞的身世、结义及婚姻

　　《射雕英雄传》重在"传"，即郭靖成为英雄的成长历程，而其原型实源自钱彩（字锦文，生卒不详）所著的《说岳全传》中的岳飞。郭靖与岳飞两人均自幼丧父，与母亲相依为命：郭靖之父郭啸天死于金兵之手，岳飞之父岳和死于洪水。郭靖与母亲自幼寄居于蒙古铁木真（成吉思汗，1162—1127）的部落中，岳飞及其母则寄居于河北麒麟村中。岳飞与师父周侗情同父子之外，又与王贵、张显及汤怀结为兄弟：

　　周侗开言道："请安人到此，别无话说。只因见令郎十分聪俊，老汉意欲螟蛉为子，特请安人到此相商。"岳安人听了，不觉两泪交流，说道："此子产下三日，就遭洪水之变。妾受先夫临危重托，幸蒙恩公王员外夫妇收留，尚未报答。我并无三男两女，只有这一点骨血，只望接续岳氏一脉。此事实难从命，休得见怪！"周侗道："安人在上，老夫非是擅敢唐突。因见令郎题诗抱负，后来必成大器。但无一个名师点拨，这叫做'玉不琢，不成器'，岂不可惜？老夫不是夸口，空有一身本事，传了两个徒弟，俱被奸臣害死。目下虽然教训着这三个小学生，不该在王员外、安人面前说，那里及得令郎这般英杰？那螟蛉之说非比过继，既不更名，又不改姓，只要权时认作父子称呼，以便老汉将平生本事，尽心传得一人。老汉百年之后，只要令郎把我这几根老骨头掩埋在土，不致暴露，就是完局了。望安人慨允！"

　　岳安人听了，尚未开言，岳飞道："既不更名改姓，请爹爹上坐，待孩儿拜见。"就走上前，朝着周侗跪下，深深的就是八拜。……

　　次日，岳飞进馆攻书。周侗见岳飞家道贫寒，就叫他四人结为兄弟。各人回去，与父亲说知，尽皆欢喜。

178

而郭靖则与拖雷结义为兄弟：

拖雷道："我刚才和郭兄弟在河边结安答，他送了我这个。"说着手里一扬，那是一块红色的汗巾，上面绣了花纹，原来是李萍给儿子做的。铁木真想起自己幼时与札木合结义之事，心中感到一阵温暖，脸上登现慈和之色，又见马前两个孩子天真烂漫，温言道："你送了他什么？"郭靖指着自己头颈道："这个！"铁木真见是幼子平素在颈中所带的黄金项圈，微微一笑，道："你们两个以后可要相亲相爱，互相扶助。"拖雷和郭靖点头答应。

汉族的郭靖与蒙古族的拖雷结为兄弟，在日后为郭靖拒绝接受成吉思汗的南侵命令埋下伏笔，郭靖在家国大义与手足之情的两难下，自是不得已的以保家卫国为重，忍痛与一起成长的拖雷分道扬镳。

在婚姻方面，县令李春将女儿许配给岳飞：

李春大喜道："令郎青春几岁了？曾毕姻否？"周侗道："虚度二八，尚未定亲。"李春道："大哥若不嫌弃，愿将小女许配令郎，未识尊意允否？"周侗道："如此甚妙，只恐高攀不起。"李春道："相好弟兄，何必客套。小弟即此一言为定，明日将小女庚帖送来。"周侗谢了，即叫岳飞："可过来拜谢了岳父。"岳飞即上来拜谢过了。

而郭靖则获铁木真封为金刀驸马，成吉思汗道："我把华筝给你，从明天起，你是我的金刀驸马。"当然，郭靖的金刀驸马并没有成为事实，自他回了中原便自由恋爱，喜欢上了黄蓉；而岳飞则与李小姐结为夫妇。此处关键在于，金庸又借郭靖本可在征战有功的情况下辞掉其与华筝的婚约，郭靖却选择了请求成吉思汗不要屠城，由此以突显郭靖存仁义而舍小我。

四、奇遇

郭靖与岳飞在成长的历程上，均屡遭奇遇。郭靖获蒙古神箭手哲别教授箭术，因一箭双雕而名震大漠：

他跟江南六怪练了十年武艺，上乘武功虽未窥堂奥，但双臂之劲，眼力之准，却已非比寻常，眼见两头黑雕比翼从左首飞过，左臂微挪，瞄准了黑雕项颈，右手五指急松，正是：弓弯有若满月，箭去恰如流星。黑雕待要闪避，前杆已从项颈对穿而过。这一箭劲力未衰，恰好又射进第二头黑雕腹内，利箭贯着双雕，自空急堕。众人齐声喝彩。……铁木真生平最爱的是良将勇士，见郭靖一箭力贯双雕，心中甚喜。要知北国大雕非比寻常，双翅展开来足有一丈多长，羽毛坚硬如铁，扑击而下，能把整头小马大羊攫到空中，端的厉害之极，连虎豹遇到大雕时也要迅速躲避。一箭双雕，殊属难能。铁木真命亲兵收起双雕，笑道："好孩子，你的箭法好得很啊！"郭靖不掩哲别之功，道："是哲别师父教我的。"铁木真笑道："师父是哲别，徒弟也是哲别。"在蒙古语中，哲别是神箭手之意。

其实，郭靖一箭双雕这一幕主要来自《说唐》第八回的"叔宝神箭射双雕"：

只见远远地有两只饿老鹰，在前村抓了人家一只鸡，一只雌的抓着鸡在下，一只雄的扑着翅在上，带夺带飞的追将下来。事有凑巧，那雄的在上，雌的在下，两边的扑将拢来，合着油瓶盖踏起雄来，叔宝观得较亲，搭上朱红箭，扯满虎筋弦，弓开如半轮秋月，箭发似一点寒星，飕的一声响，却把两只鹰和那小鸡，一箭贯了胸脯，扑地跌将下来。大小三军齐声呐喊，众将把掌称奇，同声喝彩。军政官取了一箭双鹰，同叔宝上前缴令。罗公看了赞道："好神箭也！"心中大喜。[1]

---

[1]　无名氏编撰，王秀梅点校《说唐》（中华书局，2001 年），第 8 回，55—56 页。

两段文字的分别只在于郭靖射黑雕而秦叔宝射黑鹰而已，而一箭双雕（鹰）则如一。而《说唐》中的鹰所捕抓的小鸡则改为《射雕英雄传》中郭靖所保护的一对小白雕。至于郭靖的神射功夫，则乃撷取自《说岳全传》中岳飞的神射功夫的部分材料。岳飞获师傅周侗传授的十八般武艺中，其中一项便是能于二百四十步之外开三百斤的"神臂弓"，并于县考中夺冠：

周侗道："不瞒老弟说，令爱是亲生，此子却是愚兄螟蛉的，名唤岳飞。请贤弟看他的弓箭如何？"李春道："令徒如此，令郎一定好的，何须看得？"周侗道："贤弟，此乃为国家选取英才，是要从公的。况且也要使大众心服，岂可草草作情么？"李春道："既如此，叫从人将垛子取上来些。"岳飞道："再要下些。"县主道："就下些。"从人答应。岳飞又禀："还要下些。"李春向周侗道："令郎能射多少步数？"周侗道："小儿年纪虽轻，却开得硬弓，恐要射到二百四十步。"李春口内称赞，心里不信，便吩咐："把箭垛摆列二百四十步！"

列位要晓得，岳大爷的神力，是周先生传授的"神臂弓"，能开三百余斤，并能左右射，李县主如何知道？看那岳大爷走下阶去，立定身，拈定弓，搭上箭，飕飕的连发了九枝。那打鼓的从第一枝箭打起，直打到第九枝，方才住手。

周侗作为箭术老师所传授的"神臂弓"，亦即哲别教授郭靖的百步穿杨之术。再者，郭靖在蒙古猎得一对白雕：

那道士将剑往地下一掷，笑道："那白雕十分可敬，它的后嗣不能不救！"

小红马与主人睽别甚久，此时重得驮主，说不出的欢喜，抖擞精神，奔跑得直如风驰电掣一般，双雕飞行虽速，小红马竟也追随得上。

《说唐》中秦叔宝所救的小鸡在小说中没什么功能，而郭靖所救的白雕便仿如江南七怪所欲保护的义士郭啸天之后的郭靖。及至中指峰前，双雕背负郭、黄两人脱险，实已近乎神雕：

> 雌雕背上斗轻，纵吭欢唤，振翅直上。双雕负着二人，比翼北去。

可见双雕与郭靖如影相随，其重要性可见一斑，原因便在于《说岳全传》中的岳飞便是大鹏金翅明王（大鹏鸟）之化身：

> 且说西方极乐世界大雷音寺我佛如来，一日端坐九品莲台，旁列着四大菩萨、八大金刚、五百罗汉、三千偈谛、比丘尼、比丘僧、优婆夷、优婆塞，共诸天护法圣众，齐听讲说妙法真经。正说得天花乱坠、宝雨缤纷之际，不期有一位星官，乃是女土蝠，偶在莲台之下听讲，一时忍不住，撒出一个臭屁来。我佛原是个大慈大悲之主，毫不在意。不道恼了佛顶上头一位护法神祇，名为大鹏金翅明王，眼射金光，背呈祥瑞，见那女土蝠污秽不洁，不觉大怒，展开双翅落下来，望着女土蝠头上，这一嘴就啄死了。……
>
> 且说佛爷将慧眼一观，口称："善哉，善哉！原来有此一段因果。"即唤大鹏鸟近前，喝道："你这孽畜！既归我教，怎不皈依五戒，辄敢如此行凶？我这里用你不着，今将你降落红尘，偿还冤债，直待功成行满，方许你归山，再成正果。"大鹏鸟遵了法旨，飞出雷音寺，径来东土投胎不表。……老祖道："非也！此乃我佛如来恐赤须龙无人降伏，故遣大鹏鸟下界，保全宋室江山，以满一十八帝年数。你看，这孽畜将近飞来，你两个看好洞门，待我去看他降生何处。"……那大鹏飞到河南相州一家屋脊上立定，再看时就不见了。……道人看了，赞不绝口道："好个令郎！可曾取名字否？"员外道："小儿今日初生，尚未取名。"老祖道："贫道斗胆，替令郎取个名字如何？"员外道："老师肯赐名，极妙的了！"老祖道："我看令郎相貌魁梧，长大来必然前程万里，远举高飞，就取个'飞'字为名，表字'鹏举'，何如？"员外听了心中大喜，再三称谢。

岳飞乃大鹏鸟投胎，又以鹏举为字；而郭靖则救白雕结伴行走江湖。后来，郭靖获得岳飞的《武穆遗书》，白雕又背负郭靖远离险境，并以传承岳飞驱除鞑虏的遗志为己任。

坐骑方面，岳飞获岳父李春赠予来自北方的雪白良驹：

那马见有人来，不等岳大爷近身，就举起蹄子乱踢。岳大爷才把身子一闪，那马又回转头来乱咬。岳大爷望后又一闪，趁势一把把鬃毛抓住，举起掌来就打，一连几下，那马就不敢动了。

又曰：

自古道："物各有主。"这马该是岳大爷骑坐的，自然服他的教训，动也不敢动，听凭岳大爷一把牵到空地上。

郭靖则驯服从西域来到蒙古的汗血宝马：

马群刚静下来，忽见西边一匹全身毛赤如血的小红马猛冲入马群之中，一阵乱踢乱咬。马群又是大乱，那红马却飞也似的向北跑得无影无踪。片刻之间，只见远处红光闪动，那红马一晃眼又冲入马群，捣乱一番。众牧人恨极，四下兜捕。但那红马奔跑迅捷无伦，却哪里套得牠住？顷刻间又跑得远远地，站在数十丈外振鬣长嘶，似乎对自己的顽皮杰作甚为得意。众牧人好气又好笑，都拿牠没法子。待小红马第三次冲来，三名牧人张弓发箭。那马机灵之极，待箭到身边时忽地转身旁窜，身法之快，连武功高强之人也未必及得上。……

蓦地里一个人影从旁跃出，左手已抓住了小红马颈中马鬣。那红马吃惊，奔驰更快，那人身子被拖着飞在空中，手指却紧抓马鬣不放。……

郭靖在空中忽地一个倒翻筋斗，上了马背，奔驰回来。那小红马一时前足人立，一时后腿猛踢，有如发疯中魔，但郭靖双腿夹紧，始终没给它颠下背来。……

郭靖也是一股子的倔强脾气，被那小红马累得满身大汗，忽地右臂伸入马颈底下，双臂环抱，运起劲来。他内力一到臂上，越收越紧。

小红马翻腾跳跃，摆脱不开，到后来呼气不得，窒息难当，这才知道遇了真主，忽地立定不动。

两相比较，金庸描写郭靖驯服小红马的过程确实要比钱彩描写岳飞驯服白马要精彩得多。后来，襄阳告急，黄蓉本想留下小红马与郭靖逃离险境，郭靖却选择留下抗击蒙古兵，由此突显其忠心赤胆。

此外，岳飞与郭靖均获赠宝剑与金刀。岳飞因道出龙泉剑之典故，而获周三畏赠予宝剑：

三畏听了这一席话，不觉欣然笑道："岳兄果然博古，一些不差。"遂起身在桌上取剑，双手递与岳大爷道："此剑埋没数世，今日方遇其主，请岳兄收起！他日定当为国家之栋梁，也不负我先祖遗言。"岳大爷道："他人之宝，我焉敢擅取！决无此理。"三畏道："此乃祖命，小弟焉敢违背？"岳大爷再四推辞不掉，只得收了，佩在腰间，拜谢了相赠之德，告辞回去。

此宝剑乃春秋之际韩国七里山中的欧阳冶善所铸，名曰"湛卢"，曾为唐朝名将薛仁贵（614—683）所得，如今又由周三畏转赠岳飞，薛仁贵的征东与岳飞的抗金，自有保家卫国之传承寓意在其中。郭靖则因战功而获铁木真赠予金刀：

铁木真一怔，随即哈哈大笑，说道："……好罢，我赏你一件宝物。"从腰间解下一口短刀，递给郭靖。蒙古诸将啧啧称赏，好生艳羡。原来这是铁木真十分宝爱的佩刀，曾用以杀敌无数，若不是先前把话说得满了，决不能轻易解赐。

郭靖谢了赏，接过短刀。这口刀他也时时见到铁木真佩在腰间，这时拿在手中细看，见刀鞘是黄金所铸，刀柄尽头处铸了一个黄金的虎头，狰狞生威。铁木真道："你用我金刀，替我杀敌。"郭靖应道："是。当为大汗尽力。"……

郭靖见众人去尽，将短刀拔出鞘来，只觉寒气逼人，刃锋上隐隐有血光之印，知道这口刀已不知杀过多少人了。刀锋虽短，但刀身厚重，甚是威猛。

周三畏将宝剑赠予日后的抗金英雄岳飞，而郭靖则获一代天骄成吉思汗赠予黄金宝刀，日后为蒙古西征花剌子模，最终却忠于自己的国族而抗击蒙古大军，与岳飞一样成为保家卫国的民族英雄。而且，郭靖与岳飞均与蛇有缘。岳飞获蟒蛇化身之蘸金枪：

只见半山中果有一缕流泉，旁边一块大石上边，镌着"沥泉奇品"四个大字，却是苏东坡的笔迹。那泉上一个石洞，洞中却伸出一个斗大的蛇头，眼光四射，口中流出涎来，点点滴滴，滴在水内。岳飞想道："这个孽畜口内之物，有何好处？滴在水中，如何用得？待我打死他。"便放下茶碗，捧起一块大石头，觑得亲切，望那蛇头上打去。不打时犹可，这一打不偏不歪，恰恰打在蛇头上。只听得呼的一声响，一霎时星雾迷漫，那蛇铜铃一般的眼露出金光，张开血盆般大口，望着岳飞扑面撞来。岳飞连忙把身子一侧，让过蛇头，趁着势将蛇尾一拖。一声响亮，定睛再看时，手中拿的那里是蛇尾，却是一条丈八长的蘸金枪，枪杆上有"沥泉神矛"四个字。回头看那水已干涸了，并无一滴。

岳飞十分得意，一手拿起茶碗，一手提着这枪，回至庵中。走到周侗面前，细细把此事说了一遍，周侗大喜。长老叫声："老友！这沥泉原是神物，令郎定有登台拜将之荣。但这里的风水，已被令郎所破，老僧难以久留，只得仍回五台山去了。但这神枪非比凡间兵器，老僧有兵书一册，内有传枪之法并行兵布阵妙用，今赠与令郎用心温习，我与老友俱是年迈之人，后会无期。"

后来，岳飞以此枪枪挑小梁王而夺魁，但因杀死了小梁王而未获封武状元，日后又凭借此枪屡败金兵，保卫南宋江山。至于郭靖则喝了梁子翁的蟒蛇宝血而百毒不侵：

> 危急中低下头来，口鼻眼眉都贴紧蛇身，这时全身动弹不得，只剩下牙齿可用，情急之下，左手运劲托住蛇头，张口往蛇头咬下，那蛇受痛，一阵扭曲，缠得更加紧了。郭靖连咬数口，蓦觉一股药味的蛇血从口中直灌进来，辛辣苦涩，其味难当，也不知血中有毒无毒，但不敢张口吐在地下，生怕一松口，再也咬它不住；又想那蛇失血多了，必减缠人之力，便尽力吮吸，大口大口吞落，吞得几口蛇血，大蛇缠力果然渐减，吸了一顿饭时分，腹中饱胀之极。那蛇渐渐力弱，几下痉挛，放松了郭靖，摔在地下，再不动了。

> 过得一会，只觉全身都热烘烘地，犹如在一堆大火旁烘烤一般，心中害怕，又过片刻，手足已行动如常，周身燥热却丝毫不减，手背按上脸颊，着手火烫。

日后在桃花岛中眼见老顽童周伯通为欧阳锋的毒蛇所伤，危在旦夕之际，郭靖割切手臂流出具药性的血液以医治周伯通。郭靖的义举令周伯通大受感动而授其《九阴真经》，由此而令郭靖具备臻于一流高手之基础。举世之中，除了周伯通懂《九阴真经》而不敢用之外，唯有郭靖默背《九阴真经》并于日后逐渐领悟此中真谛。金庸将岳飞获蟒蛇化身之蘸金枪的神话改为郭靖喝下蛇血，由此令郭靖百毒不侵并敢于挑战以毒蛇为武器的欧阳峰叔侄两人，可谓匠心独运。

岳飞获志明和尚所赠予兵书，日后大破金兵，而郭靖则又凭其所获岳飞的《武穆遗书》及其他文字而传承其保家卫国之思想：

> 郭靖拿起上面那本簿册，翻了开来，原来是岳飞历年的奏疏、表檄、题记、书启、诗词。郭靖随手翻阅，但见一字一句之中，无不忠义之气跃然，不禁大声赞叹。

郭靖以岳飞的《武穆遗书》先助成吉思汗大破花剌子模，后又助南宋力守襄阳抗击蒙古。郭靖自获《武穆遗书》之后，复在黄蓉的指导下，结合实际攻略，终于大破撒马尔罕城，建立功绩。此际，郭靖亦已获成吉思汗嘉奖为"英雄"，实亦源自《说岳全传》中的岳母在少年岳飞身上刺上"精忠报国"四个字：

> 安人道："做娘的见你不受叛贼之聘，甘守清贫，不贪浊富，是极好的了！但恐我死之后，又有那些不肖之徒前来勾引，倘我儿一时失志，做出些不忠之事，岂不把半世芳名丧于一旦？故我今日祝告天地祖宗，要在你背上刺下'精忠报国'四字。但愿你做个忠臣，我做娘的死后，那些来来往往的人道：'好个安人，教子成名，尽忠报国，流芳百世！'我就含笑于九泉矣！"……刺完，将醋墨涂上了，便永远不褪色的了。

此前，丘处机早已为郭、杨两家的儿子取名"靖"与"康"，并刻字于短剑之上，以示不忘"靖康之难"，及至成吉思汗逼郭靖带兵攻打南宋时，郭靖又回答了母亲关于名字的意义，说道"丘道长是叫我们不可忘了'靖康之耻'"。在《射雕英雄传》将结束之前，华筝公主寄来的信中已称郭靖"精忠为国"，这与岳飞的"精忠报国"并无二致。因此，郭靖的身份，并没有论者所谓的"混杂性和不纯粹性"。①

郭靖与岳飞之身世及奇遇，如出一辙。不同者，岳飞长于中原，而郭靖之母李萍早在怀孕期间因战乱而流落蒙古，即是说郭靖出生并成长于异域，因此他欠缺的是中原文化。故此，金庸又为郭靖安排了一连串的密集式文化进修，使其在文化认同与文化修养上急速提升，以成就其如岳飞一般的文武双全。

---

① 宋伟杰《论金庸小说的"家国想象"》，见刘再复、葛浩文、张东明等编《金庸小说与二十世纪中国文学国际学术研讨会论文集》，332页。

五、文化认同

金庸以抗击异族（金国）入侵的岳飞作为郭靖的原型以及继承者予以塑造，却又将郭靖置身于作为异域的蒙古成长，故此便有必要以一系列的汉文化对郭靖进行特训，使其对汉文化予以认同。

《射雕英雄传》多次提及郭靖愚鲁，他亦自认"蠢材"，甚至到了第三十九回故事快结束之前，他仍自认"蠢当然是蠢的"。郭靖不懂五行奇门之术，当黄蓉来不及指示方位，他便两足陷入泥淖："一股污泥臭味极是刺鼻。"然而，上天安排了一个绝顶聪慧的黄蓉作为其导师。黄蓉精于术数的聪明智慧竟令自称"神算子"的瑛姑目瞪口呆而惊问："你是人吗？"而黄蓉的师父则为其父黄药师，此人于天文地理五行奇门琴棋书画，无所不窥无所不精，堪称"文武全才、博学多能"，即是说黄蓉是郭靖的老师，黄药师便是他的太老师。金庸在《神雕侠侣》中重提郭靖学武进程的问题：

当年郭靖在蒙古大漠随江南六怪练武功，进境甚慢，其后得全真派丹阳子马钰授以上乘内功，修习之后，不知不觉便手脚灵便，膂力大增，习武时进步便速。

由此而言，这并非郭靖愚笨，而是江南六怪教学之不得其法而已。及至郭靖背负黄蓉到了大理求医时，南帝用手一抬叩拜的郭靖乃考核其武功深浅，郭靖竟顺着来势缓缓站起，将他劲力自然而然地化解，而令南帝"吃惊"。在三十七回，进兵花刺子模途中驻军那密河畔的晚上，郭靖与突然出现的欧阳峰过招，情况大出人意料：不料这下硬接硬架，身子竟微微晃动。他略有大意，险些输了，不由得一惊："只怕不等我年老力衰，这小子就要赶上我了。"在三十七回，郭靖在哀痛黄蓉生死未卜之际而被欧阳锋扣押，在强敌之前，竟能苦练《九阴真经》中的"飞絮功"以至于剑术，郭靖的功夫在月余之中竟突飞猛进令欧阳锋不由得暗暗发愁。无疑，郭靖已成为当世四大高手之一的西毒欧阳锋的老师，而欧阳锋与之过招亦间接成为促进他武功突飞猛进的训练员。拳脚之外，郭靖在此期间在村中死尸旁拾获一把铁剑，由此苦练剑术以敌欧阳锋之铁棍。在撒马尔罕附近的村庄密室之中与当世三大高手过招时，郭靖的武功又已大进，周、裘、欧阳三人武功卓绝，而郭靖与欧阳锋斗了这数十日后，刻苦磨炼，骎骎然已可与三人并驾齐驱。此际，郭靖亦已成为"四大高手"之一，再加上黄药师与洪七公，他也是当世的六大高手之一了，而此际他才十九岁而已。在华山论剑之际，郭靖先与黄药师过三百招，令黄药师惊叹：

这傻小子的武功，怎么竟练到这等地步？我如稍有容让，莫说让他挡到三百招之外，说不定还得输在他手里。

其后，郭靖又与洪七公过招，先以黄药师的铁箫化作剑术与洪七公之打狗棒过招，再使出右手源自《道德经》的阴柔的空明拳，左手乃至刚至猛的降龙十八掌，左右出击，刚柔并济，极具创造性，亦以此过了三百招。除却走火入魔后以口咬人的欧阳锋之外，郭靖在武功上基本上已可与黄药师、洪七公，以及不在场的周伯通、一灯大师并驾齐驱，而其兵法知识、带兵经验以及忠义之心，更远非他人所能及。此外，《九阴真经》的汉、梵翻译，除了郭靖之外，是金庸所有小说中其他人所未有的文化技能。

郭靖连遇明师，而且都是好老师：蒙古的摔跤技术、哲别的箭术、江南七怪的基本功（仁义道德）、全真派掌教马钰传授内功、当世五大高手之北丐洪七公教授降龙十八掌、周伯通传授空明拳、双手互搏、《九阴真经》。故此，郭靖从旁观摩而学得黄药师的"弹指神通功夫"而胜一灯大师的弟子（书生）。当他背负黄蓉求一灯大师医治后，目睹其点穴功夫与搏击之道以至于一阳指法与《九阴真经》

的可通之处，又获其师弟天竺智人翻译出《九阴真经》中的宗旨，这是当年武功天下第一的王重阳也不知的秘奥；其后又复聆听一灯大师讲解武学中的精义。至此，郭靖在武功上之所学所知，堪称集各家之大成。

桃花岛在郭靖的成长经历中所起的功能绝不能低估。桃花岛乃黄药师以五行奇门所设计，集武学与文化之大成，犹如一所中国文化大学。郭靖在岛上认识了被困于黑洞中的周伯通，他的到来启悟了周伯通在武功上举世无双的自信，同时周伯通在月余之间向郭靖传授了空明拳、双手互搏以及《九阴真经》。简而言之，郭靖以其淳朴纯净的心灵引领周伯通走出心灵的黑洞，周伯通的诙谐讲解则引发郭靖的思考。被开启了智慧的郭靖竟又在黄药师、欧阳锋以及洪七公三人的箫声、筝声以及啸声中引发习武的乐趣，甚至以其所悟而赢得与欧阳克的三次比赛，特别是以竹枝拍打竹叶而破解黄药师的箫声更为难能可贵。此后，还有几次的顿悟，包括被丐帮捆绑之际顿悟《九阴真经》与天罡北斗阵的关系，在一灯大师以一阳指治疗黄蓉时顿悟《九阴真经》与一阳指的关系。故此，他在桃花岛上获得了婚约、武功以及《九阴真经》。而在岛上巨变时，岛上一切被毁，桃花岛已丧失了教育他的功能。同时，柯镇恶的武功亦已远远不及郭靖，郭靖错手将其铁杖震落并摔掉了他两颗门牙。郭靖亦曾误以为黄药师乃杀师仇人而向其发出挑战。以上种种，均可见郭靖在智慧与武功上之飞跃。

在中原历险的过程中，金庸亦为郭靖精心安排了一系列的文化速成班。范仲淹的《岳阳楼记》令郭靖感同身受，豪气干云地一饮而尽说："先天下之忧而忧，后天下之乐而乐，大英雄、大豪杰固当如此胸怀。"黄蓉教成长于大漠的郭靖领略山水之壮观；于中指峰山洞中朗读岳飞诗词；于华山之巅教郭靖《诗经》；获《武穆遗书》；

在统蒙古兵征伐花剌子模前，郭靖挑灯夜读《武穆遗书》的"破金要诀"，此中之阵法又传承自诸葛亮依古法而创制，甚至上溯至汉代名将韩信的阵法。故此郭靖既有兵书在握，复有军师黄蓉在旁指导，自是攻无不克，战无不胜。进兵花剌子模途中，金庸如此描写郭靖："这一日郭靖驻军那密河畔，晚间正在帐中研读兵书。"此际，郭靖的形象实无异于岳飞般的儒将。故此，蒙古之胜花剌子模，亦即郭靖汉化考试合格，亦即汉文化之胜利。

在成吉思汗思索伐金之际，他对郭靖说："你善能用兵，深得我心。我问你，攻下大梁之后怎样？"此际黄蓉已不在身旁，郭靖竟能从容献上"攻而不攻，不攻而攻"之策，并取出地图，指出具体作战方针，此举令窝阔台与拖雷"又惊又佩"。郭靖其时心中钦服："我从《武穆遗书》学得用兵之法，这是汇集中华名将数千年的智慧。"成吉思汗奇其用兵之法，郭靖告之此乃岳飞之《武穆遗书》中的"破金要诀"。成吉思汗大憾生不逢时，无法与岳飞一较高下而大有寂寞之意。

更为关键的是，郭靖必须认同并参与捍卫国族与汉文化。处于武功、善恶、侠义以至于国族顿悟期的郭靖，一如丘处机所见："神情颓丧，形容枯槁，宛如大病初愈，了无生意。"身为得道高人而被聘为蒙古国师的丘处机便于此际出来点拨他，先吩咐他除掉"蒙古装束"，去掉"蒙古鞑子"的身份，并晓之以理：

> 天下的文才武略、坚兵利器，无一不能造福于人，亦无一不能为祸于世。你只要一心为善，武功愈强愈好，何必将之忘却？

在拒绝领兵讨伐南宋而逃离蒙古之后，郭靖伤心欲绝，此时他却自问："难道就任由他来杀我大宋百姓？"这时他面对的是结义兄弟拖雷，结义之情不可忘，而民族大义则凌乎其上。由此可见，郭靖已完全被成功汉化。

故此，郭靖的中原之旅乃经历了一场全方位的教育，并且挺身而出，济世救国，从侠客而一跃转化为英雄。

六、角色抉择

中指峰前，两白雕背负郭、黄二人脱离裘千仞之火攻，遨游而去，俨然便是"神雕侠侣"，而金庸何以称之为"射雕英雄"，却以"神雕侠侣"配上杨过与小龙女二人？原因在于郭靖与杨过的性情，前者乃以救世为己任，后者愤世脱俗，郭、黄二人本可以遨游而去而成其"神雕侠侣"，最终却是郭靖备受范仲淹与岳飞的精神感召而力守襄阳及至战死；而杨过本乃愤世者，配上几乎不食人间烟火的小龙女，自然脱俗而去。两对情侣之理想传承，一为侠之大者，一为侠之游者，前者为现实，后者为理想。郭靖与黄蓉亦求仁得仁，走的是范仲淹与岳飞等民族英雄的救国救民的道路。

郭靖背负着受伤的黄蓉寻医问药时，听老者所唱的《山坡羊》非常贴切地唱出了他们的人生抉择：

清风相待，白云相爱，梦不到紫罗袍共黄金带。一茅斋，野花开，管甚谁家兴废谁家成败，陋巷箪瓢亦乐哉。朝，对青山！晚，对青山！

四护卫之一的樵夫所唱的《山坡羊》如下：

城池俱坏，英雄安在？云龙几度相交代？想兴衰，苦为怀。唐家才起隋家败，世态有如云变改。疾，是天地差！迟，是天地差！

黄蓉听得这首曲子感慨世事兴衰，大有深意，心下暗暗喝彩。樵夫又唱：

天津桥上，凭栏遥望，春陵王气都凋丧。树苍苍，水茫茫，云台不见中兴将，千古转头归灭亡。功，也不久长！名，也不久长。

又唱道：

峰峦如聚，波涛如怒，山河表里潼关路。望西都，意踟蹰。伤心秦汉经行处，宫阙万间都做了土。兴，百姓苦！亡，百姓苦。

黄蓉心中立刻想到的是父亲黄药师的"什么皇帝将相，都是害民恶物，改朝换姓，就只苦了百姓！"话虽如此，但她随即将之前老者的歌词稍作改动而唱出歌的意思却跟父亲黄药师的思想颇为不同：

清风相待，白云相爱，梦不到紫罗袍共黄金带。一茅斋，野花开，管甚谁家兴废谁家成败，陋巷箪瓢亦乐哉。贫，气如山！达，志如山！

以贫达不改其志，实际上是代郭靖的未来人生路做出了选择。英雄安在？可谓对于《射雕英雄传》两位主角的未来预兆，郭靖固然不懂，黄蓉明白，而日后仍然舍命陪君子，彼等践行的是儒家的不可为而为之，这正是他在上华山之际，丘处机对他说的"然我辈男儿，明知其不可为亦当为之"，而非陈抟之"忧世而袖手高卧，却非仁人侠士的行径"。郭靖悟得历代帝皇乃以天下为赌注而下棋，丘处机赞许他："你近来潜思默念，颇有所见，已不是以前那般浑浑噩噩的一个傻小子了。"可能更为关键的还有郭靖谨记他二师傅临死前所慨叹的"乱世之际，人不如狗"，这是他决心成为英雄而不是侠侣的关键。

在金庸笔下，岳飞、袁崇焕这样的民族英雄"非止以一身之生死系一姓之存亡，实以一身之生命关中国之全局"，[①] 连黄药师这样的疏狂孤傲之士，也常说"只恨迟生了十年，不能亲眼见到（岳飞）

---

① 康有为《袁督师遗集序》，转引自金庸《袁崇焕评传》，见《碧血剑》，第 2 册，826 页。

这位大英雄"。而以岳飞为原型的郭靖也影响了黄蓉及黄药师，前者本来想浪迹江湖，却为了郭靖而甘愿与他同生共死守卫襄阳：

> 我和靖哥哥做了三十年夫妻，大半心血都花在襄阳城上。咱俩共抗强敌，便是两人一齐血溅城头，这一生也真是不枉了。

同样，本来痛恨朝廷的黄药师亦在《神雕侠侣》中以其奇门遁甲之术，协助郭靖指挥军队攻打围城的蒙古兵。这便是郭靖的角色选择，而以金庸将岳飞作为郭靖的原型而言，从侠客而转为英雄是必然而且唯一的归宿。

七、从侠客到英雄

有了以上一系列在武功上的艰苦锻炼与思想层面的学习及深刻领悟，金庸终于把郭靖脱胎换骨了。《射雕英雄传》中初出茅庐的郭靖连番败北，既是杨康的手下败将，更沦为梅超风的"轮椅"，其时梅超风双腿已废，郭靖在完颜洪烈的府中抱起她来攻击梁子翁等人。如此种种，均为郭靖的不堪往绩，似乎亦可以由此而印证他在童年时代其师父江南七怪对其"天资颇为鲁钝"而"摇头叹息"的判断。然而，进入中原之后的郭靖，连番奇遇，智慧日长，竟能参透多种深奥武功，可谓峰回路转。可以引几个智慧原比郭靖为高的人物作为参照。

先是年龄差不多的全真教小道士尹志平，在蒙古与郭靖交手时，郭靖根本不是他的对手，而在烟雨楼中全真派以天罡北斗阵与黄药师决斗时，尹志平被抛上烟雨楼，狼狈不堪，此际郭靖却位居在北斗之位，令黄药师穷于应付而"大吃一惊"。另外，在穆念慈比武招亲之际，郭靖根本不是杨康的对手，及至杨康意图篡夺丐帮帮主之位的大会上，杨康不敢裴千仞的一招半式，郭靖却足与裴千仞匹敌。

再者就是丘处机，他乃武功天下第一的"中神通"王重阳的弟子中武功最高的一位，其知识修养亦远比郭靖为高，辈分亦属郭靖之师长辈，而在烟雨楼旁他只能以天罡北斗阵与黄药师抗衡，以其一人之力根本就不是黄药师的对手，而在后来的华山论剑中丘处机更没参与的资格，郭靖却分别与黄药师与洪七公各过三百招。简而言之，从郭靖初离蒙古返回中原到再回蒙古带兵征伐花剌子模，只是一年左右而已，①而其武功与文化进展神速，从一个"浑浑噩噩、诚朴木讷的少年"，迅速进化为集各家顶尖武功于一身的高手并通晓兵法，②其智慧突飞猛进，堪称顿悟。③

在《射雕英雄传》的故事行将结束之前，郭靖与黄蓉在山东青州协助李全的忠义军时，有十万蒙古兵来袭，黄蓉之见是如无法抵抗时两人可凭小红马而一走了之，郭靖却以岳飞"尽忠报国"晓以大义，并指出《武穆遗书》之原意虽在"破金"，但亦可以"破蒙"。在此，郭靖之文化及身份认同完全确立，其作为英雄的使命亦将展开，而黄蓉任侠之念亦由此破灭，只能叹曰："我原知难免有此

---

① 然而，有论者没有准确地了解郭靖从木讷小子而达至功成名就的英雄的时间只是一年左右，而以"大器晚成"来形容他，明显不妥。见吴秀明、陈择纲《金庸：对武侠本体的追求与构建》，《当代作家评论》，1992年第2期，58页。
② 有一本叫《弹指惊雷侠客行》的武侠赏析小册子，作者认为郭靖的前、后期形象有明显的脱节，而他指出前期"平板无生气""愚钝木讷"的郭靖，后期却"英气逼人、大有思想性"。见吴秀明、陈择纲《金庸：对武侠本体的追求与构建》，《当代作家评论》，1992年第2期，57页。
③ 祝一勇《愚：谈〈射雕英雄传〉中人物郭靖》，《齐齐哈尔师范高等专科学校学报》，2011年第4期，44—45页转48页；施爱东《金庸小说的对照法则与蒙古想象：以〈射雕英雄传〉郭靖英雄形象的塑造为例》，《内蒙古民族大学学报》（社会科学版），2006年第1期（2月），25—29页。然而，以上两篇论文中并没有看到金庸以岳飞作为郭靖的原型人物，故此郭靖虽有从渐悟至顿悟的轨迹，而实际上其成为英雄的结局又几乎是注定的。

一日，罢罢罢，你活我也活，你死我也死就是！"于是在蒙古军来犯之际，郭靖身穿甲胄，提枪纵马，黄蓉亦然，紧随其后，两人已从侠的身份而走向英雄的身份。而且，郭靖称攻城有功而不爱财的"英雄"身份是成吉思汗所赋予的，而令郭靖成为真正的中国式英雄的是他请求成吉思汗不要屠城，而不提儿女私情的辞婚，此乃其仁义之心，亦乃其成为英雄之所在，却有别于成吉思汗心目中的"英雄"。随后，郭靖向成吉思汗道出了他心目中的英雄：

自来英雄而为当世钦仰、后人追慕，必是为民造福、爱慕百姓之人。以我之见，杀得人多却未必算是英雄。

此话令一生以英雄自许的成吉思汗大受刺激，口吐鲜血，临终前仍念念不忘郭靖所说的"英雄"。郭靖一语而令一代天骄成吉思汗吐血而亡，其一生实无异于降龙十八掌中的"亢龙有悔"，洪七公教此掌法时强调在刚猛之外尚需存有余力，以达至刚柔并济。成吉思汗慕长生而轻道术，弃丘处机以阴柔善待天下之劝如敝屣，其生命如利箭之迅猛，毫无保留地四处征伐以扩张王国，此刻却已无力射雕，在衰老之际受郭靖之当头棒喝，犹如一击即毙。其临死之前仍喃喃自语"英雄"二字，亦未尝不是郭靖一番至朴至善之语带给一生杀敌无数的铁木真的顿悟。

或许由于郭靖生长于蒙古，风气所及，启蒙不早，而且教育亦不全面，故方有其貌若愚鲁。郭靖并非如其师父及他自己所说的愚蠢，而实乃"隐喻式地代表了大音稀声、大象无形、大巧若拙、大智若愚等中国人生哲学最高深的层面"。而从后来郭靖之汉化以及钻研武功、天文，《九阴真经》的汉、梵翻译以至于兵法，均可见其在黄蓉以及所遇明师的指点之下，从渐悟而至于顿悟，短短一年之间，武功与智慧已突飞猛进。此中关键在于金庸以岳飞作为其原型并以《武穆遗书》与范仲淹的"先天下之忧而忧"作为郭靖在精神上的感召以至于命运的塑造。故此，金庸在郭靖回归中原后从侠至英雄的历程及促其转化的武功与文化的特训，实即是对汉文化的回归与认同的象征，使其成为如岳飞般合规合矩的英雄。

八、结语

概括而言，以上研究既揭示了当代文学中金庸武侠小说与古典小说的渊源，同时又检验了金庸在借用古典资源的同时所赋予其的创造性。传承与创造并存，金庸在借用古典小说资源的同时亦赋新意予《射雕英雄传》，其如炼金术般的创造，几乎不着痕迹，却又激活了《说岳全传》中的岳飞潜存于民间的集体记忆而以崭新的面貌出现，在新的时代召唤侠义、歌颂英雄，为振兴民族精神做出了重大贡献。

| 第 | 三 | 章 |

欲即欲离:《神雕侠侣》中杨过与小龙女的原型及归宿

一、前言

　　金庸的《神雕侠侣》乃按吴承恩的《西游记》而展开的"互文"书写。金庸乃以《西游记》中的孙悟空与唐僧作为《神雕侠侣》中杨过与小龙女的原型,[①] 将原文本中紧张而对立的师徒,转换为新文本中同心协力、以情抗击礼教的情侣。此中,金庸在不少场景及对话中几乎如影随形地就地改编,却在《神雕侠侣》这部脍炙人口的长篇武侠小说中,推出可歌可泣的师徒之恋以抗击礼教樊篱的爱情故事,为文本寻找到了切合时代的创造性所在。

---

① 　有论者亦注意到《西游记》对金庸武侠小说的影响,却指出"金庸小说人物之中,最近似孙悟空的应是《侠客行》中的石破天"。此外,该论者又罗列金庸武侠小说中近似《西游记》中的片断,却并没有论及《神雕侠侣》中的具体原型。详见何求斌《析金庸小说对〈西游记〉的借鉴》,《湖北师范学院学报》(哲学社会科学版),2012年第2期。

二、猪八戒、沙僧及白龙马

金庸既以孙悟空与唐僧作为杨过与小龙女的原型，同样忘不了借用猪八戒、沙僧及白龙马于小说之中，我们先展示猪八戒、沙僧及白龙马的相关文字之后，再进入杨过与小龙女的原型结构的具体论述。

1. 猪八戒与周伯通

"盘丝洞"是《西游记》第七十二回中出现的一个地名，这一回中记述了唐僧师徒四人西行途中，遇上七只蜘蛛精所变化的美女。猪八戒因迷恋美色而被擒获，唐僧也被骗进盘丝洞，面临杀身之祸，最后还是被孙悟空搭救出来。此故事体现了佛教中"戒"的思想，说明了摆脱七情的迷惑，戒则不迷的深意。《西游记》的盘丝洞便是金庸《神雕侠侣》绝情谷中的网，小龙女（唐僧）与老顽童（猪八戒）均陷于网中而被捕：

> 那长老挣着要走，那女子拦住门，怎么肯放，俱道："上门的买卖，倒不好做！'放了屁儿，却使手掩。'你往那里去？"他一个个都会些武艺，手脚又活，把长老扯住，顺手牵羊，扑的掼倒在地。众人按住，将绳子捆了，悬梁高吊。这吊有个名色，叫做"仙人指路"。原来是一只手向前，牵丝吊起；一只手拦腰捆住，将绳吊起；两只脚向后一条绳吊起：三条绳把长老吊在梁上，却是脊背朝上，肚皮朝下。那长老忍着疼，噙着泪，心中暗恨道："我和尚这等命苦！只说是好人家化顿斋吃，岂知道落了火坑！徒弟啊！速来救我，还得见面；但迟两个时辰，我命休矣！"

> 那长老虽然苦恼，却还留心看着那些女子。那些女子把他吊得停当，便去脱剥衣服。长老心惊，暗自忖道："这一脱了衣服，是要打我

的情了。或者夹生儿吃我的情也有哩。"原来那女子们只解了上身罗衫，露出肚腹，各显神通：一个个腰眼中冒出丝绳，有鸭蛋粗细，骨都都的，迸玉飞银，时下把庄门瞒了不题。

此中细节甚多，为详细了解金庸借用之细腻，必须尽可能罗列所有相关细节，又有以下动作：

呆子一味粗夯，显手段，那有怜香惜玉之心，举着钯，不分好歹，赶上前乱筑。那怪慌了手脚，那里顾甚么羞耻，只是性命要紧，随用手侮着羞处，跳出水来，都跑在亭子里站立，做出法来：脐孔中骨都都冒出丝绳，瞒天搭了个大丝篷，把八戒罩在当中。

唐僧与猪八戒之陷于蜘蛛网，并非没有原因，第七十四回的开篇便有以下关于情与欲的一首诗：

情欲原因总一般，有情有欲自如然。

沙门修炼纷纷士，断欲忘情即是禅。

须着意，要心坚，一尘不染月当天。

行功进步休教错，行满功完大觉仙。

话表三藏师徒们打开欲网，跳出情牢，放马西行。

"欲网"与"情牢"，在《神雕侠侣》中主要是写杨过与小龙女，当然猪八戒也是有情有欲。猪八戒原是天庭中统领十万天河水兵的天蓬元帅，由于蟠桃会上喝酒醉后调戏月宫仙女嫦娥，被打了两千锤后被贬下凡，又于情劫中自动投错胎变成猪的模样：

敕封元帅管天河，总督水兵称宪节。

只因王母会蟠桃，开宴瑶池邀众客。

那时酒醉意昏沉，东倒西歪乱撒泼。

逞雄撞入广寒宫，风流仙子来相接。

见他容貌挟人魂，旧日凡心难得灭。

全无上下失尊卑，扯住嫦娥要陪歇。

再三再四不依从，东躲西藏心不悦。

色胆如天叫似雷，险些震倒天关阙。

纠察灵官奏玉皇，那日吾当命运拙。

广寒围困不通风，进退无门难得脱。

却被诸神拿住我，酒在心头还不怯。

押赴灵霄见玉皇，依律问成该处决。

多亏太白李金星，出班俯囟亲言说。

改刑重责二千锤，肉绽皮开骨将折。

放生遭贬出天关，福陵山下图家业。

我因有罪错投胎，俗名唤做猪刚鬣。

猪八戒下凡后倒插门娶了云栈洞的卯二姐。卯二姐死后，入赘高老庄。后经观音菩萨指点，拜唐僧为师，一同赴西天取经。取回真经后，猪八戒由于"又有顽心，色情未泯"被封为净坛使者与天蓬佛。在小说中，由于他的懒惰、贪吃和好色，常常使唐僧一行陷于困境。猪八戒便是《神雕侠侣》中周伯通的原型，他本是全真派掌门王重阳的师弟，武功极高，外号"老顽童"，却在大理皇宫中令段王爷的妃子瑛姑怀孕产子，终生不安，在情感上纠缠了大半辈子，犹如猪八戒的"情劫"。

在绝情谷一节中，这样描写周伯通：

原来此人正是周伯通。他要进谷来混闹，故意让绝情谷的四弟子用渔网擒住。当时并不抗拒，直到进谷之后，这才破网逃出。……

厅中四个绿衫弟子只见人形一晃，忙移动方位，四下里兜将上，将他裹入网中。四人将渔网四角结住，提到谷主面前。那渔网是极坚韧极柔软的金丝铸成，即是宝刀宝剑，也不易切割得破。……原来周伯通脱光了衣服，谁也没防到他竟会不穿衣服而猛地冲出。

同一幕盘丝洞，又在另一场景中出现：

　　国师在外偷窥，却不知他有这等难处，暗想："不好，这老头儿在运内功了！"心念一动，从怀中取出那只盛放彩雪蛛的金盒来，掀开盒盖，盒中十余只彩雪蛛蠕蠕而动，其时朝阳初升，照得盒中红绿斑斓，鲜艳夺目。国师从金盒旁取出一只犀牛角做的夹子，挟起一根蛛丝，轻轻一甩，蛛丝上带着一只彩雪蛛，黏在山洞口左首。他连挟连甩，将盒中毒蛛尽数放出，每只毒蛛带着一根蛛丝，黏满了洞口四周。盒中毒蛛久未喂食，饥饿已久，登时东垂西挂，结起一张张的蛛网，不到半个时辰，洞口已被十余张蛛网布满。

　　当毒蛛结网之时，小龙女和周伯通看得有趣，均未出手干预，到得后来，一个直径丈余的洞口已满是蛛网，红红绿绿的毒蛛在蛛网上来往爬动，只瞧得心烦意乱。

　　此外，猪八戒拜唐僧为师，周伯通亦拜以唐僧为原型的小龙女为师，而且有具体的课程，学习的是控制玉蜂之术：

　　小龙女转身走开，过了一个山坳，忽听得周伯通大声吆喝呼啸，宛似在指挥蜜蜂。小龙女好生奇怪，悄悄又走了回来，躲在一株树后张望，只见周伯通手中拿着玉瓶，正在指手划脚的呼叫。她伸手怀中一探，玉瓶果已不翼而飞，不知如何给他偷了去，但他吆喝的声音，似是而非，虽有几只野蜂闻到蜜香赶来，却全不理睬他的指挥，只是绕着玉瓶嗡嗡打转。

　　小龙女忍不住噗哧一笑，从树后探身出来，叫道："我来教你罢！"周伯通见把戏拆穿，贼赃给事主当场拿住，只羞得满脸通红，白须一挥，斗地窜出数丈，急奔下山，飞也似的逃走了。……

　　周伯通兀自在指手划脚的呼叫。小龙女道："周老爷子，是这般呼啸。"于是撮唇作啸。周伯通学着呼了几声，千百头玉蜂果然纷纷回入木箱。周伯通大喜，手舞足蹈……向小龙女道："龙姑娘，我教你双手使不同的武功，你教我指挥蜜蜂。你是我的师父……"

后来，犹如唐僧师徒五人获得如来佛祖的册封一般，周伯通后来在华山获黄蓉封为五大高手之"中顽童"。

2. 沙僧与孙婆婆

至于沙僧，则为古墓派的照顾小龙女的孙婆婆的原型。沙僧亦丑陋无比：

> 一头红焰发蓬松，两只圆睛亮似灯。
>
> 不黑不青蓝靛脸，如雷如鼓老龙声。
>
> 身披一领鹅黄氅，腰束双攒露白藤。
>
> 项下骷髅悬九个，手持宝杖甚峥嵘。

救杨过的孙婆婆，金庸不忘一再强调其丑陋：

> 又过良久，忽觉口中有一股冰凉清香的甜浆，缓缓灌入咽喉，他昏昏沉沉的吞入肚内，但觉说不出的受用，微微睁眼，猛见到面前两尺外是一张生满鸡皮疙瘩的丑脸，正瞪眼瞧着自己。杨过一惊之下，险些又要晕去。那丑脸人伸出左手捏住他下颚，右手拿着一只杯子，正将甜浆灌在他口里。

> 杨过觉得身上奇痒剧痛已减，又发觉自己睡在一张床上，知那丑人救治了自己，微微一笑，意示相谢。那丑脸人也是一笑，喂罢甜浆，将杯子放在桌上。杨过见她的笑容更是十分丑陋，但奇丑之中却含仁慈温柔之意……

> 那丑脸老妇柔声问道："好孩子，你师父是谁？"……

这三段文字里，"丑"字共出现了七次，而且其中一次杨过更被其丑陋吓得几乎晕了过去。正如《西游记》里的沙僧的角色功能不多，孙婆婆只出现在第五回中，所占篇幅极少，但她除了拯救杨过之外，还在断气之前做了一件重要的事，便是央求小龙女照顾杨过：

孙婆婆强运一口气，道："我求你照料他一生一世，别让他吃旁人半点亏，你答不答允？"

由此，孙婆婆便完成了她将杨过送入古墓接近小龙女的角色职能，这也类似于沙僧在《西游记》中着墨不多的描写。

3. 白龙马与瘦黄马

白龙马是龙太子的化身，自然是神骏非凡，金庸却塑造了一匹瘦而丑的黄马：

> 只见一匹黄毛瘦马拖着一车山柴，沿大路缓缓走来，想是那马眼见同类有驰骋山野之乐，自己却劳神苦役，致发悲鸣。那马只瘦得胸口肋骨高高凸起，四条长腿肌肉尽消，宛似枯柴，毛皮零零落落，生满了癞子，满身泥污杂着无数血渍斑斑的鞭伤。一个莽汉坐在车上，嫌那马走得慢，不住手的挥鞭抽打。……那瘦马模样丑虽，却似甚有灵性……

而且，这马还会喝酒，连喝十余碗，疾奔如龙：

> 饭后上马，癞马乘着酒意，洒开大步，驰得犹如癫了一般，道旁树木纷纷倒退，委实是迅捷无比。只是寻常骏马奔驰时又稳又快，这癞马快是快了，身躯却是忽高忽低，颠簸起伏，若非杨过一身极高的轻功，却也骑它不得。这马更有一般怪处，只要见到道上有牲口在前，非发足超越不可，不论牛马骡驴，总是要赶过了头方肯罢休，这一副逞强好胜的脾气，似因生平受尽欺辱而来。杨过心想这匹千里良驹屈于村夫之手，风尘困顿，郁郁半生，此时忽得一展骏足，自是要飞扬奔腾了。

"郭靖骑的是汗血宝马，杨过乘了黄毛瘦马""古道西风瘦马，断肠人在天涯"，金庸如此描写杨过骑上瘦黄马的心情："想到伤心之处，下马坐在大路中心，抱头痛哭""次晨骑上马背，任由瘦马在荒山野岭间信步而行"。然而，瘦黄马实是非凡：

> 杨过左手抱着死婴，右手挺长矛上马，那瘦马原是久历沙场的战马，重临战阵，精神大振，长嘶一声，向蒙古兵冲去。

瘦黄马实是"神骏非凡"。及至瘦黄马战死，神雕出现："它身躯沉重，翅短不能飞翔，但奔跑迅疾，有如骏马。"神雕代替瘦黄马具象征意义，去掉了杨过"古道西风瘦马"之感伤形象，并成为杨过在武学上的导师。

三、命名及成长经历

1. 命名

在命名上，金庸在《神雕侠侣》中可谓对《西游记》亦步亦趋。

《西游记》中斜月三星洞的菩提祖师为欲望极炽的美猴王取名"悟空"，谓了然一切事物由各种条件和合而生，虚幻不实，变灭不常。在《神雕侠侣》中，杨过一出生则获黄蓉取名为"过"，表字"改之"。《西游记》中以"悟空"命名，亦是对充满欲望的美猴王的一种启悟，"美猴王""弼马温"以至于"齐天大圣"，一切皆空。《神雕侠侣》中杨过由最初的叛逆而走向皈顺名教，实亦即如孙悟空之逃不出如来佛祖的五指山般的宿命。杨过之名为"过"，实以己之所为以补父亲之"过"，他后来甚至以父亲杨康为耻：

> 杨过抱头在地，悲愤难言，想不到自己生身之父竟如此奸恶，自己名气再响，也难洗生父之羞。

> 柯镇恶道："杨公子，你在襄阳立此大功，保国卫民，普天下都说你的好处。你父亲便有千般不是，也都弥盖过了。他在九泉之下，自也喜欢你为父补过。"

一向叛逆的杨过甚至觉悟黄蓉之所以对自己始终提防顾忌，乃出于误会，皆是由上一代所种下，他自己的无数烦恼，"实由父亲而起"。由此，杨过撇清自己之"不肖"。

简而言之，杨过已被纳入社会秩序而忏悔，以黄蓉为代表的名教终于胜利，杨过之叛逆终告失败。然而，金庸又安排了小龙女陪伴杨过成长，此中实另有玄机。

2. 成长经历

《神雕侠侣》中的杨过在桃花岛学武不成后则西去全真派学艺，学了全真口诀后因被师父赵志敬虐待而被逼逃走，变相被逐。杨过的这种经历实即《西游记》中孙悟空前往西牛贺洲灵台方寸山斜月三星洞拜菩提祖师为师，学得七十二变后被师父所逐。杨过在比武时大闹全真教，实即孙悟空在蟠桃会上的大闹天宫。大闹天宫后，孙悟空被佛祖镇于五行山下，而杨过大闹全真教后则被小龙女收留于古墓之中，实即犹如孙悟空被佛祖镇压于五行山下。后来，孙悟空拜唐僧为师，一路斩妖除魔护送他上西天取经。杨过则拜小龙女为师，且多次保护并拯救她，此中包括小龙女于古墓前修炼玉女心经受尹志平、赵志敬的干扰。后来小龙女在绝情谷中陷于公孙止手上以及在终南山的大战过程中，杨过均及时出现而拯救了陷于濒危状态的小龙女。《西游记》中，孙悟空数次被师傅唐僧误解，两次被驱逐；而金庸在《神雕侠侣》中则略施变化，改为以唐僧为原型的小龙女三次主动离开以孙悟空作为原型的杨过：第一次是失身于尹志平之后怀疑乃杨过的始乱终弃，第二次是因为黄蓉以师徒之恋违背礼教大防而令她主动离开，第三次是为解杨过的情花之毒而跳入碧水潭中。

至于《西游记》中的观世音菩萨，在《神雕侠侣》中又是由谁分担此角色功能的呢？一灯大师向杨过说法，实即如观音对孙悟空的说法。一灯大师的话，便如雷震一般，轰到了杨过心里：

要胜过自己的任性，要克制自己的随意妄念，确比胜过强敌难得多。这位高僧的话真是至理名言。

至于一灯大师令小龙女领悟，实即观音菩萨向唐僧说法，唐僧自然理解，以孙悟空作为原型的杨过却一无所知：

杨过和小龙女本来心心相印，对方即是最隐晦的心意相互也均洞悉，但此刻她和一灯对答，自己却隔了一层。似乎她和一灯相互知心，自己反成为外人，这情境自与小龙女相爱以来从所未有，不禁大感迷惘。

境界不同，悟亦有高低，这就是唐僧与孙悟空在角色上之分别。以唐僧为原型的小龙女见了雪花而有以下感悟：

生死有命，人身无常，因缘离合，岂能强求？过儿，忧能伤人，你别太过关怀了。

又：

小龙女道："这些雪花落下来，多么白，多么好看。过几天太阳出来，每一片雪花都变得无影无踪。到得明年冬天，又有许许多多雪花，只不过已不是今年这些雪花罢了。"

小龙女对雪花的领悟，杨过却未有同感。金庸甚至再度加强小龙女的悟道境界："说出话来竟是功行深厚的修道人口吻""即是苦修了数十年的老僧老道，也未必有此造诣"。[1] 由此可见，小龙女与杨过之别，实即境界之高低。有论者指出杨过可能有以下两种归宿：

---

① 项庄亦认为小龙女"一身仙气"。项庄《杨过、小龙女、郭襄》，见《诸子百家看金庸》，第1册，63页。

其一便是积极地指向道德仁义的理想，贡献出他全部的生命热力，以建设一个合理的世界。其二便是消极地归宿于彻底宁静的玄境，以平息他生命的躁动不安。前者是他生命的根本成全，后者则是他生命的暂时安顿。而在书中，杨过是放弃了前者而归宿于小龙女所代表的冲虚玄境。[①]

此乃的论。从以上的论证可见，杨过实以孙悟空为原型，他之归于小龙女的"冲虚玄境"，基本乃即服膺古墓派的教规，这便与黄蓉所代表的名教截然不同，这亦是杨过与小龙女在名教与名教之外的空间的若即若离的原因。这便是金庸在借用孙悟空作为杨过的原型又有所创造之所在，而杨过在世间与古墓之间多次徘徊往返，实亦是其成长与领悟的过程。由此，他既完成了世间对侠的要求，又返回古墓隐居。此中关键，即在于杨过情欲上的"若即若离"，故他与小龙女方有身陷"绝情谷"之劫与身中情花之毒的煎熬。表面上看似乎是以杨过与小龙女作为代表的古墓派的女性思维对以男权为中心的体制的反叛与挑战，具体而言乃是金庸借《神雕侠侣》书写南宋礼教下的爱情。

四、紧箍咒与情花痛

金庸既以孙悟空作为杨过的原型，孙悟空受到佛祖的惩罚以收其叛逆，[②]叛逆的杨过同样必须面对惩罚。《西游记》中，孙悟空一旦不受唐僧的管束，便受到紧箍咒的惩罚：

---

① 曾昭旭《金庸笔下的性情世界》，见《诸子百家看金庸》，第1册，27—28页。
② 刘登翰指出："如果说，郭靖是一个合规合矩的英雄，杨过则是一个反叛的英雄。"见刘登翰《香港文学史》，273页。

三藏见他戴上帽子，就不吃干粮，却默默的念那紧箍咒一遍。行者叫道："头痛，头痛。"那师父不住的又念了几遍，把个行者痛得打滚，抓破了嵌金的花帽。三藏又恐怕扯断金箍，住了口不念。不念时，他就不痛了。伸手去头上摸摸，似一条金线儿模样，紧紧的勒在上面，取不下，揪不断，已此生了根了。他就耳里取出针儿来，插入箍里，往外乱揪。三藏又恐怕他揪断了，口中又念起来。他依旧生痛，痛得竖蜻蜓，翻筋斗，耳红面赤，眼胀身麻。那师父见他这等，又不忍不舍，复住了口。他的头又不痛了。行者道："我这头，原来是师父咒我的？"三藏道："我念得是紧箍经，何曾咒你？"行者道："你再念念看。"三藏真个又念。行者真个又痛，只教："莫念，莫念。念动我就痛了。这是怎么说？"三藏道："你今番可听我教诲了？"行者道："听教了。""你再可无礼了？"行者道："不敢了。"

在《神雕侠侣》中，少年时期的杨过处处留情，用情不专，此即其"欲"，[①] 他甚至自言道：

杨过啊杨过，是不是你天生的风流性儿作祟，见了郭芙这美貌少女，天大的仇怨也抛到了脑后？

又：

他自悔少年风流孽缘太多，累得公孙绿萼为己丧命，程英和陆无双一生伤心，他自知性格风流，见到年轻美貌女子，往往与之言笑不禁，相处亲密，虽无轻薄之念，却引起对方遐想，惹下不少无谓相思，自知不合，常自努力克制，但情缘之来，有时不由自主，因此经常戴着黄药师所制的那张人皮面具，不以原来之英俊面目示人。

因为杨过情欲过炽而终于在绝情谷中了情花之毒，一旦涉及情欲之

① 刘登翰指出："杨过有情有欲。"见刘登翰《香港文学史》，274页。

思，便痛苦难当：

过不多时，石室门口传进来一阵醉人心魄的花香，二人转头瞧去，迎眼只见五色缤纷，娇红嫩黄，十多名绿衫弟子拿着一丛丛的情花走进室来。他们手上臂上都垫了牛皮，以防为情花的小刺所伤。公孙谷主右手一挥，冷然道："都堆在这小子身上。"

霎时之间，杨过全身犹似为千万只黄蜂同时螫咬，四肢百骸，剧痛难当。

情花之痛，只要清心寡欲，则自不痛，然而中毒者将于"三十六日后全身剧痛而死"。不同的是，《西游记》中的唐僧乃施罚者，而《神雕侠侣》中的施罚者则转为公孙止，而以唐僧为原型的小龙女则甘愿与杨过同受情花之痛：

她突然扑在杨过身上，情花的千针万刺同时刺入她体内，说道："过儿，你我同受苦楚。"

由此，《西游记》中唐僧作为施罚者与孙悟空作为被罚者的角色，在《神雕侠侣》中则转为以小龙女与杨过一同受情花之苦。《神雕侠侣》中，绝情谷中的情花后来被杨过等人焚毁，这也很有象征意味：

杨过道："二妹、三妹，天下最可恶之物，莫过于这情花树，倘若树种传出谷去，流毒无穷。咱们发个善心，把它尽数毁了，你说可好？"程英道："大哥有此善愿，菩萨必保佑你早日和大嫂相聚。"杨过听了这话，精神为之一振。

当下三人到火场中捡出三件铁器，折下树枝装上把手，将谷中尚未烧毁的情花花树一株株砍伐下来。谷中花树为数不少，又要小心防备花刺，因此直忙到第六日，方始砍伐干净。三人惟恐留下一株，祸根不除，终又延生，在谷中到处寻觅，再无情花树的踪迹，这才罢手。经此一役，这为祸世间的奇树终于在杨、程、陆三人手下灭绝，后人不复再睹。

而《神雕侠侣》中绝情谷中的情花的灵感，实即《西游记》中五庄观的人参果。绝情谷中的情花被杨过等人焚毁，而五庄观的人参果树则被孙悟空推倒：

> 他的真身，出一个神，纵云头，跳将起去，径到人参园里，掣金箍棒往树上乒乓一下，又使个推山移岭的神力，把树一推推倒。可怜叶落桠开根出土，道人断绝草还丹！那大圣推倒树，却在枝儿上寻果子，那里得有半个？原来这宝贝遇金而落，他的棒刃头却是金裹之物，况铁又是五金之类，所以敲着就振下来，既下来，又遇土而入，因此上边再没一个果子。

孙悟空之偷吃人参果是出于猪八戒的贪吃及引诱所致，而其动怒推倒人参果树则为野性未驯。杨过深受情花之苦则在于其骨血中流淌着其父杨康之风流，而其焚毁情花则为戒其滥情而归于对小龙女的专一。金庸在此便在借用经典的基础上作了关键性的逆转，《神雕侠侣》歌颂的是爱情至上，小龙女与杨过的师徒之恋乃冲击礼教大防，两人之爱情，可谓历尽坎坷，乃是当代小说中的一部"情书"。

五、火焰山与碧水潭

从叛逆而走向皈顺，杨过之风流一如孙悟空之野性，终被约束。《神雕侠侣》中杨过在绝情谷落泪：

> 猛地里一跃而起，奔到断肠崖前，瞧着小龙女所刻下的那几行字，大声叫道："'十六年后，在此相会，夫妻情深，勿失信约！'小龙女啊小龙女！是你亲手刻下的字，怎地你不守信约？"他一啸之威，震狮倒虎，这几句话发自肺腑，只震得山谷皆鸣，但听得群山响应，东

南西北，四周山峰都传来："怎地你不守信约？怎地你不守信约？不守信约……不守信约……"

他自来生性激烈，此时万念俱灰，心想："龙儿既已在十六年前便即逝世，我多活这十六年实在无谓之至。"望着断肠崖前那个深谷，只见谷口烟雾缭绕，他每次来此，从没见到过云雾下的谷底，此时仍是如此。仰起头来，纵声长啸，只吹得断肠崖上数百朵憔悴了的龙女花飞舞乱转，轻轻说道："当年你突然失踪，不知去向，我寻遍山前山后，找不到你，那时定是跃入了这万丈深谷之中，这十六年中，难道你不怕寂寞吗？"

泪眼模糊，眼前似乎幻出了小龙女白衣飘飘的影子，又隐隐似乎听到小龙女在谷底叫道："杨郎，杨郎，你别伤心，别伤心！"杨过双足一蹬，身子飞起，跃入了深谷之中。

以上杨过对小龙女这摧心倾情的一幕，实即《西游记》中第五十一回描写孙悟空对师父唐僧的思念之情：

话说齐天大圣，空着手败了阵，来坐于金（山兜）山后，扑梭梭两眼滴泪，叫道："师父啊！指望和你——佛恩有德有和融，同幼同生意莫穷。同住同修同解脱，同慈同念显灵功。同缘同相心真契，同见同知道转通。岂料如今无主杖，空拳赤脚怎兴隆！"

孙悟空的"师父啊！指望和你——"后，几乎便任由金庸自由想象，亦即转为杨过口中的"小龙女啊小龙女！是你……？"在《神雕侠侣》的《后记》中，金庸指出：

武侠小说的故事不免有过分的离奇和巧合。我一直希望做到，事实上不可能，人的性格总应当是可能的。杨过和小龙女一离一合其事甚奇，似乎归于天意和巧合，其实却归于两人本身的性格。两人若非钟情如此之深，绝不会一一跃入谷中：小龙女若非天性淡泊，决难在谷底长时独居；杨过如不是生具至性，也定然不会十六年如一日，至死不悔。当然，倘若谷底并非水潭而系山石，则两人跃下后粉身碎骨，终于还是同穴而葬。世事遇合变幻，穷通成败，虽有关机缘气运，自有幸与不幸之别，但归根到底，总是由各人本来性格而定。①

金庸为了突出杨过与小龙女之一往情深，方有跳入碧水潭之安排。孙悟空保护唐僧过了火焰山（第五十九至六十一回），杨过则于绝情谷悬崖下之碧水潭下的"广寒宫"中救出居于其中十六年的小龙女。②在金庸《神雕侠侣》中碧水潭中的"水"，在《西游记》中则为火焰山的"火"，水火对衬。③而金庸书写的一往情深与世事奇幻的可能性，实亦与晚明汤显祖《牡丹亭》中的情观一致：

情不知所起，一往而深。生者可以死，死者可以生。生而不可与死，死而不可复生者，皆非情之至也。梦中之情，何必非真？天下岂少梦中之人耶！必因荐枕而成亲，待挂冠而为密者，皆形骸之论也。……人世之事，非人世可尽。自非通人，恒以理相格耳！第云理之所必无，安知情之所必有邪！

对于汤显祖来说，"情"具有"出生入死"的无穷威力，故而他才说："生者可以死，死者可以生。"因此，"情"在汤显祖的思想世界中实具有超越的地位。

汤显祖甚至进而将其情观更推进一步而肯定"梦"的功能。

---

① 陈墨《金庸小说与二十世纪中国文学》，见《金庸小说与二十世纪中国文学》，82页。
② 曾昭旭先生认为小龙女乃从"广寒宫下凡"。曾昭旭《金庸笔下的性情世界》，见《诸子百家看金庸》，第1册，33页。
③ 吴承恩《西游记》，下册，第51回，599页。这一回的回目便正是"心猿巧用千般计，水火无功难炼魔"。金庸在《神雕侠侣》中以碧水潭之"水"对火焰山之"火"的灵感，亦由此获得。

"梦"在传统的中国社会中乃邪思绮念之源，汤显祖却说："梦中之情，何必非真？天下岂少梦中之人耶！"汤显祖大胆地指出传统中的禁忌，这正是对传统的禁忌正式提出挑战。由此而言，金庸《神雕侠侣》中的《后记》的性质亦即汤显祖《牡丹亭》前面的《题词》，均乃对"情"之揄扬，两部作品相距四百多年，而其讴歌爱情的性质则如出一辙。[①] 至于杨过之"十六年如一日，至死不悔"，正是源自《西游记》中以下的诗句：

> 圣僧努力取经编，西宇周流十四年。
>
> 苦历程途遭患难，多经山水受迍邅。

两者的分别只在于，杨过苦候的是对情之执着，而孙悟空、唐僧师徒则为取经而九死不悔。

六、不同的归宿

《西游记》中的孙悟空一路保护唐僧直至西天取经完成，终获佛祖封为斗战胜佛。《神雕侠侣》中的杨过则一直保护、拯救小龙女，师徒最终在襄阳大战一役中救得郭襄并击毙蒙古大汗蒙哥，由此而获得郭靖与黄蓉等卫道者之认可：

> 杨过心中感动，有一句话藏在心中二十余年始终未说，这时再也忍不住了，朗声说道："郭伯伯，小侄幼时若非蒙你和郭伯母抚养教诲，焉能得有今日？"

---

① 有论者不解金庸之创作意图却认为"金庸为了应景，却偏偏还要在小说结尾出现绝涧内别有洞天，杨过、小龙女幸得不死的意外。虽无伤大雅，毕竟有损主题的表达"。见吴秀明、陈择纲《金庸：对武侠本体的追求与构建》，《当代作家评论》，1992年第2期，55页。

因此，在华山论剑时，杨过获黄蓉封为"西狂"。①杨过武功已臻巅峰，扶危济困，急人之难，众人均认为他当得起"大侠"两字，杨过却自称配不上"大侠"。更为奇怪的是一向桀骜不驯的杨过，后来却比道学先生更守礼：

十余年行走江湖，遇到年轻女子，他竟比道学先生还更守礼自持，生怕再惹起风流罪过，对人不住。

又：

可是我狂妄胡闹，叛师反教，闯下了多大的祸事！倘若我终于误入歧路，那有今天和他携手入城的一日？想到此处，不由得汗流浃背，暗自心惊。

佛祖以法力制衡并收服了孙悟空，黄蓉则以名教压抑并收编杨过。由此可见，金庸在《神雕侠侣》中乃以如来佛作为黄蓉的原型。有论者认为杨过大闹全真教，黄蓉具有不可推卸的责任：

郭靖把杨过送上重阳宫，丘处机糊里糊涂地把杨过交给了臭道士赵志敬，使杨过背上叛师的大罪名而闹了一个天翻地覆。到这时候，杨过一生叛逆的性格已经铸成。这一点郭黄没有留心杨过幼年的性格而管教失策，是我不能不责备黄蓉的地方。

当日杨过在桃花岛，实即孙悟空早年在水帘洞，杨过之大闹全真教重阳宫，亦即孙悟空之大闹天宫。由此而言，黄蓉乃被金庸赋予了压迫杨过之使命，一如佛祖之镇压孙悟空。有论者亦认为：

《神雕》读者之所以不喜黄蓉，主要基于黄蓉对杨过的态度，杨过既然是第一男主角，人见人爱，黄蓉竟敢对他疑忌设防，自然不得人望。

① 何求斌《论"华山论剑"的文化渊源》，《湖北师范学院学报》（哲学社会科学版），2013年第6期，8—10页。

为人妻母后，黄蓉性格上暴露的缺点，正是人性共通的软弱之处。她为深爱的家人而付出一切，确实削减了自身在《射雕英雄传》中曾经散发的夺目光华。在《神雕侠侣》结局之前，黄蓉俨然以佛祖分封唐僧师徒五人的姿态分封当世五大高手：东邪、西狂、南帝、北侠、中顽童。杨过名列"西狂"，实则乃被驯服。至此，杨过与小龙女既入世为侠，又重返古墓，即被世间道德法律接受，履行了世间的责任，犹如汤显祖《牡丹亭》中的柳梦梅与杜丽娘原本不被父亲接受他们私下许配的婚姻，及至柳梦梅计退外敌，保住国家后方获得皇帝的允许而得以完婚。不同的是，作为孤儿的杨过与弃婴的小龙女仍然是选择归隐于与世间对立的古墓中。由此可以说，杨过与小龙女虽被世间法律驯服，他们却又自觉地选择脱离世间，这便是他们个性中仍有不屈之傲骨，亦可以说是他们两人在出世与入世之间已获得了两全其美的圆融的措置，而这亦正是金庸《神雕侠侣》既以《西游记》为原型而又有所开拓之所在。以杨过的叛逆"猴性"，他不可能离群索居，更不会被以黄蓉、郭靖为代表的名教降服，在进入古墓拜小龙女为师前后，外面的世界一直是杨过所渴望的，甚至绘声绘影予以描述以打动具"佛性"的小龙女的凡心。然而，杨过与小龙女最终选择了隐居古墓，从而远离为名教法网所笼罩的世俗社会，这亦正是杨过与小龙女超越世俗礼教的"魏晋风度"，亦是金庸在原型基础上的开拓所在。

七、结语

《神雕侠侣》乃一部为冲击南宋礼教而撰写的"情书"，却选择了终归活在如来佛祖的五指山以及唐僧的紧箍咒之下的孙悟空作为杨过之原型，并以唐僧与孙悟空师徒的取经之艰辛作为小龙女与杨过两人在情感历程上披荆斩棘的隐型结构。如此一来，金庸既借用复超越了《西游记》，其在资源上的借用与改编及开拓，实可谓妙手天成。杨过与小龙女之情深不悔自此书面世以来即俘获了千万读者，为浮躁的当代社会重新注入了一往情深的爱情观念，同时以西方的文学技巧实践了当代小说对古典小说的传承。

| 第 | 四 | 章 |

何足道哉:《倚天屠龙记》中张无忌的复合原型及其领悟

一、前言

　　《倚天屠龙记》中的张无忌神力盖世，奇遇不断，其性格却优柔寡断，[①] 徘徊于四女之间，难舍难离。张无忌身为明教教主，既驱除鞑虏、兴复汉室，本可登九五之尊，却又让位于朱元璋，携赵敏隐居蒙古。金庸甚至在《倚天屠龙记·后记》中亦似乎无可奈何地指出张无忌在性格上的弱点：

　　他较少英雄气概，个性中固然颇有优点，缺点也很多，或许，和我们普通人更加相似些……张无忌的一生却总是受到别人的影响，被环境所支配，无法解脱束缚。在爱情上……张无忌始终拖泥带水……但在他内心深处，他到底爱哪一个姑娘更加多些？恐怕他自己也不知道。是不是真是这样，作者也不知道，既然他的个性已写成了这样子，一切发展全得凭他的性格而定，作者也没法子干预了。

[①]　有论者指出："张无忌似乎并不受读者喜爱，他优柔寡断，缺少了领导才能。"见潘国森《话说金庸》，19页。

事实上，张无忌的性格与命运均被金庸"支配"，正是金庸一早设计好的"干预"，方才令其身兼多部古典小说中不同人物的能力，同时具备不同人物而形成的复杂性格及弱点。至于金庸在此小说中的创造性之所在，便是以"醍醐灌顶"的方式令张无忌领悟"何足道哉"之思想，从而顶天立地于武侠世界。

二、侠义有源

张无忌的侠义行径基本源自《说唐演义全传》(即《说唐全传》《说唐》)中的秦琼。金庸常以古典小说中的某一人物的外貌、身份或际遇在其武侠小说中分饰不同的人物。

秦琼之父为隋朝"靠山王"杨林所杀，成年后却又因缘际会地成为杨林的义子。张无忌的父母张翠山与殷素素因不肯透露获得屠龙刀的谢逊的所在而为中原武林所逼，亦可谓间接被身为明教四大法王之一的"金毛狮王"谢逊害死，同样张无忌亦是谢逊的义子。武器方面，杨林使用的是"水火囚龙棒"：

> 这杨林生得面如傅粉，两道黄眉，身长九尺，腰大十围，善使两根囚龙棒，每根重一百五十斤，有万夫不当之勇，在大隋称第八条好汉。

杨林的"水火囚龙棒"在《倚天屠龙记》中，则化为谢逊先后使用过的两种武器，先是使用"狼牙棒"：

> 忽听得有人沉声说道："金毛狮王早在这里！"声音沉实厚重，嗡嗡震耳。众人吃了一惊，只见大树后缓步走出一人。那人身材魁伟异常，满头黄发，散披肩头，眼睛碧油油的发光，手中拿着一根一丈三四尺长的狼牙棒，在筵前这么一站，威风凛凛，真如天神天将一般。

后来谢逊使用的则是"屠龙刀"。杨林"黄眉",谢逊"黄发",前者使用"水火囚龙棒",后者使用"狼牙棒""屠龙刀",妙合无痕。

至于杨林作为"靠山王"掌管兵马四处平乱的功能,金庸在《倚天屠龙记》中则又将此角色功能及身份配予元朝的汝阳王察罕特穆尔,此人官居太尉,执掌天下兵马大权,智勇双全,乃朝廷中的第一位能人,江淮义军起事,屡起屡败,皆因其统兵有方之故。隋朝的靠山王杨林十分赏识秦琼而收他为养子,元朝汝阳王则因女儿绍敏郡主赵敏倾心张无忌,遂于日后成为张无忌的岳父,虽名分不同,却均是主人公的敌人。由此可见,金庸在杨林此人物之借用上,乃分而化之,点滴不漏。

秦琼及朋友于正月的长安观赏花灯;张无忌、周芷若及韩林儿则在大都(北京)观看皇帝的"大游皇城"。秦琼为登州捕头,义释劫皇纲的绿林好汉,而受众好汉所推崇:

> 叔宝道:"……自古道,为朋友而死,死亦无恨。如兄不信,弟有个凭据在此,请他做个见证。"说罢,在怀中取出捕批牌票,将佩刀一劈,破为两半。就在灯火上,连批文一齐烧个干净。大家一齐吐舌惊讶。……徐茂公道:"今日众英雄齐集,也是最难得的,何不就在此处摆个香案,大家歃血为盟,以后必须生死相救,患难相扶,不知众位意下如何?"众人齐声道是。

因此义举,秦琼后来成为瓦岗寨"大魔国"的"大元帅"。张无忌则于光明顶勇救明教中人,后来被推举为"魔教"(明教)的"教主",张无忌朗声道:

> 各位既然如此见爱,小子若再不允,反成明教的大罪人了。小子张无忌,暂摄明教教主之职位,度过今日难关之后,务请各位另择贤能。

张无忌成为明教教主，或赵敏口中的"魔教的教主"，这就是金庸对张无忌侠气的推崇：

> 其实他的侠气最重，由于从小生长于冰火岛，不知人世险恶，不会重视自己利益，因而能奋不顾身的助力。

在2003年修订版的《倚天屠龙记·后记》中，金庸仍然认为张无忌在"侠"方面"发挥得很充分"。其实，张无忌在《倚天屠龙记》第二十二章中的光明顶上的"群雄归心约三章"，实即源自《说唐》第二十四回中秦琼与众好汉的"歃血为盟"。此后，秦琼率领瓦岗寨兵马对抗隋朝，张无忌则率领明教抗击元朝。由此可见，秦琼实为张无忌在身世、义举及成为领袖的历程上的原型人物。

三、神力与神功

张无忌神力盖世，实源自《说唐》中的裴元庆与雄阔海。《瓦岗英雄》第五十三回"裴元庆力举千斤鼎　鱼皮国派使送怪兽"，裴元庆以千斤大鼎砸向宇文化及：

> 裴元庆想到做到，他把两手往前一推，千斤大鼎直奔宇文化及砸来。宇文化及一看，直吓得魂飞天外，多亏他还利索，赶紧往旁边一闪，大鼎砸在他的身边，离龙书案不远，把地上砸了一个大坑，大鼎陷到地里有半尺来深，把地上二十多块方砖都砸进了地里。

这一幕，在《倚天屠龙记》中便是张无忌在光明顶上以巨石力战六大派中的高矮二老：

> 左手伸出，抄起一块大石，托在手里，说道："两位请！"话声甫毕，连身带石跃了起来，纵到两个老者身前；张无忌运起九阳神功，托着大石，运转如意……突然将大石往空中抛去，二老情不自禁的抬

头一看，岂知便这么微一疏神，后颈穴道已同时遭对手抓住，登时动弹不得。张无忌身子向后弹出，大石已向二老头顶压落。众人失声惊呼，张无忌纵身上前，左掌扬出，将大石推出丈余，砰的一声，落在地下，陷入泥中几有尺余。

裴元庆扔的是大鼎，张无忌扔的是大石，前者的大鼎陷地"半尺来深"，后者的大石陷泥地"几有尺余"。可以印证金庸在此塑造张无忌之神力乃源自裴元庆此人物，还有以下的另一幕，同是《瓦岗英雄》第五十三回"裴元庆力举千斤鼎　鱼皮国派使送怪兽"中鱼皮国王奉献异兽：

身长一丈开外，高七尺以上，头像巴斗，正中长有一只犄角，尾巴像根肉棍，尾巴尖好像刷子头一样，浑身红毛，弯弯曲曲打着卷。四只蹄子好像马蹄，却又分成两瓣。两眼射出绿光，牙往外呲着。它并不吼叫，在铁笼里不住地转动。

裴元庆指出此乃"出生于昆仑山顶""异常凶猛，很难驯服"的怪兽"一字墨角赖麒麟"。张无忌则在昆仑山为"昆仑派"掌门何太冲的小妾五姑治病，找出致病之源在于中了"金银血蛇"之毒。"一字墨角赖麒麟"与"金银血蛇"均为红色，且同为昆仑山产物。此外，张无忌与裴元庆操控两物的方法均很接近：

那蛇行动快如电闪，众人只见银光一闪，那蛇已钻入了竹筒。……张无忌用竹棒将另一根竹筒拨到金冠血蛇身前，那蛇便也钻了进去。张无忌忙取过木塞，塞住了两根竹筒口子。只见那蛇身子肿胀，粗了几有一倍，头上金色肉冠更灿然生光。

而装此二物的分别，只是铁笼与竹筒而已。

另一展示张无忌神力的是他以"乾坤大挪移"接住从高塔跳下的众多武林中人。《瓦岗英雄》第七十八回"十八国联军兵败四平山　程咬金单骑勇闯扬州城"，十八路反王尽为隋军所败，程咬金遂只身前往扬州行刺隋炀帝。此即《倚天屠龙记》第二十六章"俊貌玉面甘毁伤"与第二十七章"百尺高塔任回翔"中，张无忌只身前往营救被赵敏率领的蒙元人马囚于万安寺中十三级的高塔之上的各派掌门及高手，于是乎才有张无忌以一人之力搭救从塔上跃下的众高手，而这一幕实即源自雄阔海力捍千斤巨闸，令众英雄逃出隋炀帝所设于比武场之阴谋：

> 雄阔海道："既然有变，你等要出城者，趁我托住千斤闸在此，快走。"那十八家王子，与各路一齐争出城来，一个个都走脱了。雄阔海走了一日一夜，肚子饥饿，身子已乏，跑到就托了这半日千斤闸，上边又有许多人狠命的推下来，他头上手一松，扑挞一响，压死在城下。

张无忌则在万安寺塔下，以"乾坤大挪移"之神功接住在塔上跳下的各门派高手：

> 塔上诸人听了都是一怔，心想此处高达十余丈，跳下去力道何等巨大，你便有千斤之力也没法接住。

另一处描写张无忌之神力如下：

> 提起一只铁锚，奋力上扬，大铁锚飞向半空。众官兵哗的一声，齐声惊喊。待大铁锚落将下来，张无忌右手掠推，铁锚又飞了上去。如此连飞三次，他才轻轻接住。

力大无穷，舍己救人，此场景又出现于《飞狐外传》中的第四章"铁厅烈火"：

> 胡斐给烟呛得大声咳嗽，王剑杰身材魁梧，难以横抱，只好拉了他着地拖将出去，将到门口，门外众人突然大声惊呼，见屋顶一根火梁直跌下来，压向胡斐头顶。胡斐加紧脚步，想拖王剑杰抢出厅门，但那梁木下坠极速，其势已然不及，赵半山抢上两步，一招"扇通背"，右掌已托住火梁。这梁木本身重量不下四五百斤，从上面跌下，势道更为惊人。赵半山双腿马步稳凝不动，右掌一托，火梁反而向上

一抬,"扇通背"的下半招跟着发出,左掌搭在梁木上向外送出,那是他精研数十年的深厚功力,只见一条火龙从厅口激飞而出,天矫入空,直飞出六七丈外,方始落地。

由《飞狐外传》中的第四章"铁厅烈火"可资佐证,张无忌在火烧十三级高塔之下以"乾坤大挪移"力救群雄,亦即是具神力的雄阔海之化身。神功与神力虽有所不同,张无忌本无神力,却是以"乾坤大挪移"之力量转移而有异曲同工之妙。最终,雄阔海死于闸下,张无忌则只是虚脱。

四、两代情缘

金庸评价张无忌时说:"张无忌的性格之中,似乎少了一些英雄豪杰之气。"究其原因,其实便在于金庸将《白娘子永镇雷峰塔》与《白蛇传》中两位优柔寡断的男主角的遭遇及性格的神话结构,亦移植到了张无忌及其父张翠山身上,作为父子两代的情爱历程。

《白蛇传》最早的成型故事,见于冯梦龙(字犹龙,1574—1646)的《警世通言》第二十八卷《白娘子永镇雷峰塔》。清初黄图珌(字容之,1699—1752)的《雷峰塔》乃最早流传的戏曲,然只写至白蛇被镇压于雷峰塔下,并没有产子、祭塔。后来出现的梨园旧抄本,白蛇生子的情节则广为流传。乾隆三十六年(1771),方成培(字仰松)改编为《雷峰塔传奇》,共分四卷、三十四出。《白蛇传》故事的架构,至此大致完成。嘉庆十一年(1806)与十四年(1809),玉山主人又分别出版了中篇小说《雷峰塔奇传》与弹词《义妖传》。及至一九五六年,赵清阁(1914—1999)创作了《白蛇传》。此中关键之处在于,白娘子的形象乃从《白娘子永镇雷峰塔》中的邪恶形象而至《白蛇传》则转为善良的一个过程。在《倚天屠龙记》中，金庸乃以冯梦龙的《警世通言》中《白娘子永镇雷峰塔》与赵清阁的《白蛇传》作为张翠山、张无忌父子两代情缘的纠葛及女主角改邪归正的过程作为创作蓝本。

《白娘子永镇雷峰塔》中的男主角许宣其时年方二十二岁，白娘子十八岁；[1] 张翠山"是个二十一二岁的少年"，殷素素十九岁；《白蛇传》中的男主角名为"许仙"，年方十八，而白素贞则自称年方十九；张无忌与周芷若重逢时也是"约莫十八九岁年纪"。《白娘子永镇雷峰塔》中的许宣与白娘子相遇在"清明节将近"之际；《白蛇传》中的许仙与白素贞相遇于清明节；《倚天屠龙记》中的张翠山"得到临安府时已是四月三十傍晚"。许宣借雨伞予白娘子，许仙借伞予白素贞，而《倚天屠龙记》中则是殷素素借雨伞予张翠山。《白娘子永镇雷峰塔》中的许宣与白娘子初见时正际大雨：

> 不期云生西北，雾锁东南，落下微微细雨，渐大起来。正是清明时节，少不得天公应时，催花雨下，那阵雨下得绵绵不绝。许宣见脚下湿，脱下了新鞋袜，走出四圣观来寻船。

《白蛇传》中乃白素贞与小青跟随许仙，并以法术呼风唤雨，制造与他同舟的机会；《倚天屠龙记》中的张翠山与殷素素第二次在西湖见面时，亦突然下起雨来，从"斜风细雨"而至"狂风暴雨"。《白娘子永镇雷峰塔》中的白娘子自称"亡了丈夫"；《白蛇传》中的白素贞则"幼年原已许配人家，只是不幸那位公子一病身亡"；《倚天屠龙记》中的张翠山初见殷素素时，殷素素没婚史亦没婚约，

---

[1] 分别见冯梦龙编著《警世通言·白娘子永镇雷峰塔》（香港中华书局，1958年），421页。赵清阁《白蛇传》（上海文化出版社，1956年），9—10页。

张无忌初遇的周芷若更只是一个"约莫十岁左右"的小丫头。在两代男女主角的邂逅时间上，几乎一致。《白娘子永镇雷峰塔》中的许宣与白娘子相逢于雨中的西湖渡头，并同舟而行；《白蛇传》中乃白素贞与小青跟随许仙，制造与他同舟的机会；《倚天屠龙记》中的张翠山与殷素素同样在西湖之雨夜相逢，并在舟上渐生情愫；而张无忌与周芷若则在汉水舟中相遇，结下情缘。白娘子与白素贞均"如花似玉"，殷素素貌美如花，两者名字中均有"素"字，前者为"白"蛇，而后者也"手白胜雪"；周芷若早在十岁左右时已"容颜秀丽，十足是个绝色的美人胚子"，及至十八九岁重逢时更是"清丽秀雅，姿容甚美"，其名字中的"芷"与"若"均为香草，"芷"指的是白芷，夏天开白色的小花。

《白娘子永镇雷峰塔》中的白娘子两次犯盗窃之案，均连累许宣吃了官司；《倚天屠龙记》中的殷素素暗算俞岱岩而夺取屠龙刀，复杀害龙门镖局数十口性命，屠龙刀的下落与龙门镖局的命案同样连累了张翠山而导致他后来自杀身亡。白娘子多次威胁许宣：

若听我言语喜喜欢欢，万事皆休；若生外心，教你满城皆为血水，人人手攀洪浪，脚踏浑波，皆死于非命。

《倚天屠龙记》中的殷素素既伤俞岱岩而夺取屠龙刀，复杀害龙门镖局数十口性命，张翠山"实难相信这娇媚如花的少女竟是个杀人不眨眼之人"，而"白龟寿素知殷素素面冷心狠"；张翠山坐在殷素素身旁，香泽微闻，心中甜甜的，不禁神魂飘荡，忽地听得白龟寿这么一喝，登时警觉："我可不能自堕魔障，跟这邪教女魔头有甚牵缠。"至于周芷若则在光明顶出其不意刺了张无忌一剑，复设局害人盗取倚天剑、屠龙刀，又在少林寺英雄大会上欺骗张无忌而被她击中吐血。由此可见，白娘子与殷素素以及周芷若均有其邪恶狠毒的一面。

《白娘子永镇雷峰塔》中的白娘子赠予许宣之五十两银子印有

"字号"；《白蛇传》中盗官府银子的是小青，而赠予许仙的两锭白银上亦印有"钱塘县"的官印，许仙因而被"配往镇江，流徙一年"；《倚天屠龙记》中的俞岱岩被人折断全身筋骨的线索是一只金元宝，上面有"少林派的金刚指功夫"的五个指印；周芷若成魔的印证也是以九阴白骨爪的"五指"插入赵敏右肩近颈之处，同时以五指抓破张无忌胸口衣衫。

《白娘子永镇雷峰塔》中的白娘子乃"非人"，众人前往抓盗银贼时见到：

> 床上挂着一张帐子，箱笼都有。只见一个如花似玉穿着白的美貌娘子，坐在床上。众人看了，不敢向前。众人道："不知娘子是神是鬼？"

张翠山初见女扮男装的殷素素亦"不似尘世间人"：

> 舟中游客，……只见她侧面脸色甚为苍白，给碧纱灯笼一照，映着湖中绿波，寒水孤舟，冷冷冥冥，竟不似尘世间人。

见她头上戴了顶斗笠，站在船头，风雨中衣袂飘飘，真如凌波仙子一般。而在少林寺英雄大会上，周芷若使用九阴白骨爪之际，其形象亦已是"鬼"，范遥忽道：

> "她是鬼，不是人！"这句话正说中张无忌的心事，不禁身子一颤，若不是广场上阳光耀眼，四周站满了人，真要疑心周芷若已死，鬼魂持鞭与殷梨亭相斗。他生平见识过无数怪异武功，但周芷若这般身法鞭法，如风送冥雾，烟飘黄沙，实非人间气象，霎时间宛如身在梦中，心中一寒："难道她当真有妖法不成？还是有甚么怪物附体？"

许宣因白娘子赠所盗库银之累而配牢城营（苏州）做工，张翠山因殷素素的屠龙刀之累而流落冰火岛（第七章）；张无忌中周芷若之计而丢失倚天剑与屠龙刀（第31章）。白素贞与许仙产下一子；

殷素素与张翠山亦在冰火岛生下张无忌。白素贞在端午节因喝了雄黄酒而现出白蛇真身，许仙因而被吓死；殷素素在张三丰寿诞当天向俞岱岩坦承了所犯的一切，张翠山羞愧自杀，殷素素随之殉夫；周芷若则在少林寺英雄大会上使用"白蟒鞭"，泄露了其犹如"毒蛇"的身份。

此外，《说唐》中的秦琼在隋军三打瓦岗寨时请来罗成大破杨林设下的"一字长蛇阵"；《倚天屠龙记》中的张无忌则三打少林三高僧以长鞭组成的"金刚伏魔圈"：

> 三根长索似缓实急，却又没半点风声，滂沱大雨之下，黑夜孤峰之上，三条长索如鬼似魅，说不尽的诡异。

三根长索之鬼魅犹如"长蛇"。攻打了两次不成功之后，张无忌忽想到请来周芷若相助：

> 天下哪里更去找一两位胜于他们的高手，来破这"金刚伏魔圈"？

《瓦岗英雄》第六十三回"为破阵罗成彻夜不寐 捉刺客阵图得而复失"，罗成为破长蛇阵而彻夜不眠；在《倚天屠龙记》第三十八章，则是张无忌亦为破金刚伏魔圈而在晚上前往求周芷若相助，并在此期间为受了重伤的宋青书治疗，其后：

> 张无忌坐在石上，对着一弯冷月，呆呆出神，回思自与周芷若相识以来的诸般情景、她对自己的柔情蜜意，尤其适才相见时她的言语神态，惆怅缠绵，实难自已。

周芷若已练成九阴白骨爪，招招阴狠，而罗成则从定彦平处学成绝招，并以此打败定彦平。《瓦岗英雄》第五十九回"杨林大摆一字长蛇阵 罗成设计夜奔瓦岗山"与第六十一回"罗少保甜言探听白蛇阵 侯君基盗图夜入麒麟山"中的"蛇"与"白蛇"，则应是令金庸联想以白蛇的不同故事版本以结构并衍生《倚天屠龙记》中的两代情缘纠葛及情节发展。

《白蛇传》中的白娘子已然乃济世为民的义妖："镇江的瘟疫病人渐渐都被白素贞治好了"，其对手法海却阴险毒辣：

> 那法海已经修成正果，能知过去未来，会施法术。他虽然口念弥陀，居心却似虎狼；平日只仗着他的魔道诈取那些善男信女的香火钱，从不做什么于民有利的好事。

殷素素的手下有一位玄武坛坛主白龟寿，"白龟寿"即《白蛇传》前生为千年老龟的法海的化身，但此人物在小说中并没有起到关键的作用，真正扮演阻拦、破坏张翠山与殷素素两人爱情的一如法海的功能的先是金毛狮王谢逊，后乃成昆，即后来混进少林成为和尚的"圆真"。白娘子为救许仙，冒着生命危险去峨眉盗取仙草救活许仙，重生的许仙则被法海囚禁在镇江金山寺：

> 许仙急得在屋里踩脚，哀号，就像被关在囚笼里的鸟一样失去了自由，他愤怒得快要疯狂了！

法海以禅杖变成"张牙舞爪的青龙"，以蒲团化作冲天"火焰"，力斗白素贞与小青；张翠山与殷素素同样面对谢逊的屠龙刀，又在岛上经历"火山"。许宣后来逃脱，白娘子却被法海镇于雷峰塔之中；张翠山与殷素素一同被金毛狮王谢逊挟持而困于冰火岛（第7章）；张无忌与谢逊、赵敏、周芷若以及殷离亦同样受困于孤岛之上（第31章）。在弹词《绣像义妖传》中，二十年后白素贞之子许梦蛟高中状元，回到金山寺，打败法海，并从雷峰塔中救出了白娘子。其时水淹金山寺，西湖水干，身穿黄色僧衣的法海无处可逃而遁入蟹腹，成为蟹黄；张无忌则上少林寺拯救被囚于地牢的义父金毛狮王谢逊，而整个阴谋的主角成昆则摇身一变为"圆真"而隐匿于少林寺中，后来被谢逊废掉双目，伤筋断脉，几成废人。

此外，殷天正收了三个江湖人物为家丁，取名为殷无福、殷无禄及殷无寿：

张翠山……心想："这两个家人的名字好生奇怪，凡是仆役家人，取的名字总是'平安、吉庆、福禄寿喜'之类，怎地他二人却叫作'无福、无禄'，而且还有个'无寿'？"

这三人之名字，实源自《后白蛇传》中许梦蛟所生三子，名为德福、德禄及德寿。

自认识了张翠山之后，殷素素由邪而归正：

自与张翠山结成夫妇，逐步向善，这一日做了母亲，心中慈爱沛然而生，竟全心全意的为孩子打算起来。

金庸在殷素素此人物的塑造上乃按白娘子从《白娘子永镇雷峰塔》中的邪恶形象而至《白蛇传》则转化为有情有义的形象而书写，至于同以白素贞为原型的周芷若却由善良而转为邪恶，故此在情感上以许宣或许仙作为原型的张无忌则最终舍弃周芷若而选择改邪归正的赵敏。

五、奇遇、江山及美人

张无忌手下有个滑稽的周颠，实即秦琼身边诙谐的程咬金，而金庸又将程咬金的某些性格特征及际遇用来塑造张无忌。张无忌无意中进入明教光明顶秘道一幕，实源自程咬金之进入地宫。《说唐》中，程咬金进入瓦岗寨地下秘宫（"寒冰地狱"）而发现皇帝衣冠履带、拜匣，此中刻有"程咬金举义兵，为三年混世魔王，搅乱天下"，因而被推举为"皇帝""混世魔王""大德天子"。《倚天屠龙记》第二十章，张无忌因追击成昆，获小昭告知"通道在床里"，从而进入光明顶秘道而获阳顶天的"乾坤大挪移"心法及教主遗命，出了秘道后便以"乾坤大挪移"打败六派高手而为明教解围，因而被推举为明教教主，本来亦可以在事成之后登上帝位。《瓦岗英雄》中第五十回"程咬金冒险探地穴　瓦岗军正式举义旗"，程咬金进入地穴而获得"混世魔王、大德天子"的大印以及冠袍履带而被推举为"魔王"。而《瓦岗英雄》第八十回"李世民正气拒萧后　程咬金二次探地穴"则写程咬金由地道而通往隋炀帝养心宫龙床下，意图行刺。《瓦岗英雄》中的地穴直通隋炀帝的龙床，这与《倚天屠龙记》中教主阳顶天卧室之床直通秘道，后张无忌获众人感恩而被推举为"魔教教主"，实乃异曲同工。

张无忌不爱江山爱美人，将皇帝大位拱手让予朱元璋之抉择，实又源自《瓦岗英雄》第八十二回"瓦岗山魔王禅让　大魏国李密称王"，程咬金不愿当"魔王"，说："这几年的魔王把我折腾苦了"，于是将王位禅让予李密：

李密当了魏王之后，事必躬亲，对山寨里的军事、政事、人事以及生活方面的事情，都定出了章程，自己严加遵守，把山寨治理得有条不紊。秦琼、徐懋功和众弟兄见他如此，也都暗中佩服。

张无忌自知没有驾驭与决策之领袖才能，而朱元璋则运筹帷幄，"招兵买马，攻占州县，只杀得蒙元半壁江山烟尘滚滚"，且部下归心：

（张无忌）朗声问道："适才李文忠将军言道，本教有一位众望所归、已为本教立下大功的人物，请问说的是那一位？"众兵将齐声高叫："是吴国公朱元璋，吴国公朱元璋！"齐声呐喊，声音当真地动山摇。

自朱元璋及其手下逼宫之后，张无忌对明教中人说道：

朱元璋如想做教主，只要他能赶走蒙元，还我大汉江山，我就让他做！

这就是金庸所说的"张无忌不是好领袖"。程咬金与张无忌辞掉与不当"魔王""教主"之位，如出一辙。

　　此外，以张无忌早年父母双亡、自小独处的成长环境，他本该有侠义与复仇的欲望，而不会有诙谐的性格特征，亦因为母亲殷素素临死有遗言警告他越美丽的女子，越会骗人，越要小心提防。由此而言，张无忌实不会有情迷四女的可能。父母为奸人所害而自尽，复仇乃理所当然，而诙谐性格的形成应该是在快乐的环境中成长所致，关键更在于必须有伙伴的对话及交往之下方才有表现诙谐的机会，而张无忌早年与严于督导他习武的义父谢逊以及父母一起生活于冰火岛，后来在山谷中与两白猿共处，过的几乎是野人的生活，何来诙谐的可能？种种的不可能，却由于金庸将几部古典小说的人物特征移植于其身上，由不同角色所造成的复合型性格所渗入，而导致张无忌具有诙谐与犹豫不决的性格特征，甚至沉溺美色，竟生出享有四女的齐人之福的念头：

　　张无忌惕然心惊，只吓得面青唇白。原来他适才间刚做了个好梦，梦见自己娶了赵敏，又娶了周芷若。殷离浮肿的相貌也变得美了，和小昭一起也都嫁了自己。在白天从来不敢转的念头，在睡梦中忽然都成为事实，只觉得四个姑娘人人都好，自己都舍不得和她们分离。他安慰殷离之时，脑海中依稀还存留着梦中带来的温馨甜意。

这是张无忌在情感上以"心猿意马""狂蜂浪蝶"特征的许仙为原型的表现，然而他最终选择的是白娘子般的赵敏：

　　赵敏将嘴凑到张无忌耳边，轻声说道："你这万恶不赦的小淫贼！"

又：

　　这一句话似嗔似怒，如诉如慕，说来娇媚无限，张无忌只听得心中一荡，霎时间意乱情迷，极是烦恼："倘若她并非如此奸诈险毒，害死我表妹，我定当一生和她长相厮守，甚么也顾不得了……"

"小淫贼"既是情侣般的打情骂俏，却也揭示了张无忌在赵敏心中的某些定位。

有论者指出：

蒙古女子赵敏献身于汉族男侠张无忌，创伤记忆的想象式治愈，它是以文化书写的方式，改写被异族凌辱的集体潜意识。①

事实绝非如此，而只是因为赵敏的言行举动，就是他母亲殷素素从良后的形象，也就是从良后的白素贞的化身，故此方成为张无忌的最终选择。而且，金庸竟安排从良后的赵敏逼张无忌放弃仍未从良的周芷若，《倚天屠龙记》第三十四章"新妇素手裂红裳"中，张无忌在迎娶周芷若之际出现纷争，实即源自《瓦岗英雄》第五十七回"山马关裴夫人受骗 瓦岗寨程魔王娶亲"。"魔王"程咬金骗娶裴仁基之女为妻以逼他归降，新娘子裴彩霞嫌他模样长得"丑陋"而气得"把头上戴的金花扯掉了，把身上的十字披红也扯掉，往地上一扔"。周芷若奉师父灭绝师太遗命，假意与"魔教"教主张无忌成亲以谋夺倚天剑与屠龙刀，赵敏却突然出现逼他不得与周芷若成亲，周芷若的反应是：

周芷若霍地伸手扯下遮脸红巾，朗声道："各位亲眼所见，是他负我，非我负他。自今而后，周芷若和姓张的恩断义绝。"

却见周芷若双手一扯，嗤的一响，一件绣满金花的大红长袍撕成两片，抛在地下，随即飞身而起，在半空中轻轻一个转折，上了屋顶。

不同的是，裴彩霞还是与程咬金完成拜堂而结成夫妻，而张无忌与周芷若则就此永诀。这虽有诀别的凄绝，而从金庸之借用古典小说资源又令同一原型作斗争的角度而言，则是相当有趣。

江山与美人的抉择，为何一定是二选其一呢？选了江山，不就

---

① 宋伟杰《论金庸小说的"家国想象"》，见刘再复、葛浩文、张东明等编《金庸小说与二十世纪中国文学国际学术研讨会论文集》，331 页。

有了美人了吗？如此抉择，实又源自张无忌在光明顶上所获的"何足道哉"的思想的启悟。

六、何足道哉

金庸在张无忌的人物塑造上花了很大的工夫，此人集秦琼、许仙、程咬金、裴元庆以及雄阔海众人之身世、性格及技能于一身，最终金庸却又以"醍醐灌顶"的方式以"何足道哉"的思想一以贯之，从而使张无忌成为具有宽容和博爱思想的大侠。

"醍醐"是指从牛乳中反复提炼出的精华，《涅槃经》中将其比喻为佛性，乃五味之一，为"世间第一上味"，佛教常用"醍醐"比喻"无上法味"（最高教义）、"佛性"等。"灌顶"，原来是古印度新王登基时的仪式，取四海之水装在宝瓶中以注新王之顶，象征新王享有统治"四海"的权力。密宗沿用此法，在僧人升任阿阇黎（规范师）时，"以甘露水而灌佛子之顶，令佛种永不断故"。（《大日经疏》十五卷）简而言之，"醍醐灌顶"在佛教中泛指灌输智慧，使人彻底觉悟。金庸在《倚天屠龙记》中最具创造性之处便是以"醍醐灌顶"的方式灌输给张无忌"何足道哉"的思想，由此而令他宽容博爱，而不计较个人的得失与恩怨。

1."光明顶"与"阳顶天"的隐喻

在上光明顶之前，张无忌乃一个从异域返回中原不久后父母双亡而流落江湖的蒙昧少年。张无忌因为侠义之心而在灭绝师太的倚天剑下救了明教中人，此乃其与明教忧戚与共之始。张无忌被布袋和尚说不得装在乾坤一气袋中带上了明教总坛"光明顶"，此际他处于"黑暗期",对周遭事物一无所知。在乾坤一气袋中,张无忌从杨逍、青翼蝠王韦一笑、铁冠道人、布袋和尚说不得、周颠以及成昆的对话中,[①] 了解了明教驱除鞑虏的义举以及因成昆之诡计而引发明教与江湖的恩怨。张无忌在追击成昆时,在小昭的引导下进入"光明顶"的秘道,因而获得明教教主阳顶天的武功秘诀"乾坤大挪移"以及明教教规。在此,"阳顶天"与"光明顶"实具有隐喻功能,"阳顶天"的遗嘱、武功秘籍及在"光明顶"的所见所闻,均对一直处于蒙昧状态的张无忌具有"醍醐灌顶"的作用,由被带上"光明顶"开始,张无忌便茅塞顿开,在此他既练成了"九阳神功"与"乾坤大挪移"的绝世武功,而且其人生方向亦有了确切的目标,其侠义之心便落实在率领明教、驱除鞑虏、光复汉室的行动上。更关键的是"何足道哉"的思想的启悟,方才令张无忌有别于其他侠客,亦是金庸在此人物的塑造上的创造性所在。

2. 明教教义与"何足道哉"的思想

除了明教教规对张无忌的人生方面具有"醍醐灌顶"式的启蒙作用之外,金庸一开始便立意书写"何足道哉"的思想以统一全书的主旨。"何足道哉"的思想实乃以何足道此人物而展开书写,然而倪匡认为:

何足道出现在少林寺,目的是将张君宝引出来而已,这个人物,无关紧要。

---

① 关于布袋和尚"说不得"、彭莹玉、铁冠道士张中、冷谦以及周颠的人物原型,可参阅侯磊《明教五散人来历:农民起义领袖彭和尚》,见《国家人文历史》,2013年第4期,68—69页。

实非如此，何足道实为配合"何足道哉"的思想而创造的人物。何足道本以为天下无敌，岂知竟败于少林寺一个不起眼的和尚觉远，由此而造成自身名字的反讽。

"何足道哉"的思想，基本上亦与明教的教义相通，承接"何足道哉"思想的是在"光明顶"上由小昭唱出关汉卿的《乔牌儿》：

世情推物理，人生贵适意。想人间造物搬兴废，吉藏凶，凶暗吉。

富贵那能长富贵，日盈昃，月满亏蚀。地下东南，天高西北，天地尚无完体。

展放愁眉，休争闲气。今日容颜，老如昨日。古往今来，恁须尽知，贤的愚的，贫的和富的。

到头这一身，难逃那一日。受用了一朝，一朝便宜。百岁光阴，七十者稀。急急流年，滔滔逝水。

张无忌听完之后，"咀嚼曲中，不禁魂为之销"。再承接此曲，则为明教的经文：

焚我残躯，熊熊圣火。生亦何欢，死亦何苦？为善除恶，唯光明故。喜乐悲愁，皆归尘土。怜我世人，忧患实多！怜我世人，忧患实多！

由一开始，金庸便以"何足道哉"的思想贯穿全书，武当派的开山宗师张三丰便是当年代少林寺打败前来挑战的何足道的那位少年张君宝，自然更深谙此中思想。张三丰乃一代宗师，而为了医治张无忌的病，他甘愿纡尊降贵前往少林寺叩求九阳神功而遭受冷嘲热讽，他亦毫不计较。后来，张三丰虽被赵敏手下暗算，但当他后来知悉赵敏弃暗投明后，便对旧事毫无芥蒂，甚至高兴得连声称好。明教教义之拯救世人、驱除鞑虏与张三丰的思想根本一致，张无忌童年时便曾见识张三丰出手教训元兵。身为张三丰的好徒孙的张无忌更是"何足道哉"的思想的积极追随者与实践者，他基本上便是最遵守明教教义的教主及教徒。

因为"何足道哉"的思想，张无忌父母之仇可以不报，玄冥二老之恨可以原谅，宋青书一再嫁祸、污蔑他也可以宽恕，成昆本该千刀万剐也可以不计。蝶谷医仙胡青牛的外号是"见死不救"，作为私淑弟子的张无忌却是仁心仁术、救死扶伤，不计恩怨，就连被治愈的苍猿也对他感恩图报。

作为一个背负血海深仇的人，张无忌从"何足道哉"的思想中获得了不一般的解脱，以宽恕、博爱对待一切敌人，这亦是金庸在复仇命题上之突破。更有甚者，后来在朱元璋的逼宫之下，在江山与美人的重大抉择之间，张无忌毅然选择了后者，原因就在于"何足道哉"的思想。在周芷若与赵敏两人之间，周芷若对张无忌从明教教主而登上皇帝宝座有所期待，赵敏却为了张无忌可以抛弃家国，改换服饰，其与张无忌在"何足道哉"思想上契合如一，此亦正是张无忌最终选择赵敏之所在。

七、结语

由以上文学考古的挖掘可见，金庸在《倚天屠龙记》中乃以多部古典小说中的人物的际遇、性格及形象的复合原型而塑造了张无忌，令他诙谐而犹豫不决，甚至只爱美人而甘于放弃江山。在原型的移植与情节的借用之外，金庸从一开始便以"何足道哉"的思想贯穿全书，让历尽劫难的张无忌将此宽容博爱的思想推展至极致，从而令张无忌在侠客之中顶天立地、独树一帜，亦复为《倚天屠龙记》在芸芸的武侠小说中找到了突破之所在。

| 第 | 五 | 章 |

镜花水月:《天龙八部》中萧峰的原型及其命运

一、前言

金庸以《天龙八部》这部长篇小说书写佛家思想的贪、嗔、痴,[①] 并嵌置于风云迭起之宋、辽、女真、大理、回鹘等列强并峙之历史时空,可见金庸之雄心,而其驾驭之功亦令整部小说脉络分明,可谓波诡云谲、悲喜交集,堪称杰构。

金庸在《天龙八部》的《前言》中指出:

书中人物很多身具特异武功或内功(有许多是超现实的,实际人生中所不可能的),又颇有超现实的遭遇(有些人性格极奇极怪),因此以"天龙八部"为书名,强调这不是现实主义的,而是带有魔幻性质、放纵想象力的作品。

---

① 仲浩群《从佛学角度评析〈天龙八部〉的警世意义》,《中山大学学报论丛》,2006 年第 7 期,40—43 页;李志强《漫谈小说〈天龙八部〉与佛教文化》,《佛教文化》,2004 年第 4 期,42—43 页。以上两篇论文虽以佛学角度论述《天龙八部》,然而很明显的是佛学深度不足。

以"魔幻""想象"之技巧而书写实际的历史时空，这便是金庸在此书中的创造性所在。

英雄之矛盾与冲突必须以悲壮的方式撕裂自己的生命于世人面前，以涤清污秽，萧峰乃整部小说中唯一的侠之大者，其以自杀阻拦辽帝南侵，超乎江湖之行为，乃侠之大者的最高境界。然而，萧峰此人物之身世、外貌及其命运，① 实则源自金庸对《水浒传》中的武松的有意识的移植，以及创造性的嵌置于宋、辽交锋的历史时空之中，从而演化出萧峰别具悲剧色彩而又如梦如幻的人生真谛，以阐释镜花水月的佛家思想。

二、萧峰与武松

1. 身世

《水浒传》中的武松从小父母双亡，由兄长武大郎抚养长大，并自小习武，武艺高强，急侠好义，"万夫难敌"。萧峰（乔峰）自小父母双亡，② 为三槐公夫妇所抚养，在少林寺玄苦大师与丐帮帮主汪剑通的调教下，武艺天下无敌，行侠仗义，号称"北乔峰"，与"南慕容"的慕容复分庭抗礼，可谓一时瑜亮。

---

① 有论者误将萧峰的命运与俄狄浦斯做出比附，或从"替罪羊"的形象做出分析，结论自亦是相当牵强。分别见陈尚荣《英雄本色：评金庸小说〈天龙八部〉中的乔峰》，《南京理工大学学报》（社会科学版），2004年第1期（2月），29—32页；刘铁群《〈天龙八部〉的原型分析：从〈俄狄浦斯王〉谈起》，《广西大学学报》（哲学社会科学版），1999年第3期（6月），80—84页；程平《〈天龙八部〉中萧峰的替罪羊形象解析》，《湖北经济学院学报》（人文社会科学版），2013年第12期（12月），110—111页转126页。
② 萧峰之父萧远山仍然在世，只是萧峰不知自己的身世而已。

2. 外貌

金庸在塑造萧峰的外貌方面，基本可谓是完全参照了《水浒传》中武松的形象而略加调整而已。在《水浒传》中，武松外貌特征如下：

> 身躯凛凛，相貌堂堂。一双眼光射寒星，两弯眉浑如刷漆。胸脯横阔，有万夫难敌之威风；语话轩昂，吐千丈凌云之志气。心雄胆大，似撼天狮子下云端；骨健筋强，如摇地貔貅临座上。如同天上降魔主，真是人间太岁神。

又：

> 武松身长八尺，一貌堂堂，浑身上下，有千百斤气力，不恁地，如何打得那个猛虎？

《天龙八部》中，金庸对萧峰的外貌描写如下：

> 身材魁伟，三十来岁年纪，身穿灰色旧布袍，已微有破烂，浓眉大眼，高鼻阔口，一张四方国字脸，颇有风霜之色，顾盼之际，极有威势。

又：

> 好一条大汉！这定是燕赵北国的悲歌慷慨之士。不论江南或大理，都不会有这等人物。

身躯魁伟、浓眉大眼、气宇轩昂，乃两人之共同特征，一个是人间太岁神，一个是悲歌慷慨的燕赵壮士。

3. 酒量与食量

武松与萧峰在酒量与食量方面均十分惊人，可谓旗鼓相当。《水浒传》中武松如此喝酒吃肉：

> 武松拿起碗，一饮而尽，叫道："这酒好生有气力！主人家，有饱肚的买些吃酒。"酒家道："只有熟牛肉。"武松道："好的，切二三

斤来吃酒。"店家去里面切出二斤熟牛肉,做一大盘子,将来放在武松面前,随即再筛一碗酒。武松吃了道:"好酒!"又筛下一碗。恰好吃了三碗酒,再也不来筛。武松敲着桌子叫道:"主人家,怎的不来筛酒?"……武松道:"休要胡说!没地不还你钱,再筛三碗来我吃!"酒家见武松全然不动,又筛三碗。武松吃道:"端的好酒!主人家,我吃一碗,还你一碗钱,只顾筛来。"酒家道:"客官休只管要饮,这酒端的要醉倒人,没药医。"武松道:"休得胡鸟说!便是你使蒙汗药在里面,我也有鼻子。"店家被他发话不过,一连又筛了三碗。武松道:"肉便再把二斤来吃。"酒家又切了二斤熟牛肉,再筛了三碗酒。……再筛了六碗酒,与武松吃了。前后共吃了十五碗……

武松连喝十五碗酒,吃了四斤熟牛肉。《天龙八部》中的萧峰则豪饮高粱酒:

那大汉微笑道:"兄台倒也爽气,只不过你的酒杯太小。"叫道:"酒保,取两只大碗来,打十斤高粱。"那酒保和段誉听到"十斤高粱"四字,都吓了一跳。酒保赔笑道:"爷台,十斤高粱喝得完吗?"那大汉指着段誉道:"这位公子爷请客,你何必给他省钱?十斤不够,打二十斤。"酒保笑道:"是!是!"过不多时,取过两只大碗,一大坛酒,放在桌上。

那大汉道:"满满的斟上两碗。"酒保依言斟了。这满满的两大碗酒一斟,段誉登感酒气刺鼻,有些不大好受。他在大理之时,只不过偶尔喝上几杯,那里见过这般大碗的饮酒,不由得皱起眉头。

那大汉笑道:"咱两个先来对饮十碗,如何?"……那大汉道:"酒保,再打二十斤酒来。"那酒保伸了伸舌头,这时但求看热闹,更不劝阻,便去抱了一大坛酒来。

段誉和那大汉你一碗,我一碗,喝了个旗鼓相当,只一顿饭时分,两人都已喝了三十来碗。

萧峰前后打了四十斤酒与段誉对饮，他个人至少也喝了一半，即二十斤或以上。此外，萧峰在雁门关时的酒量也吓坏了小二：

> 当下两人折而向南，从山岭间绕过雁门关，来到一个小镇，找了一家客店。阿朱不等乔峰开口，便命店小二打二十斤酒来。那店小二见他二人夫妻不像夫妻，兄妹不似兄妹，本就觉得希奇，听说打"二十斤"酒，更加诧异，呆呆的瞧着他们二人，既不去打酒，也不答应。乔峰瞪了他一眼，不怒自威。那店小二吃了一惊，这才转身，喃喃的道："二十斤酒？用酒来洗澡吗？"

由此可见，萧峰的酒量约二十斤，金庸对其酒量的把握，前后丝毫无误。而萧峰的酒量，则明显地比武松有过之而无不及。

4. 打虎

武松与萧峰均有打虎的经历，[①] 场面几乎一致，处理老虎的方式却略有不同。《水浒传》中武松打虎的细节描写如下：

> 武松走了一直，酒力发作，焦热起来。一只手提着哨棒，一只手把胸膛前袒开，踉踉跄跄，直奔过乱树林来。见一块光挞挞大青石，把那哨棒倚在一边，放翻身体，却待要睡，只见发起一阵狂风来。……一阵风过处，只听得乱树背后扑地一声响，跳出一只吊睛白额大虫来。武松见了，叫声："阿呀！"从青石上翻将下来，便拿那条哨棒在手里，闪在青石边。

---

① 有论者误将《书剑恩仇录》中陈家洛智斗群狼比附为《水浒传》中的武松打虎。详见何求斌《析〈书剑恩仇录〉对〈水浒传〉的借鉴》，《湖北师范学院学报》（哲学社会科学版），2005年第5期，58页。《书剑恩仇录》无疑对《水浒传》是有所借鉴，而就武松的人物形象以及打虎的细节而言，萧峰与武松两者如出一辙，而绝非文质彬彬、优柔寡断的陈家洛可作比附。

那个大虫又饥又渴，把两只爪在地下略按一按，和身望上一扑，从半空里撺将下来。武松被那一惊，酒都做冷汗出了。说时迟，那时快，武松见大虫扑来，只一闪，闪在大虫背后。那大虫背后看人最难，便把前爪搭在地下，把腰胯一掀，掀将起来。武松只一躲，躲在一边。大虫见掀他不着，吼一声，却似半天里起个霹雳，振得那山冈也动，把这铁棒也似虎尾，倒竖起来只一剪。武松却又闪在一边。原来那大虫拿人，只是一扑，一掀，一剪；三般提不着时，气性先自没了一半。那大虫又剪不着，再吼了一声，一兜，兜将回来。武松见那大虫复翻身回来，双手抡起哨棒，尽平生气力，只一棒，从半空劈将下来。只听得一声响，簌簌地将那树连枝带叶，劈脸打将下来。定睛看时，一棒劈不着大虫。原来慌了，正打在枯树上，把那条哨棒折做两截，只拿得一半在手里。那大虫咆哮，性发起来，翻身又只一扑，扑将来。武松又只一跳，却退了十步远。那大虫恰好把两只前爪搭在武松面前。武松将半截棒丢在一边，两只手就势把大虫顶花皮肐瘩地揪住，一按按将下来。那只大虫急要挣扎，早没了气力，被武松尽气力纳定，那里肯放半点儿松宽？武松把只脚望大虫面门上、眼睛里只顾乱踢。那大虫咆哮起来，把身底下爬起两堆黄泥，做了一个土坑。武松把那大虫嘴直按下黄泥坑里去，那大虫吃武松奈何得没了些气力。武松把左手紧紧地揪住顶花皮，偷出右手来，提起铁锤般大小拳头，尽平生之力，只顾打。打到五七十拳，那大虫眼里、口里、鼻子里、耳朵里，都迸出鲜血来。那武松尽平昔神威，仗胸中武艺，半歇儿把大虫打做一堆，却似挡着一个锦皮袋……那大虫气都没了，武松再寻思道："我就地拖得这死大虫下冈子去。"就血泊里双手来提时，那里提得动，原来使尽了气力，手脚都苏软了。

武松打虎之际，有恐惧、慌乱以及失误，武松后来向施恩坦陈酒在打虎中所起到的作用："若不是酒醉后了胆大，景阳冈上如何打得这只大虫？"然而，《天龙八部》中的萧峰的打虎，过程则潇洒自若：

> 正要闭眼入睡，猛听得"呜哗"一声大叫，却是虎啸之声。萧峰大喜："有大虫送上门来，可有虎肉吃了。"侧耳听去共有两头老虎从雪地中奔驰而来，随即又听到吆喝之声，似是有人在追逐老虎。……提起右手，对准一头老虎额脑门重重一掌，砰的一声响，那头猛虎翻身摔了个筋斗，吼声如雷，又向萧峰扑来。……侧身避开，右手自上向下斜掠，嚓的一声，斩在猛虎腰间。这一斩他加了一成力，那猛虎向前冲出几步，脚步蹒跚，随即没命价纵跃奔逃。萧峰抢上两步，右手挽出，已抓住了虎尾，纵声大喝，左手也抓上了虎尾，双手使劲回拉，那猛虎正自发力前冲，给他这么一拉，两股劲力一逆，虎身直飞向半空。
>
> 那猎人提着铁叉，正在和另一头猛虎厮斗，突见萧峰竟将猛虎摔向空中，一惊当非同小可。只见那猛虎在半空中张开大口，伸出利爪，从空扑落。萧峰一声断喝，双掌推出，啪的一声闷响，击上猛虎肚腹。虎腹是柔软之处，这一招"见龙在田"正是萧峰的得意功夫，那大虫登时五脏碎裂，在地下翻滚一会，倒在雪中死了。

同样，两人将要闭眼睡觉之际，老虎便出现。武松听到虎啸是大惊，萧峰听到虎啸却大喜并立刻想到有虎肉可吃。武松所面对的老虎，虎尾一扫，威力无比，而萧峰竟拉住虎尾而令"虎身直飞向半空"。很明显，萧峰的打虎要比武松干脆、省时且不累，甚至立刻将老虎的血与肉物尽其用地就地解决：

> 猛虎新死，血未凝结，萧峰倒提虎身，割开虎喉，将虎血灌入阿紫口中。阿紫睁不开眼来，却能吞咽虎血，喝了十余口才罢。萧峰甚喜，撕下两条虎腿，便在火堆上烤了起来。阿骨打见他空手撕下虎腿，如撕熟鸡，这等手劲实是见所未见，闻所未闻，呆呆的瞧

着他一双手，看了半晌，伸出手掌去轻轻抚摸他手腕手臂，满脸敬仰之色。

虎肉烤熟后，萧峰和阿骨打吃了个饱。

然而，武松打虎时有惊有险，打完老虎后几乎虚脱，较为写实。至于萧峰则在东北雪山打虎而巧遇未来金国的开国皇帝完颜阿骨打，英雄相逢，惺惺相惜，喝血烤肉，益显豪迈。

5. 封官

武松在阳谷县景阳冈赤手空拳打死一只猛虎，因此被阳谷县令任命为都头。后来，武松犯案后投奔二龙山，成为该支"义军"的三位主要头领之一。萧峰则在长白山空手打死老虎，并救了女真英雄完颜阿骨打，后来又救了大辽国皇帝耶律洪基并助其重夺帝位而被任命为楚王，官居南院大王。武松身为都头以及山寨首领所发挥的作用并不大，武松在《水浒传》中的篇幅及重要性也骤然减退，而萧峰身为南院大王则负有南侵北宋的政治及军事任务，由此而埋下其悲剧的根源，其命运再被逆转。

三、雪夜情挑

武松与萧峰均非多情种子，两人却又与女人有直接或间接的孽缘，以致招来横祸。

1. 奸情

《天龙八部》中的孽缘被层层剥开，全源于康敏对不获萧峰青睐的报复，而康敏则乃以《水浒传》中的潘金莲为原型。①《水浒传》中武松的兄长武大郎是一个丑陋的侏儒，其美貌妻子潘金莲试图勾引叔叔武松而被拒，后被当地富户西门庆勾引，奸情败露后，两人与王婆一起合谋毒死了武大郎。而《天龙八部》中的马夫人康敏则在洛阳牡丹花会上一见萧峰而倾心，因不获其青睐而怀恨在心，遂设计伺机报复，先是色诱丐帮的白长老、徐长老及全冠清，并毒杀丈夫，再揭发萧峰的契丹身份，将其逐出丐帮，从而掀起江湖的一场腥风血雨。

2. 情挑

潘金莲情挑武松乃《水浒传》中的重要一幕，金庸在《天龙八部》中对这一幕的借用与改编则更是大肆渲染。

《水浒传》中，潘金莲情挑武松的场景如下：

那妇人也撮个杌子，近火边坐了。火头边桌儿上，摆着杯盘。那妇人拿盏酒，擎在手里，看着武松道："叔叔满饮此杯。"武松接过手来，一饮而尽。那妇人又筛一杯酒来说道："天色寒冷，叔叔饮个成双杯儿。"武松道："嫂嫂自便。"接来又一饮而尽。武松却筛一杯酒，递与那妇人吃，妇人接过酒来吃了，却拿注子再斟酒来，放在武松面前。

那妇人将酥胸微露，云鬟半散，脸上堆着笑容说道："我听得一个闲人说道：叔叔在县前东街上，养着一个唱的，敢端的有这话么？"武松道："嫂嫂休听外人胡说，武二从来不是这等人。"妇人道："我不

---

① 有论者看不出康敏乃以潘金莲为原型，却从其疯癫行为而做出论述，并涉及金庸自身的情感与工作态度，由此而"发现金庸自身的人格或精神分裂"。如此研究，殊不可取。详见许兴阳《嗜血的自恋者：金庸〈天龙八部〉中康敏行为分析》，《皖西学院学报》，2012年第1期（2月），113—116页。

信，只怕叔叔口头不似心头。"武松道："嫂嫂不信时，只问哥哥。"那妇人道："他晓的甚么！晓的这等事时，不卖炊饼了。叔叔且请一杯。"连筛了三四杯酒饮了。那妇人也有三杯酒落肚，哄动春心，那里按纳得住，只管把闲话来说。武松也知了八九分，自家只把头来低了。

那妇人起身去荡酒，武松自在房里拿起火箸簇火。那妇人暖了一注子酒来到房里，一只手拿着注子，一只手便去武松肩胛上只一捏，说道："叔叔，只穿这些衣裳不冷？"武松已自有五分不快意，也不应他。那妇人见他不应，劈手便来夺火箸，口里道："叔叔，你不会簇火，我与你拨火，只要一似火盆常热便好。"武松有八分焦燥，只不做声。那妇人欲心似火，不看武松焦燥，便放了火箸，却筛一盏酒来，自呷了一口，剩了大半盏，看着武松道："你若有心，吃我这半盏儿残酒。"

以上的场景，主要有酒、火以及酥胸，这一切均出现于《天龙八部》之中，人物关系却略作调整，而几乎令读者浑然不觉。《天龙八部》中，金庸则以马夫人康敏情挑旧情人段正淳，而萧峰此刻则成为窃听者以获取破案真相：

东厢房窗中透出淡淡黄光，寂无声息。萧峰轻轻一跃，已到了东厢房窗下。……萧峰凑眼到破缝之上，向里张去，一看之下，登时呆了，几乎不信自己的眼睛。

只见段正淳短衣小帽，盘膝坐在炕边，手持酒杯，笑嘻嘻的瞅着炕桌边打横而坐的一个妇人。

那妇人身穿缟素衣裳，脸上薄施脂粉，眉梢眼角，皆是春意，一双水汪汪的眼睛便如要滴出水来，似笑非笑、似嗔非嗔的斜睨着段正淳，正是马大元的遗孀马夫人。

此际，萧峰作为窥密者尽悉一切阴谋的内幕：

此刻室中的情景，萧峰若不是亲眼所见，不论是谁说与他知，他必斥之为荒谬妄言。他自在无锡城外杏子林中首次见到马夫人后，此后两度相见，总是见她冷若冰霜，凛然有不可犯之色，连她的笑容也是从未一见，怎料得到竟会变成这般模样。更奇的是，她以言语陷害段正淳，自必和他有深仇大恨，但瞧小室中的神情，酒酣香浓，情致缠绵，两人四目交投，唯见轻怜密爱，那里有半分仇怨？

桌上一个大花瓶中插满了红梅。炕中想是炭火烧得正旺，马夫人颈中扣子松开了，露出雪白的项颈，还露出了一条红缎子的抹胸边缘。炕边点着的两枝蜡烛却是白色的，红红的烛火照在她红扑扑的脸颊上。屋外朔风大雪，斗室内却是融融春暖。……

马夫人道："谁希罕你来向我献殷勤了？我只是记挂你，身子安好么？心上快活么？大事小事都顺遂么？只要你好，我就开心了，做人也有了滋味。你远在大理，我要打听你的讯息，可有多难。我身在信阳，这一颗心，又有那一时、那一刻不在你的身边？"

她越说越低，萧峰只觉她的说话腻中带涩，软洋洋地，说不尽的缠绵宛转，听在耳中当真是荡气回肠，令人神为之夺，魂为之消。然而她的说话又似纯系出于自然，并非有意的狐媚。他平生见过的人着实不少，真想不到世上竟健有如此艳媚入骨的女子。……这位马夫人却是柔到了极处，腻到了极处，又是另一种风流。

全身便似没了半根骨头，自己难以支撑，一片漆黑的长发披下来，遮住了段正淳半边脸。

伸出双臂，环抱在段正淳颈中，将脸颊挨在他脸上，不住轻轻揉擦，一头秀发如水波般不住颤动。

同是屋外大雪而屋内炭火高烧，同是扣子散开，很明显潘金莲可能因为挑逗的是小叔子而在行为上还是比较收敛，而康敏则因为是段正淳的老相好而且此刻有意令他喝下含有蒙汗药的酒，便更加放荡地做出挑逗，金庸在此花了不少工夫，可谓色香味俱到，*丝丝*

入扣。金庸更为高明之处在于将角色功能分配于几个次要角色担当，从而将整个事件复杂化，亦显示出其在《水浒传》基础上的创造力：

> 马夫人……大声道："乔峰，你这狗贼！当年我恼你正眼也不瞧我一眼，才叫马大元来揭你疮疤。马大元说甚么也不肯，我才叫白世镜杀了马大元。你……你今日对我，仍丝毫也不动心。"

白世镜与马夫人又有奸情，而白世镜则乃以《水浒传》中的西门庆为原型。

3. 合谋

《水浒传》中，潘金莲既与西门庆通奸，为成其好事与阴谋得逞，王婆遂以"长做夫妻"为饵，并要潘金莲以"毒药"杀害武大郎。西门庆与王婆的对话如下：

> 王婆冷笑道："我倒不曾见你是个把舵的，我是趁船的，我倒不慌，你倒慌了手脚。"西门庆道："我枉自做了男子汉，到这般去处，却摆布不开。你有甚么主见，遮藏我们则个。"
>
> 王婆道："你们却要长做夫妻，短做夫妻？"
>
> 西门庆道："干娘，你且说如何是长做夫妻，短做夫妻？"
>
> 王婆道："若是短做夫妻，你们只就今日便分散。等武大将息好了起来，与他陪了话，武二归来，都没言语。待他再差使出去，却再来相约；这是短做夫妻。你们若要长做夫妻，每日同一处，不担惊受怕，我却有一条妙计，只是难教你。"
>
> 西门庆道："干娘周全了我们则个，只要长做夫妻。"
>
> 王婆道："这条计，用着件东西，别人家里都没，天生天化，大官人家里却有。"
>
> 西门庆道："便是要我的眼睛，也剜来与你。却是甚么东西？"
>
> 王婆道："如今这搁子病得重，趁他狼狈里，便好下手。大官人

家里取些砒霜来，却教大娘子自去赎一帖心疼的药来，把这砒霜下在里面，把这矮子结果了。一把火烧得干干净净的，没了踪迹，便是武二回来，待敢怎地？自古道："嫂叔不通问。""初嫁从亲，再嫁由身。"阿叔如何管得？暗地里来往半年一载，等待夫孝满日，大官人娶了家去，这个不是长远夫妻，谐老同欢？——此计如何？"西门庆道："干娘此计甚妙。自古道：'欲求生快活，须下死工夫。'罢，罢，罢！一不做，二不休！"

《天龙八部》中，金庸则透过丐帮的吴长老与白世镜的对质，道出马夫人的奸情、"长久夫妻"之词及毒计：

吴长老道："这七香迷魂散，她从哪里得来？"白世镜脸有惭色，道："是我给他的。我说：'小乖乖，咱们的事他已知道得清清楚楚，你说怎么办？'她说：'男子汉大丈夫，敢做就敢担当！要是你怕了，即刻就请便吧，以后再也别来见我。'我说：'那可舍不得，我想跟你做长久夫妻。'她说：'行！先下手为强，后下手遭殃！于是我伤了马大元的喉头，送了他性命。"

以上的诱饵及毒计几乎没有分别，结局却颇为不同。《水浒传》中，武松为报仇而先杀潘金莲再杀西门庆，因此获罪而被流放孟州。《天龙八部》中，萧峰虽查获马夫人康敏谋杀亲夫马大元却没有杀害她，康敏却阴差阳错地被阿紫虐待，划花了她一向自负的容颜，最终是被镜中自己的丑陋吓死。金庸在处理马夫人康敏被自己的丑陋容貌吓死亦是花了心思，这位素以美貌自负并掀起轩然大波的女人，终有业报，可见容颜并非长久，一切皆镜花水月，而同时在此亦突显了阿紫之妒忌与狠毒，又令萧峰对康敏多了一丝同情，同时少了武松血刃潘金莲之血腥。

四、快活林与辽国皇位

1. 夺回快活林与皇位

《水浒传》中，武松在孟州受到施恩的照顾并结为兄弟，为了报恩，武松醉打蒋门神，帮助施恩夺回了"快活林"酒店。而《天龙八部》中，萧峰则在辽国备受耶律洪基之礼遇，同样结为兄弟，适逢南院大王楚王及其父皇太叔趁耶律洪基外出围猎而造反，耶律洪基一方处于劣势，甚至有自尽之意，此际萧峰想到的是：

> 此刻见义兄面临危难，倒不便就此一走了之，好歹也要替他出番力气，不枉了结义一场。

萧峰遂于百万军中，尽显武功之作用，藏身马腹之下，射杀楚王并擒获皇太叔，平息动乱，助耶律洪基重夺皇位。

2. 喝酒与武功

酒与武功之结合与发挥，对于《水浒传》中的武松与《天龙八部》中的萧峰，均同样重要，亦如出一辙。《水浒传》中的武松在醉打蒋门神之前，是一路喝酒前进的：

> 武松笑道："我说与你，你要打'蒋门神'时出得城去，但遇着一个酒店，便请我吃三碗酒，若无三碗时，便不过望子去：这个唤做'无三不过望'。"施恩听了想道："这快活林离东门去，有十四五里田地，算来卖酒的人家，也有十二三家，若要每户吃三碗时，恰好有三十五六碗酒，才到得那里。恐哥哥醉了，如何使得？"武松大笑道："你怕我醉了没本事；我却是没酒没本事。带一分酒，便有一分本事，五分酒，五分本事。我若吃了十分酒，这气力不知从何而来。若不是酒醉后了胆大，景阳冈上如何打得这只大虫？那时节我须烂醉了，好下手，又有力，又有势。"……武松又行不到三四里路，再吃过十来碗酒。此

时已有午牌时分，天色正热，却有些微风。武松酒却涌上来，把布衫摊开。虽然带着五七分酒，却装做十分醉的，前颠后偃，东倒西歪。

《天龙八部》中，萧峰在聚贤庄中逐一与众江湖人物喝酒后展开生死决斗，这便是以武松醉打蒋门神之前沿途喝酒作为原型：

乔峰说道："两位游兄，在下今日在此遇见不少故人，此后是敌非友，心下不胜伤感，想跟你讨几碗酒喝。"……

乔峰道："小杯何能尽兴？相烦取大碗装酒。"两名庄客取出几只大碗，一坛新开封的白酒，放在乔峰面前桌上，在一只大碗中斟满了酒。乔峰道："都斟满了！"两名庄客依言将几只大碗都斟满了。

乔峰端起一碗酒来，说道："这里众家英雄，多有乔峰往日旧交，今日既有见疑之意，咱们干杯绝交。哪一位朋友要杀乔某的，先来对饮一碗，从此而后，往日交情一笔勾销。我杀你不是忘恩，你杀我不算负义。天下英雄，俱为证见。"……

殊不知乔峰却是多一分酒意，增一分精神力气，连日来多遭冤屈，郁闷难伸，这时将一切都抛开了，索性尽情一醉，大斗一场。……

乔峰跃入院子，大声喝道："哪一个先来决一死战！"群雄见他神威凛凛，一时无人胆敢上前。乔峰喝道："你们不动手，我先动手了！"手掌扬处，砰砰两声，已有两人中了劈空拳倒地。他随势冲入大厅，肘撞拳击，掌劈脚踢，霎时间又打倒数人。

酒意已有十分，内力鼓荡，酒意更渐渐涌将上来，双掌飞舞，逼得众高手无法近身。

由此可见，萧峰在酒量上似乎要比武松更厉害。而且，武松喝酒后面对的只是蒋门神及他的几个伙计而已，萧峰酒后面对的却是一众江湖中人。《水浒传》中的武松成为打虎英雄，金庸虽在《天龙八部》中在酒量与打虎方面给予了萧峰极为潇洒的表现，而在"聚贤庄"大战这一幕还算相当收敛，萧峰虽然大开杀戒，却仍是有所不敌，必须由其父萧远山出手搭救：

　　此时乔峰三处伤口血流如注，抱着阿朱的左手已无丝毫力气，一被长绳卷起，阿朱当即滚落。众人但见长索彼端是个黑衣大汉，站在屋顶，身形魁梧，脸蒙黑布，只露出了两只眼睛。那大汉左手抱起乔峰，挟在胁下，长绳甩出，卷住大门外聚贤庄高高的旗杆。群雄大声呼喊，霎时间钢镖、袖箭、飞刀、铁锥、飞蝗石、甩手箭，各种各样暗器都向乔峰和那大汉身上射去。那黑衣大汉一拉长绳，悠悠飞起，往旗杆的旗斗中落去。腾腾、啪啪、嚓嚓，响声不绝，数十件暗器都打在旗斗上。只见长索从旗斗中甩出，绕向八九丈外的一株大树，那大汉挟着乔峰，从旗斗中荡出，顷刻间越过那株大树，已在离旗杆十余丈处落地。他跟着又甩长绳，再绕远处大树，如此几个起落，已然走得无影无踪。

　　除却后来中了辽国皇妃的蒙汗药而被擒之外，这是萧峰在《天龙八部》中唯一的一次力有不逮。即是说，萧峰的酒量似乎要比武松还要厉害，武松却没有像萧峰一样中过蒙汗药而失手；在打虎的过程中，武松虽不及萧峰般潇洒，却在与敌人交锋时又从没有像萧峰在"聚贤庄"中一样几乎濒临被杀。由此可见，金庸虽将萧峰写得比武松更像"人间太岁神"，而实际上还是在某些场景中还其血肉之躯，整体的应变能力及保全自身方面，萧峰实不如武松，而两位英雄之不为美色所惑则如出一辙。

五、化妆逃亡及归宿

1. 化妆逃亡

　　武松与萧峰虽武功超群，却均须"化妆"以逃亡或避过追击。在《水浒传》中，武松在逃亡过程中，得到张青、孙二娘夫妇的帮助，假扮成带发修行的"行者"：

孙二娘道："二年前，有个头陀打从这里过，吃我放翻了，把来做了几日馒头馅。却留得他一个铁界箍，一身衣服，一领皂布直裰，一条杂色短穗绦，一本度牒，一串一百单八颗人顶骨数珠，一个沙鱼皮鞘子，插着两把雪花镔铁打成的戒刀。这刀时常半夜里鸣啸的响，叔叔前番也曾看见。今既要逃难，只除非把头发剪了，做个行者，须遮得额上'金印'。又且得这本度牒保护身符，年甲貌相，又和叔叔相等，却不是前缘前世？阿叔便应了他的名字，前路去，谁敢来盘问？这件事好么？"……张青道："我且与你扮一扮看。"孙二娘去房中取出包裹来，打开，将出许多衣衫，教武松里外穿了。武松自看道："却一似与我身上做的。"着了皂直裰，系了绦，把毡笠儿除下来，解开头发，折叠起来，将界箍儿箍起，挂着数珠。张青、孙二娘看了，两个喝采道："却不是前生注定！"武松讨面镜子照了，也自哈哈大笑起来。张青道："二哥为何大笑？"武松道："我照了自也好笑，我也做得个行者。大哥便与我剪了头发。"张青拿起剪刀，替武松把前后头发都剪了。

因缘际会，武松乔装为"行者"，亦即修行的佛教徒，由此亦决定了他在《水浒传》中的形象及未来的归宿。《天龙八部》中，萧峰在追寻带头大哥的过程中得到阿朱的建议及帮助，乔装打扮，以避开中原江湖中人的追杀：

阿朱微笑道："要他们认不出，那就容易不过。只是名满天下的乔大侠，不知肯不肯易容改装？"说到头来，还是"易容改装"四字。

乔峰笑道："我不是汉人，这汉人的衣衫，本就不想穿了。但如穿上契丹人衣衫，在中原却是寸步难行。阿朱，你说我扮作什么人的好？"

阿朱道："你身材魁梧，一站出去就引得人人注目，最好改装成一

254

形貌寻常、身上没丝毫特异之处的江湖豪士。这种人在道上一天能撞见几百个，那就谁也不会来向你多瞧一眼。"

乔峰拍腿道："妙极！妙极！喝完了酒，咱们便来改扮吧。"

他二十斤酒一喝完，阿朱当即动手。面粉、浆糊、墨胶，各种各样物事一凑合，乔峰脸容上许多与众不同之处一一隐没。阿朱再在他上唇加了淡淡一撇胡子。乔峰一照镜子，连自己也不认得了。阿朱跟着自己改装，扮成个中年汉子。

萧峰之易容乔装却没对他的命运有任何的警示，不久之后他便出手击毙同样是易容乔装为段正淳而赴决斗之约的阿朱。同样是易容乔装，武松最终获得了出家六和寺的圆满归宿，从血腥暴力中放下屠刀，从江湖风雨而终归宁定智慧，然而萧峰误杀易容乔装的阿朱，令他此后失去了一个导师般的伴侣，由此揭开了其悲剧的序幕。

2. 归宿

武松与萧峰在归宿方面截然不同，这从他们乔装上的不同已见征兆。武松在征方腊时在阵上断了一臂：

那包天师在马上，见武松使两口戒刀，步行直取郑彪，包道乙便向鞘中掣出那口玄元混天剑来，从空飞下，正砍中武松左臂，血晕倒了。却得鲁智深一条禅杖忿力打入去，救得武松时，已自左臂砍得伶仃将断，却夺得他那口混天剑。武松醒来，看见左臂已折，伶仃将断，一发自把戒刀割断了。

最终，断臂的武松出家于六和寺，由此而获得了与鲁智深一般的智慧，算是因祸得福，终得善终，冥冥之中终应"行者"之名。而萧峰则因拒绝执行耶律洪基的南侵命令，在辽、宋之间，在忠、义两难全之下，胁迫辽帝放弃南侵后自杀身亡：

萧峰大声道："陛下，萧峰是契丹人，今日威迫陛下，成为契丹的大罪人，此后有何面目立于天地之间？"拾起地下的两截断箭，内功运处，双臂一回，噗的一声，插入了自己的心口。

耶律洪基"啊"的一声惊叫，纵马上前几步，但随即又勒马停步。

虚竹和段誉只吓得魂飞魄散，双双抢近，齐叫："大哥，大哥！"却见两截断箭插正了心脏，萧峰双目紧闭，已然气绝。

虚竹忙撕开他胸口的衣衫，欲待施救，但箭中心脏，再难挽救，只见他胸口肌肤上刺着一个青的狼头，张口露齿，神情极是狰狞。失去阿朱的萧峰，基本亦令其情侠结构失衡，萧峰选择了如尸毗王般的舍身喂鹰的大慈悲，以自杀阻辽帝南侵的悲剧而告终。①

由以上分析可见，金庸乃以《水浒传》中的武松的形象以及事迹（俗称"武八回"）来塑造《天龙八部》中的萧峰。然而，金庸又对萧峰此人物的命运做出迥然不同于武松的书写而又富有创造性之所在，便是以铜镜、湖水及相关象征以对其命运做出预示，由此而令萧峰以至于《天龙八部》整部小说获得了极富哲学意味的色彩。

六、镜花水月

金庸在《水浒传》中的武松这一人物的基础上，巧妙地塑造了萧峰的形象，又于命运悲剧性的力度上赋予萧峰截然不同于武松之表现。此中，"铜镜"与湖水的意象与功能，在《天龙八部》中具有

---

① 然而有论者认为："萧峰不够英雄的另一原因，正是他不能勘破狭隘的民族观。他敢于正面抗衡披着民族大义外衣、以图成就个人名望权位的耶律洪基，如果他能看破虚名，不怕被诬为'辽奸'而不自杀，他的胜利才能算更为全面。"见潘国森《话说金庸》，96页。

极为重要的象征意义，却从未有论者拈出做出论述。

铜镜在《天龙八部》中具有多重功能，意义非凡，亦乃此小说之关键所在。在萧峰大闹少林寺时，铜镜第一次出现。

在少林寺中，萧峰吃了一惊："好身手，这人是谁？"这好身手而令他大吃一惊的高手，其实便是他自己

镜子将自己的人影照了出来。铜镜上镌着四句经偈，佛像前点着几盏油灯，昏黄的灯光之下，依稀看到是："一切有为法，如梦幻泡影，如露亦如电，当作如是观。"

金庸以铜镜对萧峰做出预示性的棒喝，刹那间萧峰似乎窥视到自己的命运。其时，他在赞美那男子样貌堪比段誉，可见他仍为幻象所惑，猛然又似乎有所省悟："我不久之前曾见过我自己的背影，那是在甚么地方？"其实，那背影便是阿朱的易容乔装。铜镜亦助萧峰避过偷袭：

对面铜镜将这一脚偷袭照得清清楚楚，那僧斜身避过，反手还掌。同时，铜镜在此又变为防守的盾：

一移铜镜，已护住了虚清，只听得啪的一声闷响，铜镜声音哑了，原来这镜子已为玄难先前的掌力打裂，这时再受到玄慈方丈的金刚劈空拳，便声若破锣。

刻有偈语的铜镜如今碎裂，亦即预兆了萧峰的命运："每块碎片之中，都映出了他的后影。"此即象征人生之镜花水月，预兆萧峰在江湖上之身败名裂：

为甚么每次我看到自己背影，总是心下不安？到底其中有甚么古怪？如此不祥的感觉，最终将成事实：

突然之间，想起在少林寺菩提院的铜镜之中，曾见到自己背影，当时心中一呆，隐隐约约觉得有甚么不安，这时听她说了改装脱险之事，又忽起这不安之感，而且比之当日在少林寺时更加强烈。

"不安"之感，终将成为萧峰与阿朱的命运的预兆。又：

> 原来这时他才恍然想起，那日在无锡赶去相救丐帮众兄弟，在道上曾见到一人背影，当时未曾在意，直至在菩提院的铜镜中见到自己背影，才隐隐约约想起，那人的背影和自己直是一般无异，那股不安之感，便由此而起，然而心念模糊，浑不知为了何事。

及至追寻带头大哥至大理，在阮星竹别墅附近的湖水又犹如少林寺中的铜镜，预示萧峰的命运：

> 在月光下见到自己映在湖中的倒影，凄凄冷冷，甚是孤单，心中一酸……手出一掌，劲风到处，击得湖水四散飞溅，湖中影子也散成了一团碎片。

铜镜的预兆及其延伸，一直萦绕于萧峰心中，可惜他乃被置于"命运"的波涛之中，无力回天。铜镜的再一次出现，即报应在谋害他的康敏身上：

> 惶急、凶狠、恶毒、怨恨、痛楚、恼怒，种种丑恶之情……她一生自负美貌，可是在临死之前，却在镜中见到了自己这般丑陋的模样。

一切皆是镜花水月，康敏自负的美貌与计谋，亦复如此，最终竟被自己素以自负的美貌吓死。而临死之前，她仍忘不了她用尽毒计、色相以迫害为她所陷害的萧峰。这一切均源于欲念之失控，而这一切在铜镜中所呈现的则为丑陋。

如此书写，无疑已从现实情欲之纠缠而上升至哲理的探讨，终归到底，人间一切均是镜花水月之如梦如幻。然而，这镜花水月的命运播弄终非一介勇夫如萧峰者所能摆脱，故此萧峰虽恍恍惚惚若有所悟，命运的悲剧预示一而再再而三地出现于其眼前脑海，他却又不自主地一步步走向命运的悲剧性归宿。这便是金庸在《天龙八部》中赋予萧峰不同于武松之所在，亦是他赋予《天龙八部》的形而上的哲理之所在。

七、结语

简而言之，金庸在塑造萧峰及其人生轨迹时乃以《水浒传》中的武松为原型而展开其创造性的书写：一、以潘金莲为原型的康敏揭露萧峰的契丹身世而揭开悲剧的序幕；二、《水浒传》中以潘金莲情挑武松，《天龙八部》中的康敏则情挑段正淳而泄露其谋害萧峰之阴谋；三、潘金莲与西门庆合谋杀夫，马夫人康敏则与白世镜等杀害马副帮主；四、武松与萧峰均打虎而有奇遇，为命运之改写埋下伏笔；五、武松为施恩夺回快活林，萧峰则为辽帝夺回皇位，又各招来横祸；六、武松血溅鸳鸯楼而复仇，萧峰则在"聚贤庄"大战与中原武林决裂；七、武松上了二龙山当了二头领，萧峰则成为辽国的南院大王；八、武松征方腊而断一臂，萧峰止辽帝南侵而一死以谢罪，武松获得了出家的宁定与智慧，而萧峰则舍身喂鹰，成其为侠之大者。不同的是，萧峰对铜镜与湖水之反照及偈语虽不甚理解，其种种经历却均阐释了人在命运的播弄下如镜花水月般的如梦如幻之佛家思想。这便是金庸在《天龙八部》中为以《水浒传》中的武松为原型的萧峰所添加的宿命，由此而令萧峰具有比武松更为震撼人心的悲剧色彩，更将《天龙八部》在武侠与江湖的刀光剑影的层面之上推至了佛家哲理之思索，此乃金庸先生在借用之外的创造性所在。

| 第 | 六 | 章 |

竹林琴音:《笑傲江湖》中令狐冲的"魏晋风度"

一、前言

　　"魏晋风度",按鲁迅先生《魏晋风度及文章与药及酒之关系》一文而言,其关键便是药与酒所产生的作用,而这便是武侠世界中常见的侠客所必不可少的两种元素。再按《世说新语》中所体现的"魏晋风度"的其他关键元素而呈现于金庸武侠的人格中的,还有长啸、任诞以及一往情深。金庸在《笑傲江湖》中所塑造的令狐冲便乃此中之集大成者。有论者指出:

　　他(令狐冲)也许是金庸按照自己的人格理想而塑造出来的大英雄大豪侠"爱开玩笑""有幽默感""淡泊功名利禄""不为世俗观念所囿""我行我素、偏执任性、蔑视礼教"。

　　这一切便正是金庸在《笑傲江湖》中借令狐冲而体现其所创造的"魏晋风度"之侠,亦即"魏晋风度"与侠义精神之结合的武侠新境界,而这一切的人格塑造以及场景设置,基本均源自金庸对《世说新语》的借用与改编。

二、"魏晋风度"谱系

金庸在《笑傲江湖》中书写了江湖中人之虚伪与江湖黑暗，令狐冲与任盈盈在刀光剑影、尔虞我诈的江湖中，奏起竹林琴音，驰想"魏晋风度"。

《笑傲江湖》中导引令狐冲传承"魏晋风度"的是华山剑宗长老风清扬，其形象其实乃源自黄药师："这人身背月光，脸上蒙了块青布，只露出一双眼睛。"这正是令狐冲想起的那个"青袍蒙面客"，也正是黄药师在《射雕英雄传》中初次出场的形象，而风清扬的形象则是"白须青袍老者，神气抑郁，脸如金纸"。令狐冲与风清扬精神相契，一见如故：

风清扬是高了他两辈的太师叔，但令狐冲内心，却隐隐有一份平辈知己、相见恨晚的交谊，比之恩师岳不群，似乎反而亲切得多。

更为关键的引导令狐冲进入魏晋精神世界的是任盈盈，其居所："好大一片绿竹丛，迎风摇曳，雅致天然。"[1]竹林，便是七贤雅聚之所在，世称"竹林七贤"。任盈盈乃魏晋谱系中人，能弹奏从嵇康《广陵散》改编而成的《笑傲江湖》，而令狐冲第一次听到的《笑傲江湖》，则乃曲洋所奏。故此，令狐冲绝然不同于江湖中人如任我行、东方不败、岳不群及左冷禅等人的争权夺利，只因其"当畅情适意"。

又：

---

[1] 有论者认为："对令狐冲来说，走进绿竹巷恰似步入超然淡远的隐者世界。"见仲浩群《心灵的解脱与精神的超越——评析武侠人物令狐冲》，《当代文学》，2007年第12期，70页。

令狐冲默然，一阵北风疾刮过来，不由得机伶伶的打了个寒噤，说道："人生数十年，但贵适意，却又何苦如此？左冷禅要消灭崆峒、昆仑，吞并少林、武当，不知将杀多少人，流多少血？"此实即来自《世说新语·识鉴第七》第二十则张翰所说的"人生贵得适意尔，何能羁宦数千里以要名爵！"。

"魏晋风度"，即为冲决一切束缚与压抑，追求精神的自由，剑术亦复如是，行云流水，率性任意，便所向无敌。风清扬认为：

大丈夫行事，爱怎样便怎样，行云流水，任意所之，甚么武林规矩，门派教条，全是放他妈的狗臭屁！

风清扬的"魏晋风度"破除了令狐冲在武学上因种种规矩所造成的障碍，他个性本洒脱自在，风清扬所授的独孤九剑正契合其个性，故而剑因人而活，人借剑而笑傲江湖。由此，金庸便在《笑傲江湖》中建构了一群以令狐冲为首的不甘沉溺于江湖上的争权夺利而具备"魏晋风度"的自由精神的侠客。

三、一往情深

"魏晋风度"的其中一个重要元素，便是一往情深。魏晋中人对情之执着，源自对生命之珍视，以抗衡其时人生之短促、社会之黑暗。《世说新语·伤逝第十七》第十六则记载：

王子猷、子敬俱病笃，而子敬先亡。……便索舆来奔丧，都不哭。子敬素好琴，便径入，坐灵床上，取子敬琴弹；弦既不调，掷地云："子敬，子敬，人琴俱亡！"因恸绝良久。月余亦卒。

琴乃魏晋中人之精神体现，而王徽之因王献之之亡而"恸绝良久"，亦是对生命短促之纵情悲恸。任盈盈、仪琳均对令狐冲"一往情深"，令狐冲倾情的却是对他"一往情深"的任盈盈：

> 令狐冲见到她雪白的后颈，心中一荡，寻思："她对我一往情深，天下皆知。"

而令狐冲与任盈盈琴箫合奏，终成"笑傲江湖"的神仙眷侣。

除了爱情层面的一往情深，曲洋与刘正风之《笑傲江湖》曲谱乃传承自嵇康的《广陵散》，可见彼等在精神境界对"魏晋风度"之一往情深。故此，他们甘于不顾所谓的正、邪不两立，决心脱离江湖而逍遥于音乐的精神世界，可惜的是他们欲罢不能，所谓正派中人均欲诛之而后快。当刘正风见到英风侠骨的令狐冲，便在临终之前以《笑傲江湖》之曲谱交托，引为同道中人。

由此，在令狐冲与任盈盈而言，彼等之一往情深，既是爱情层面之互相倾心相许，又是"魏晋风度"之契合，实为金庸武侠小说中最高层次的爱情书写。在曲洋与刘正风而言，则乃音乐与精神境界之契合，亦是友谊的最高境界。

四、任诞

"任诞"，是魏晋中人蔑视礼教的行为艺术。阮籍在司马昭面前张开大腿而饮酒；在母丧之际蒸小猪而食，喝酒两斗，再而大哀至于吐血。刘伶纵酒放达，脱衣裸形于屋中。阮籍送嫂，甚至睡在当炉妇人之侧而不涉乱。《笑傲江湖》中，令狐冲胡闹任性、轻浮好酒，与众女同行亦属任诞却守礼如君子：

> 莫大先生续道："我见你每晚总是在后艄和衣而卧，别说对恒山众弟子并无分毫无礼的行为，连闲话也不说一句。令狐世兄，你不但不是无行浪子，实是一位守礼君子。对着满船妙龄尼姑，如花少女，你

竟绝不动心，不仅是一晚不动心，而且是数十晚始终如一。似你这般男子汉、大丈夫，当真是古今罕有，我莫大好生佩服。"

令狐冲最早出现于读者面前，金庸所设置的竟是让他滞留于妓院，而这正类似于谢安之"携妓出风尘"。令狐冲的这一切特质，却是具有"君子剑"之称并文质彬彬的师父岳不群所永远也不可能企及的境界。令狐冲的任诞，正是对所谓的"大人先生"的嘲弄，亦即"魏晋风度"对所谓"君子"如岳不群的抗衡：

令狐冲生性倜傥，不拘小节，与素以"君子"自命的岳不群大不相同。

令狐冲于世俗的礼法教条，从不放在眼里，他师父岳不群却为了一统江湖而甘于"自宫"，练起"辟邪剑法"。然而，整个江湖几乎均为"君子剑"岳不群所蒙蔽：岳不群号称"君子剑"，就连少林方丈方证大师也向令狐冲说："尊师岳先生执掌华山一派，为人严正不阿，清名播于江湖，老衲向来十分佩服。"

岳不群在人前自也装模作样，一派君子，言辞得体，岳不群说道："时时说得仁义为先，做个正人君子。"岳不群贼喊抓贼，用尽方法诬陷徒弟令狐冲偷取"辟邪剑谱"，又一脸道貌岸然地劝说令狐冲改邪归正：

你于正邪忠奸之分这一点上，已十分糊涂了。此事关涉到你今后安身立命的大关节，我华山第七戒，所戒者便是在此，这中间可半分含糊不得。

五仙教毫无男女之防，见到四个苗女各自卷起衣袖，露出雪白的手臂，跟着又卷起裤管，直至膝盖以上。岳不群由此又想到色诱以及名声的问题。由此可见，岳不群的"大人先生"形象非常突出。任诞，正是对所谓的"大人先生"一如所谓的"君子"的岳不群的映衬。在任我行眼中的岳不群却是：

此人一脸孔假正经，只可惜我先是忙着，后来又失手遭了暗算，否则早就将他的假面具撕了下来。

岳不群的"年轻"与"神功"的关系，连江湖人也怀疑，关键便在于"自宫"后逐渐掉胡须的现象。金庸借桃干仙道出："岳先生人称'君子剑'，原来也不是真的君子。"桃谷六仙四处捣乱，插科打诨，却不失正义。六仙更一起大便以逃脱仪琳母亲的追赶，可谓闹剧的高潮，最后更钻于令狐冲与任盈盈洞房之床下。金庸以桃谷六仙之任诞，为整部小说带来滑稽突梯的节奏，以调节令狐冲的伤痛与冤屈。

五、饮酒、服药及长啸

饮酒与服药，对魏晋中人而言，乃密不可分。《世说新语》中有以下关于酒的记载："王光禄云：'酒正使人人自远'"；王卫军云："酒正自引人箸胜地"；王忱云："三日不酒饮，觉形神不复相亲"；张翰认为身后名声："不如实时一杯酒。"毕世茂说得更为具体：

一手持蟹螯，一手持酒杯，拍浮酒池中，便足了一生。

令狐冲自称"胡闹任性、轻浮好酒""浮滑无行、好酒贪杯的浪子"。五毒教的五宝花蜜酒，人人畏惧，唯独他敢喝：

这五仙大补药酒，是五毒教祖传秘方所酿，所酿的五种小毒虫珍奇无匹，据说每一条小虫都要十多年才培养得成，酒中另外又有数十种奇花异草，中间颇具生克之理。服了这药酒之人，百病不生，诸毒不侵，陡增十余年功力，原是当世最神奇的补药。

令狐冲的出场便是酒馆、妓院，他甚至向乞丐讨酒喝，实乃金庸借酒以呈现令狐冲的"魏晋风度"。

此中,令狐冲在西湖的梅庄喝酒一幕最为精彩绝伦,西湖梅庄的丹青生如此道出他酿造西域美酒的苦心:

> 那西域剑豪莫花尔彻送了我十桶三蒸三酿的一百二十年吐鲁番美酒,用五四大宛良马驮到杭州来,然后我依法再加一酿一蒸,十桶美酒,酿成一桶。屈指算来,正是十二年半以前之事。这美酒历关山万里而不酸,酒味陈中有新,新中有陈,便在于此。

他甚至"特地到北京皇宫之中,将皇帝老儿的御厨抓了来生火蒸酒"。然后,两人又以不同的杯子喝不同的美酒。田伯光找到美酒后只留下两瓮,更挑着酒上华山找令狐冲共饮。田伯光虽是"淫贼",但他千里迢迢,挑酒上华山之巅找令狐冲共饮,情谊可嘉:

> 田某是个无恶不作的淫贼,曾把你砍得重伤,又在华山脚边犯案累累,华山派上下无不想杀之而后快。今日担得酒来,令狐兄却坦然而饮,竟不怕酒中下了毒,也只有如此胸怀的大丈夫,才配喝这天下名酒。

曾经作生死之斗而在美酒之前泯仇怨,自有一番洒落之胸襟。田伯光因为同样任诞,故慧眼识英雄,甚为敬重令狐冲,而他挑美酒路上又犯案,同样荒诞:

> 我挑了这一百斤美酒,到陕北去做了两件案子,又到陕东去做两件案子,这才上华山来。

纵情声色,饮酒服药,均是魏晋中人对短暂生命的尽情挥洒。[1]此一特质在令狐冲身上呈现出来则为任诞不羁、豪爽任侠。故此,

---

[1]　陈岸峰《顾日影而弹琴:嵇康的痛苦及其追求》,见《诗学的政治及其阐释》,27—35页。

他并没有门派之见，亦没有任何做"君子"的企图，故能容纳田伯光这种所谓的"淫贼"，由此方能笑傲江湖。

饮酒、服药，则必须"行散"以消解体热及令药力发作。行散至空旷的山林之处，面对苍茫天地，感慨顿生，自免不了长啸，借以抒情，故长啸亦是"魏晋风度"的重要元素之一。唐代的孙广在他所著的《啸旨》一书中，全面地揭示了啸与道教的关系。在道教看来，"啸"有养生作用，发啸前的精神准备正是修神炼气的开始，而"啸"的过程则是修神炼气的深化。晋人成公绥的《啸赋》，以赋的形式将"啸"的方法、"啸"音的特征及效果做出细致描绘，其《天地赋》中便有"慷慨而长啸"之说。及至魏晋，啸有了很大的发展，宗教色彩渐淡，音乐特性渐浓，并有明确的五音规定，依五音结构旋律，以表现不同情感。魏晋名士往往以"啸"代替语言，实现心灵的沟通。"啸"只为形式，而倨傲狂放则乃其灵魂。《世说新语·栖隐第十八》第一则记载了阮籍与苏门真人以啸做出的交流：

阮步兵啸闻数百步。苏门山中，忽有真人，樵伐者咸共传说。阮籍往观，见其人拥膝岩侧，籍登岭就之，箕踞相对。籍商略终古，上陈黄、农玄寂之道，下考三代盛德之美以问之，仡然不应。复叙有为之外，栖神导气之术以观之，彼犹如前，凝瞩不转。籍因对之长啸。良久，乃笑曰："可更作。"籍复啸。意尽，退还半岭许，闻上喷然有声，如数部鼓吹，林谷传响；顾看，乃向人啸也。[①]

魏晋中人多乃长啸高手，长啸在唐代也甚为流行，"诗佛"王维（字摩诘，生卒不详）便是此中高手，《旧唐书》记其："弹琴赋

---

① 刘义庆编著，陈岸峰导读及译注《世说新语》，265页。

诗啸咏终日。"① 其诗曰:"独坐幽篁里,弹琴复长啸""静言深溪里,长啸高山头"。自唐代之后,啸便渐不流行。令狐冲在想到左冷禅乃挑动武林风波的罪魁祸首,故"一声清啸,长剑起处,左冷禅眉心、咽喉、胸口三处一一中剑"。金庸在此以"清啸"结合独孤九剑,以呈现令狐冲的精神与武功境界,一举击毙邪恶的左冷禅。令狐冲身处明代,② 其长啸自也不免相形见绌,他却在任盈盈的调教下,努力学习古琴,以弹奏改编自《广陵散》的《笑傲江湖》。

六、《笑傲江湖》与《广陵散》

金庸在《笑傲江湖》中从刘正风、曲洋写起,下及令狐冲、任盈盈,金庸对酒、琴、箫、长啸及《广陵散》《笑傲江湖》之书写,实乃对"魏晋风度"以及作为竹林七贤的精神领袖的嵇康的崇高致意。③ 此中有这样一段文字:

> 黄钟公道:"听说风少侠怀有《广陵散》的古谱。这事可真么?老朽颇喜音乐,想到嵇中散临刑时抚琴一曲,说道:'广陵散从此绝矣!'每自叹息。倘若此曲真能重现人世,老朽垂暮之年得能按谱一奏,生平更无憾事。"说到这里,苍白的脸上竟然现出血色,显得颇为热切。

① 刘昫等撰《旧唐书》(中华书局,1975年),202卷,5052页。见王维撰,赵殿成笺注《王右丞集校笺》(香港中华书局,1975年),下册,496页。
② 由朝廷授予刘正风为"参将",及当时首都为北京,可见《笑傲江湖》所述的时代为明朝。潘国森认为具体时间应在明孝宗弘治年间至神宗万历初年,即1490至1590的一百年之间。见潘国森《明代的〈笑傲江湖〉》,《杂论金庸》(明窗出版社,1995年),146页。
③ 关于嵇康的相关论述,见陈岸峰《顾日影而弹琴:嵇康的痛苦及其追求》,《诗学的政治及其阐释》(香港中华书局,2013年),27—57页。

而获得嵇康《广陵散》的便是曲洋与刘正风。令狐冲本以为曲洋与
刘正风"这二人爱音乐入了魔",刘正风却向他道出《笑傲江湖曲》
与嵇康《广陵散》的传承关系:

> 这《笑傲江湖曲》中间的一大段琴曲,是曲大哥依据晋人嵇康的
> 《广陵散》而改编的。①

又:

> 这《广陵散》琴曲,说的是聂政刺韩王的故事。全曲甚长,我们
> 这曲《笑傲江湖》,只引了他曲中最精妙的一段。刘兄弟所加箫声那一
> 段,谱的正是聂政之姊收葬弟尸的情景。聂政、荆轲这些人,慷慨重
> 义,是我等的先辈,我托你传下此曲,也是为了看重你的侠义心肠。

"慷慨重义",乃《广陵散》的精神核心。刘正风认为正、邪之斗
"殊属无谓",而他与曲洋"琴箫相和,武功一道,从来不谈""知
他性行高洁,大有光风霁月的襟怀",故方有金盆洗手以昭告天下。
然而,身处江湖风波中的刘正风可谓欲罢不能:

> 刘某只盼退出这腥风血雨的斗殴,从此归老林泉,吹箫课子,做
> 一个安分守己的良民,自忖这份心愿,并不违犯本门门规和五岳剑派
> 的盟约。

刘正风一眼看出令狐冲具备魏晋风骨,故决定在临危之际将《笑傲
江湖》之曲谱托付给他:

> 要两个既精音律,又精内功之人,志趣相投,修为相若,一同创
> 制此曲,实是千难万难了。……这是《笑傲江湖曲》的琴谱箫谱,请
> 小兄弟念着我二人一番心血,将这琴谱携至世上,觅得传人。

---

① 有关嵇康《广陵散》的相关论述,见陈岸峰《顾日影而弹琴:嵇康的痛苦及其追求》,
《诗学的政治及其阐释》,43—47 页。

令狐冲与任盈盈邂逅于竹林，料想不到的是作为日月神教掌门之女的任盈盈竟乃魏晋风度中人，她能弹奏从《广陵散》中变化而来的《笑傲江湖》：

这婆婆所奏的曲调平和中正，令人听着只觉音乐之美，却无曲洋所奏热血如沸的激奋。

令狐冲道："这叫做《笑傲江湖》之曲，这位婆婆当真神乎其技，难得是琴箫尽皆精通。"

任盈盈既会弹奏《笑傲江湖》，且解了令狐冲之围，而令狐冲竟能听出其所奏与曲谱之别，这便是任盈盈与令狐冲之精神契合处及缘分之交会处。任盈盈乃魔教的大小姐，家居陈设却俨然魏晋风韵：

桌椅几榻无一而非竹制，墙上悬着一幅墨竹，笔势纵横，墨迹淋漓，颇有森森之意。桌上放着一具瑶琴，一管洞箫。

以"竹"作为筑居之所及陈设，以琴、箫陈列其间，足见其对竹林精神之向往。任盈盈乃"魏晋风度"中人，她能弹奏从《广陵散》中变化而来的《笑傲江湖》，"难得是琴箫尽皆精通"。至此，令狐冲向任盈盈呈上传承自竹林七贤精神领袖嵇康的《广陵散》而改编的《笑傲江湖》曲谱：

适才弟子得聆前辈这位姑姑的琴箫妙技，深庆此曲已逢真主，便请前辈将此曲谱收下，奉交婆婆，弟子得以不负撰作此曲者的付托，完偿了一番心愿。

由此可见，令狐冲对刘正风之托念兹在兹，而他竟一眼认定未曾谋面、只闻琴音的"婆婆"（任盈盈）便是值得托付《笑傲江湖》曲谱之人，实乃智的直觉，亦是知音之人。任盈盈以《清心普善咒》之琴音为令狐冲"调理体内真气"。作为琴音治疗，《清心普善咒》则具备魏晋精神的感召：

正是洛阳城那位婆婆所弹的《清心普善咒》。令狐冲恍如漂流于茫茫大海之中，忽然见到一座小岛，精神一振，便即站起。……

只听得草棚内琴声轻轻响起，宛如一股清泉在身上缓缓流过，又缓缓注入了四肢百骸，令狐冲全身轻飘飘地，更无半分着力处，便似飘上了云端，置身于棉絮般的白云之上。过了良久良久，琴声越来越低，终于细不可闻而止。

令狐冲精神一振，站起身来，深深一揖，说道："多谢婆婆雅奏，令晚辈大得补益。"

又曰：

你不服药，身上的伤就不易好，没精神弹琴，我心中一急，哪里还会有力气爬过去？

"琴"与"精神"在此之关系密不可分。"服药""弹琴"以获得"精神"及治疗，基本便成为令狐冲在整部小说中的常态。金庸以琴音作治疗，很明显地超出古代医学，却又与当今的音乐治疗互通，实乃武侠小说中的创造性突破。渐渐地，令狐冲与任盈盈便有精神的汇通之处：

令狐冲谦谢道："前辈过奖了，不知要到何年何月，弟子才能如前辈这般弹奏那《笑傲江湖》之曲。"那婆婆失声道："你……你也想弹奏那《笑傲江湖》之曲么？"

那婆婆不语，过了半晌，低声道："倘若你能弹琴，自是大佳……"语音渐低，随后是轻轻的一声叹息。

很明显，任盈盈所期待的并非俊男巨贾，而是一位精神互契的魏晋中人。而《笑傲江湖》与《广陵散》之区别在于：

令狐冲问道："我曾听曲前辈言道，那一曲《笑傲江湖》，是从嵇康所弹的《广陵散》中变化出来，而《广陵散》则是抒写聂政刺韩王之事。之前听婆婆奏这《笑傲江湖》曲，却多温雅轻快之情，似与聂政慷慨决死的情景颇不相同，请婆婆指点。"

令狐冲虽不懂琴理琴技，却一语点中其中分野，可谓别具慧眼。任盈盈已因令狐冲具备"魏晋风度"而情愫暗生，特别是令狐冲提及合奏，而令她心动：

那婆婆道："曲中温雅之情，是写聂政之姊的心情。他二人姊弟情深，聂政死后，他姊姊前去收尸，使其弟名垂后世。你能体会到琴韵中的差别，足见于音律颇有天份。"顿了一顿，声音低了下来，说道，"你我如能相处时日多些，少君日后当能学得会这首《笑傲江湖》之曲，不过……那要瞧缘份了。"

故此，任盈盈便作为精神导师般向令狐冲说出《笑傲江湖》所蕴含的侠义精神：

那婆婆叹了口气，温言道："这《笑傲江湖》之曲，跟《广陵散》的确略有不同。聂政奋刀前刺之时，音转肃杀，聂政刺死韩王，其后为武士所杀，琴调转到极高，再转上去琴弦便断；箫声沉到极低，低到我那竹笛吹不出来，那便是聂政的终结。此后琴箫更有大段轻快跳跃的乐调，意思是说：侠士虽死，豪气长存，花开花落，年年有侠士侠女笑傲江湖。人间侠气不绝，也因此后段的乐调便繁花似锦。据史事云，聂政所刺的不是韩王，而是侠累，那便不足深究了。"

此际，任盈盈的情愫已透过《有所思》做出传达。由此，任盈盈便导引了令狐冲进入"魏晋风度"的谱系，并埋下了他日两人合奏此曲的契机，以传承曲洋与刘正风之"魏晋风度"以及侠义之风。

及至令狐冲与任盈盈结婚之际，两人在婚礼之上琴箫合奏：

两人所奏的正是那《笑傲江湖》之曲。这三年中，令狐冲得盈盈指点，精研琴理，已将这首曲子奏得颇具神韵。令狐冲想起当日在衡山城外荒山之中，初聆衡山派刘正风和日月教长老曲洋合奏此曲。二人相交莫逆，只因教派不同，虽以为友，终于双双毙命。今日自己得与盈盈成亲，教派之异不复能阻挡，比之撰曲之人，自是幸运得多了。又想刘曲二人合撰此曲，原有弥教派之别、消积年之仇的深意，此刻夫妇合奏，终于完偿了刘曲两位前辈的心愿。

由此，金庸由《射雕英雄传》《神雕侠侣》以及《倚天屠龙记》中关于"魏晋风度"的书写，终于在《笑傲江湖》中大放异彩，并以圆满的结局将"魏晋风度"与侠义相结合，这方才是《笑傲江湖》的核心精神所在。

七、结语

曲洋与刘正风之《笑傲江湖》曲谱乃传承自嵇康的《广陵散》，可见彼等之精神境界。令狐冲英风侠骨，故获曲、刘两人在临终前以《笑傲江湖》交托，自乃引为同道中人。

令狐冲乃抗邪辟恶之特立独行的侠者，任盈盈作为其精神导师，引领同具"魏晋风度"的令狐冲琴箫合奏，以独孤九剑与"魏晋风度"相结合，从精神而至于实际行动而笑傲江湖。而这一切，均源自金庸对"魏晋风度"的向往，故借着《世说新语》中的"魏晋风度"的各种元素及场景而展开对《笑傲江湖》的书写。侠的"魏晋风度"，实乃金庸一直念兹在兹在努力建构的侠的崇高风格。

| 第 | 七 | 章 |

任诞与假谲:《鹿鼎记》中韦小宝的原型及其意义

一、前言

　　一般而言,在武侠小说中,侠客及核心人物,其言行决定该书的成败,故几乎所有的侠客形象崇高,武功超群,光明磊落,心系家国。金庸在塑造了萧峰、郭靖、杨过、张无忌及令狐冲等深入人心的大侠之后,却在《鹿鼎记》中突然冒出了韦小宝,此举无疑颇有反高潮的意味,因此而招来口诛笔伐。有论者指出"历史的神圣光泽,人世的庄严外表,在《鹿鼎记》中遭到了彻底的解构"。亦有论者认为韦小宝是金庸"对中国文学的一个贡献,是中国武侠小说史上的一个里程碑式的人物"。那么,韦小宝的原型又源自哪里?此人物在武侠世界有何不同凡响之所在?金庸创造韦小宝这个人物又有何目的?而韦小宝在金庸武侠小说中,又该如何定位?

二、任诞

在《鹿鼎记》中，韦小宝七美相伴，成为笑谈。究其原因，便在于韦小宝认为"英雄"便该多情：

那个陈圆圆唱歌，就有一句叫做英雄什么是多情。既是英雄，自然是要多情的。

因此，韦小宝对痴迷于陈圆圆的胡逸之说：

我喜欢了一个女子，却一定要她做老婆，我可没你这么耐心。

如此直截了当，故有论者指出：

《鹿鼎记》中的韦小宝对女人的情爱根本就没有形而上的层面，他只有未经文化教养修饰的原始欲望。

韦小宝在前半部小说中因年龄小的原因而仍然未有"原始欲望"，他对任何事物都很实在，对女人更实在，而事实上又有多少男性对女性具有"形而上的层面"呢？除了被建宁公主强迫之外，韦小宝对令他心动的女子均有崇高的爱意与敬意，特别是阿珂，简直就如他心中的女神般圣洁无瑕。韦小宝又确是七美同欢，实乃纵情之人物，此乃"魏晋风度"的特征之一。而韦小宝的好色或不拘于礼教的男女大防，亦源自《世说新语》：

阮籍嫂尝还家，籍相见与别。或讥之，籍曰："礼岂为我辈设耶？"

又：

阮公邻家妇有美色，当垆酤酒。阮与王安丰常从妇饮酒，阮醉，便眠其妇侧。夫始殊疑之，伺察，终无他意。

至于韦小宝的纵情，又几近《世说新语》中的任诞。"任诞"是魏晋中人蔑视礼教的行为艺术。阮籍在司马昭面前张开大腿而饮酒；在母丧之际蒸小猪而食，喝酒二斗，再大哀而吐血。此乃魏晋中人个性解放之抗争。韦小宝自然也蔑视礼教，当日在扬州之时他所怀抱的雄心大志，除了开几家大妓院之外，更要到丽春院来大摆花酒，叫全院妓女相陪，而最终竟七女相伴。此外，韦小宝又在扬州大街上招摇过市：

> 其时天已大明，大床在扬州大街上招摇过市。众亲兵提了"肃静""回避"的硬牌，鸣锣开道，前呼后拥。扬州百姓见了，无不啧啧称奇。

其好色而令女人上街应近乎《世说新语》中关于王敦的这一则故事：

> 王处仲，世许高尚之目。尝荒恣于色，体为之弊。左右谏之，处仲曰："吾乃不觉尔，如此者甚易耳！"乃开后阁，驱诸婢妾数十人出路，任其所之，时人叹焉。

而自韦小宝受了陈近南的熏陶后，身负反清复明之重任，故此他便以捣乱的方式当官，由此而认为接受贿赂乃反清复明的好方法：

> 沿途官员迎送，贿赂从丰。韦小宝自然来者不拒，迤逦南下，行李日重。跟天地会兄弟们说起，就道我们败坏鞑子的吏治，贿赂收得越多，百姓越是抱怨，各地官员名声不好，将来起兵造反，越易成功，等于是"反清复明"。徐天川等深以为然。

相对韦小宝之纵情、任诞却无往而无不利，突显的正是百无一用是书生，吕留良叹道：

> 当年我和顾兄，还有一位黄梨洲黄兄，得蒙尊师相救，今日不慎惹祸，又得韦兄弟解难。唉，当真百无一用是书生，贤师徒大恩大德，更无以为报了。

韦小宝力救三贤与天地会的吴六奇，而在清廷方面又立了大功，且又克尽孝道，真可谓粗中有细，比书中奔走于反清复明而无所作为却又屡遭劫难的顾炎武、黄宗羲以及吕留良更有价值。

三、嗜赌

此外，金庸在书中多次书写韦小宝的好赌，其来有自：

韦小宝在扬州之时，每逢大户人家有丧事，总是去凑热闹，讨赏钱，乘人忙乱不觉，就顺手牵羊，拿些器皿藏入怀中，到市上卖了，便去赌钱。

自韦小宝误入清宫伊始，便与小太监开赌，跟康熙赌，其后处处开赌，无所不赌，逢赌必赢，而且场面热闹非凡，气势夺人：

韦小宝原来的四百两银子再加赔来的四百两，一共八百两银子，向前一推，笑道："索性赌得爽快些。"喝一声："赔来！"

又：

韦小宝叫道："上场不分大小，只吃银子元宝！英雄好汉，越输越笑，王八羔子，赢了便跑！"在四粒骰子上吹了口气，一把撒将下来。

但闻一片呼么喝六、吃上赔下之声，宛然便是个大赌场。赌了一个多时辰，赌台上已有二万多两银子。有些输光了的，回营去向不赌的同袍借钱来翻本。

韦小宝一把骰子掷下，四骰全红，正是通吃。众人甚是懊丧，有的咒骂，有的叹气。赵齐贤伸出手去，正要将赌注尽数扫进，韦小宝叫道："且慢！老子今日第一天带兵做庄，这一注送给了众位朋友，不吃！"

其赌性几乎是天生似的，却又非常怕死：

他在枣桶中时，早料到会遭剖心开膛，去祭鳌拜，此刻事到临头，还是吓得全身皆酥，牙齿打战，格格作响。

事实上，韦小宝的嗜赌乃源自《世说新语》：

桓宣武少家贫，戏大输，债主敦求甚切。思自振之方，莫知所出。陈郡袁耽俊迈多能，宣武欲求救于耽。耽时居艰，恐致疑，试以告焉，应声便许，略无慊吝。遂变服，怀布帽，随温去与债主戏。耽素有艺名，债主就局，曰："汝故当不办作袁彦道邪？"遂共戏。十万一掷，直上百万数，投马绝叫，旁若无人，探布帽掷对人曰："汝竟识袁彦道不？"

此处写的是枭雄桓温（字元子，312—373）年轻时赌输了钱，由大名士袁耽（字彦道，生卒年不详）替他赢回来，场面震撼，气势慑人。又，一代名相谢安（字安石，320—385）在年轻时也好赌，连代步的牛车也输掉了：

谢安始出西戏，失车牛，便杖策步归。道逢刘尹，语曰："安石将无伤！"谢乃同载而归。

丢了牛车的教训并没有令谢安戒赌，在举倾国之力的"淝水之战"前后，谢安开赌如常：

时苻坚强盛，疆场多虞，诸将败退相继。安遣弟石及兄子玄等应机征讨，所在克捷。拜卫将军、开府仪同三司，封建昌县公。坚后率众，号百万，次于淮肥，京师震恐。加安征讨大都督。玄入问计，安夷然无惧色，答曰："已别有旨。"既而寂然。玄不敢复言，乃令张玄重请。安遂命驾出山墅，亲朋毕集，方与玄围棋赌别墅。安常棋劣于玄，是日玄惧，便为敌手而又不胜。安顾谓其甥羊昙曰："以墅乞汝。"安遂游涉，至夜乃还，指授将帅，各当其任。玄等既破坚，有驿书至，安方对客围棋，看书既竟，便摄放床上，了无喜色，棋如故。客问之，徐答云："小儿辈遂已破贼。"既罢，还内，过户限，心喜甚，不觉屐齿之折，其矫情镇物如此。

谢安一直不善于赌博，而最终他赢了，凭的就是泛海而不惧以安天下的"魏晋风度"。韦小宝在金庸笔下是逢赌必赢，临危先惧，最终却又凭着诡诈复以滑稽的方式取胜，这明显是金庸有意识的逆向参照而改编、塑造的人物。

在此，金庸以吴六奇、陈近南等天地会豪杰，以至于明末清初的顾炎武、黄宗羲、吕留良，甚至搭上谢安、桓温、袁耽、长平公主以陪衬主人公韦小宝之任诞。谢安以牛车与别墅为赌资，韦小宝以假骰子娱乐了大众，甚至以性命、国家豪赌，大战之前自己作弊投骰子，这便是金庸的蓄意戏谑，而嗜赌竟也是魏晋英雄的特征之一。

四、假谲与智谋

江湖自有一套手段，绝顶高手可以中伏身亡，不学有术如韦小宝却凭智谋而逍遥自在，甚至帮高手一把。故此，何谓高手？长平公主行走江湖，却阅历不深，而为韦小宝所蒙骗，长平公主道：

> 江湖上人心险诈，言语不可尽信。但这孩子跟随我多日，并无虚假，那是可以信得过的。他小小孩童，岂能与江湖上的汉子一概而论？

事实上，韦小宝是江湖上最狡猾的老手，其他有勇无谋的江湖中人均望尘莫及：

> 韦小宝见七名喇嘛毫不疑心，将碗中药酒喝得精光，心中大喜，暗道："臭喇嘛枉自武功高强，连这一点粗浅之极的江湖之道儿也不提防，当真可笑。"

韦小宝骗追杀长平公主的喇嘛说他已练成"金顶门"：

> 我已练成了"金顶门"的护头神功，你在我头顶砍一刀试试，包管你这柄大刀反弹转来，砍了你自己的光头。……你瞧，我的辫子已经练断了，头发越练越短，头顶和头颈中的神功已练成。等到头发练得一根都没有，你就是砍在我胸口也不怕了。

此谎言虽然荒诞无稽，却又救了长平公主与阿珂的性命。这是一场生死之赌博，靠的是刀枪不入的护身宝衣，而韦小宝确实是以自己的生命作赌注。这又源自《世说新语》"假谲"中曹操以谎言杀人而令左右相信他有特异功能一样：

魏武常言："人欲危己，己辄心动。"因语所亲小人曰："汝怀刃密来我侧，我必说'心动'。执汝使行刑，汝但勿言其使，无他，当厚相报。"执者信焉，不以为惧，遂斩之。此人至死不知也。左右以为实，谋逆者挫气矣。

所谓的"假谲"，在江湖或用兵上，实即智谋。其后，他又以海大富的"化尸粉"弄死其他喇嘛，化解一场劫难。白衣尼纵有神功，却因为身负重伤而无反抗之力，若非韦小宝的混混手段，她必然受辱或有生命之虞。更为重要的是，他在白衣尼与阿珂面前证明自己比延平郡王世子郑克塽更有勇有谋、更有应变能力。

后来，韦小宝藏身于棺材之中，因棺材盖并未密合，因而了解了郑克塽与其兄长之内讧以及他与冯锡范对陈近南的诬陷。在陈近南将被偷袭时，韦小宝终以"隔板刺人"与"飞灰迷目"刺伤了冯锡范并制服了郑克塽，从而救了陈近南一命。其举措虽不潇洒，但这难道便非侠义之举？手段本身并没有所谓的正邪之分，是假谲还是智谋，视乎使用者的目的是否正义而已。

韦小宝身兼多职，分别是清廷鹿鼎公、天地会香主、神龙教白龙使、罗刹国管领东方辖鞑靼地方的伯爵，穿梭于海大富、假太后、陈近南、康熙、顺治、白衣尼、吴三桂以至罗刹，来去自如，游刃有余，真是间谍的不二人选，当然亦是江湖的绝顶人才。关键在于他善恶分明，一心拯救好人：

他在康熙面前大说九难、杨溢之、陈近南三人的好话，以防将来三人万一被清廷所擒，有了伏笔，易于相救。

基于以上关于金庸有关"江湖"的论述，可见"江湖"不外如此，所谓的"侠"亦不外如此，韦小宝亦是在不外如此的"江湖"以不外如此的手段应对一下而已。韦小宝以其混混手段而逍遥于江湖，其大志并不在于成为大侠，这便是侠之世俗化。

五、武功的现实主义

"江湖"，亦即日常生活中的凡夫俗子，像洪七公、周伯通、黄药师、郭靖、杨过、张无忌、萧峰、段誉、虚竹这些高手，自然是难得一见，至于南帝与欧阳锋等域外之人，更是难得一见。陈近南、陈家洛、九难等则忙于反清复明而行踪不定，最可能出现于市井的，应该便是常去茶楼听书及去市场买菜的韦小宝了。这便是金庸将侠客世俗化的意图所在。

侠客既然世俗化，故此其武功亦并非至关重要。武功之人间化的最明显人物便是韦小宝，有论者认为：

韦小宝不懂武功而武功高手死在他手下，他靠的是匕首、宝衣、炉灰、砂子、蒙汗药之类的东西。无胜有是东方深厚的传统智慧之一。

这似乎难以上升至有、无的哲学思考。韦小宝历拜名师，几乎全是当世高手，包括海大富、陈近南、神龙教的洪安通夫妇以及长平公主，并曾在少林寺达摩院首座澄观的指导下练习。然而，以上这些高手师父所传之招数并不管用：

韦小宝拼命挣扎，但手足上的绳索绑得甚紧，却哪里挣扎得脱，情急之际，忽然想起师父来："老子师父拜了不少，海大富老乌龟是第一个，后来是陈总舵主师父，洪教主寿与天齐师父，洪夫人骚狐狸师父，小皇帝师父，澄观师侄老和尚师父，九难美貌尼姑师父，可是一大串师父，没一个教的功夫当真管用。"

由于韦小宝生性怠懒，所记得的便不多，却制服过假太后，并打败长平公主的徒弟阿珂。而且，他救过长平公主、茅十八、康熙、方怡、沐剑屏、陶红英、顺治以及天地会与沐王府一干人等。他所打击的全是恶人或平西王府的汉奸、神龙教以至于清兵，其所作所为基本就是侠义之举，其间虽不无顺手牵羊或贪恋女色，但止于欣赏而已，而这些小缺点根本不影响他对忠奸善恶的判断。金庸曾透过何惕守之口认同韦小宝的目标为本的下三滥手段：

什么下作上作？杀人就是杀人，用刀子是杀人，用拳头是杀人，下毒用药，还不一样是杀人？江湖上的英雄好汉瞧不起？哼，谁要他们瞧得起了？像那吴之荣，他去向朝廷告密，杀了几千几百人，他不用毒药，难道就该瞧得起他了？

故论者一直以来对韦小宝之所为嗤以之鼻，甚至认为金庸在《鹿鼎记》中乃反侠之书写，实值得商榷。

由此可见，武功在《鹿鼎记》中已备受质疑，此中最关键的便是当世绝顶高手陈近南，其"血凝神抓"惊世骇俗，却逃不过冯锡范的偷袭，最终亦需韦小宝以下三滥手段相救。韦小宝的下三滥手段，亦源自《世说新语》中曹操的诡计：

魏武少时，尝与袁绍好为游侠。观人新婚，因潜入主人园中，夜叫呼云："有偷儿贼！"青庐中人皆出观，魏武乃入，抽刃劫新妇，与绍还出，失道，坠枳棘中，绍不能得动。复大叫云："偷儿在此！"绍遑迫自掷出，遂以俱免。

韦小宝的下三滥手段与"功夫"之别只是技巧之别，而其目的则与曹操如一。而在金庸逐渐将侠之塑造朝向人间化的同时，武功自然亦逐渐失去萧峰、郭靖、杨过及张无忌等大侠之出神入化。韦小宝在武功方面之现实主义，亦就可以理解了。

六、侠之省思

韦小宝作为武侠小说的主角，其语言、形象及素质惹来很多质疑。因为韦小宝的出现，故而有论者指出金庸笔下的侠乃从"形似"而走向"神似"的演变。"形似"与"神似"实不可二分，真正的侠客必须"形似"加"神似"，而若要对金庸武侠小说中侠客的演变做出区分的话，实应称之为从侠之崇高走向侠之世俗。

萧峰作为大侠，就在于具备侠的原始精神 —— 急人之难：

阿朱奇道："你也不认得他么？那么他怎么竟会甘冒奇险，从龙潭虎穴之中将你救了出来？嗯，救人危难的大侠，本来就是这样的。"

此外，东邪黄药师乃文化与武功之集大成者，实为中国文化之批判者，亦即对鲁迅"吃人礼教"之致意。张三丰乃一代宗师，甚至是神化了的道家人物，在金庸笔下，他亲切和蔼，朴素卑下，爱幼怜弱，其武功却博大精深，举世无敌。一灯大师以一阳指医治垂危的黄蓉而元气大伤，五年之内武功全失。令狐冲身负重伤之下却挺身而出营救曲非烟，曲洋称誉他为"英风侠骨"。

侠客形象鲜明崇高，但又不乏伪侠之书写。《侠客行》中的"河北通州聂家拳"在江湖上颇有"英侠"之名，却是"暗中无恶不作"的伪侠，故满门尽为侠客岛所灭。《飞狐外传》中的汤沛号称"甘霖惠七省"，却奸淫袁紫衣之母。《天龙八部》中的中原武林豪杰，在萧远山口中乃"南朝大盗"，在萧峰心中却不及畜生。由此可见，侠之鱼龙混杂，连真正的大侠亦深受其害。江湖混浊，方才是真江湖。

侠也是人，传统武侠小说的缺失就在于将侠客样板化，令他们失去了常人所应有的七情六欲。我们几乎看不到《七侠五义》中的展昭有任何的儿女私情，《水浒传》中的燕青与李师师有情有义，却无疾而终。更多的是江湖好汉对女性的残杀。《天龙八部》中的萧峰虽受尽马夫人康敏的祸害，最终却没有手刃仇人，并且终其一生只爱阿朱一人，对阿紫毫不动男女之情。段誉更是备受情欲折磨，虚竹则享受无端飞来的艳福。郭靖对黄蓉是一见钟情，此情不渝。杨过在小龙女之外，亦处处留情，终有情花之毒的折磨，终归专一。张无忌更是坦言想四美共享，难舍难分。陈家洛亦曾拥有霍青桐与香香公主。至于一向备受鄙视的韦小宝，更是七女同欢，不亦乐乎。

金庸关于侠与女性的曲折而细腻的书写，意在突显其将侠朝向人间化，还原他们作为血肉之躯的身份。韦小宝表面上就如他自己的自得体认"痢痢头阿三"，故在侠的"形似"方面，他是自愧不如的，甚至在他自己的心中，也不会认为自己的所作所为具有侠义的内涵。韦小宝虽出身妓院，母亲韦春花是妓女，他行事却以《大明英烈传》为准则，就仅凭说书所得的基本价值观的影响，其所作所为已远胜很多江湖中人甚至世家子弟。相比之下，方怡的师兄刘一舟贪生怕死，郑克塽更是一再忘恩负义。

甚至有论者指出金庸在《鹿鼎记》中有"反侠的趋势"，而韦小宝则位居"小流氓"之例。从而得出金庸武侠小说"侠气渐消，邪气渐涨"。[①]亦有论者指出《鹿鼎记》让一个不会武功的无赖担任主角，是一部"反英雄、反武侠的作品"。究其原因，便是《鹿鼎记》中主人公韦小宝的所作所为皆非侠的行径。

事实并非如此。何谓"仗义每多屠狗辈"？金庸为什么书写了那么多的伪侠、伪君子如岳不群、左冷禅、余沧海、朱九龄？而韦小宝之出现，只是去掉侠的光环，还其屠狗辈的面目而已。韦小宝

---

① 陈墨《金庸小说与二十世纪中国文学》，见《金庸小说与二十世纪中国文学国际学术研讨会论文集》，75页。刘登翰亦用了"英雄与无赖""大侠与反侠"的对立概念。

之所为，就连陈近南、白衣尼以及陈圆圆都是肯定的，这难道不就是金庸创作之意图？手段本身并没有所谓的正邪之分，而是使用者本身及目的是否正义而已，这历来是论者的误区，彼等之见识，亦即茅十八与阿珂的见识：

茅十八道："好端端地，人家为什么会来惹你？第二件，倘若跟人家打架，不许张口咬人，更不许撒石灰坏人眼睛，至于之地上打滚，躲在桌子底下剁人脚板，钻人裤裆，捏人阴囊，打输了大哭大叫、躺着装死这种种勾当，一件也不许做。这都是给人家瞧不起的行径，不是英雄好汉之所为。"

阿珂道："哼，你转世投胎，也赢不了。你打得赢一个喇嘛，我永远服了你。"韦小宝道："什么打得赢一个？我不是已杀了一个喇嘛？"阿珂道："你使鬼计杀的，那不算。"

以上乃匹夫愚妇之见而已。英雄如吴六奇对韦小宝亦刮目相看，甚至有些佩服："这小娃儿见事好快，倒也有些本事。"陈近南则更是对韦小宝在反清复明一事上寄予厚望："你这一双肩头，挑着反清复明的万斤重担，务须自己保重。"

从陈近南与吴六奇以至于黄宗羲等人对韦小宝之寄予重望，这不就是司马迁在《史记·游侠列传》中之所言：

今拘学或抱咫尺之义，久孤于世，岂若卑论侪俗，与世沉浮而取荣名哉！而布衣之徒，设取予然诺，千里诵义，为死不顾世，此亦有所长，非苟而已也。

陈近南与吴六奇对韦小宝之刮目相看是英雄本色，就连黄宗羲与吕留良等大儒亦已放下身段，改变观念，领悟到值此乱世该以另一套标准衡量人物，从而认定韦小宝堪托付国家重任。事实上，韦小宝就是他们心目中"设取予然诺，千里诵义，为死不顾世"的布衣之侠，亦即市井之侠。

由此可见，金庸塑造韦小宝的目的，实乃对侠的概念及形象之拓宽。至于那批评贬低韦小宝与批评金庸创造此惫懒人物者乃"反侠""反英雄"，实乃对司马迁《史记·游侠列传》有所不知而已。故此，金庸方才安排他与陈近南及吴六奇在大风雨的海上泛舟同行的一幕：

此时风势已颇不小，布帆吃饱了风，小船箭也似的向江心驶去。江中浪头大起，小船忽高忽低，江水直溅入舱来。

又：

这时风浪益发大了，小船随着浪头，蓦地里升高丈余，突然之间，便似从半空中掉将下来，要钻入江底一般。韦小宝被抛了上来，腾的一声，重重摔上舱板，尖声大叫："乖乖不得了！"船篷上哗喇喇一片响亮，大雨洒将下来，跟着一阵狂风刮到，将船头、船尾的灯笼都卷了出去，船舱中的灯火也即熄灭。韦小宝又是大叫："啊哟，不好了！"

从舱中望出去，但见江面白浪汹涌，风大雨大，气势惊人。……风势奇大，两名船夫刚到桅杆边，便险些给吹下江去，紧紧抱住了桅杆，不敢离手。大风浪中，那小船忽然倾侧。

风雨声中，吴六奇放声高歌：

走江边，满腔愤恨向谁言？老泪风吹，孤城一片，望救目穿，使尽残兵血战。跳出重围，故国悲恋，谁知歌罢剩空筵。长江一线，吴头楚尾路三千，尽归别姓，雨翻云变。寒涛东卷，万事付空烟。精魂显大招，声逐海天远。

曲声从江上远送出去，风雨之声虽响，却也压他不倒。……两人惺惺相惜，意气相投，放言纵谈平生抱负，登时忘了身外风雨。

其实，这便是《世说新语·雅量第六》第二十八则，谢安与王羲之及孙绰出海畅游时的惊险一幕：

　　谢太傅盘桓东山时，与孙兴公诸人泛海戏。风起浪涌，孙、王诸人色并遽，便唱使还。太傅神情方王，吟啸不言。舟人以公貌闲意说，犹去不止。既风转急，浪猛，诸人皆喧动不坐。公徐曰："如此，将无归？"众人即承响而回。于是审其量，足以镇安朝野。

　　这一幕的主角当然是吴六奇及陈近南，而韦小宝亦乃此次出海遨游的人物之一，而他的角色功能亦在于在悲歌危境之中插科打诨，而金庸不忘《世说新语》中这著名的一幕，亦不忘在这一幕写上韦小宝，益证金庸借用了很多《世说新语》中的场景及"魏晋风度"中的特征来塑造韦小宝这一人物。最终，数次完成天地会的任务并拯救众英雄的，便是任诞与假谲及纵情的韦小宝。

七、结语

　　韦小宝之书写，乃金庸对"侠"的概念的另一突破。在其笔下，侠不再止于"高、大、全"，现实中的市井之徒、屠狗之辈，实亦不乏具侠心侠举而武功并不怎么高明的另类侠客。金庸在"仗义每多屠狗辈"的观念上深入挖掘，以《世说新语》中的"任诞"与"假谲"及纵情作为《鹿鼎记》中的韦小宝的小癞子模式，朝向以智取胜、无武而有侠方面做出刻画，在武侠小说史上做出逆向书写，从而丰富了侠的层次，亦令侠从虚拟的精神层面走向现实层面，做出精彩的呈现。

| 第 | 八 | 章 |

《三岔口》与《十日谈》的混合结构

一、前言

    金庸在"隐型结构"方面，除了有意识地移植各种经典中的人物及他们的成长经历、性格、情节以至于小道具之外，更有一套以两部中外经典结合的混合结构，以多变的方式穿插其中，从而一方面淡化了移植经典的痕迹；另一方面则令故事情节奇幻莫测，引人入胜。这两部经典分别是京剧《三岔口》与意大利文艺复兴时期的作家乔万尼·薄伽丘所著的《十日谈》。

    《三岔口》讲述的是北宋之际，杨延昭手下的大将焦赞因打死奸臣王钦若女婿谢金吾而被发配沙门岛，杨延昭命任堂惠于途中暗中保护。焦赞与解差夜宿于三岔口店中，任堂惠跟踪而至，同住一店。店主刘利华夫妇怀疑任堂惠欲暗中谋害焦赞，于是刘利华深夜潜入卧室欲杀任堂惠，在黑暗中二人展开搏斗，焦赞闻声赶来参战。后经刘氏妻取来灯火，说明情况，始释误会。此中，"黑暗"的场景与"误会"以及释除疑惑的"灯火"乃金庸常予以借用，并且幻化多端，令人难以捉摸。

至于《十日谈》的故事则发生于 1348 年的佛罗伦萨，七位姑娘与三位男士在面对瘟疫时一起上山避难，其中有三位美丽的少女乃这三位男士的情人，十天之中他们共讲了一百个故事。不同版本的故事，原本是有释疑的动机，然而版本增多了，复又令真相愈加扑朔迷离。金庸以《三岔口》与《十日谈》这两部中外经典的混合变化而穿插于各部小说，令情节复杂化，故事发展一波三折，扣人心弦。

二、《射雕英雄传》中的"牛家村密室"

金庸运用《三岔口》与《十日谈》的混合结构首见于在《射雕英雄传》中的"牛家村密室"。身处密室的郭靖与黄蓉目睹了以下情况：1. 完颜洪烈入宫所盗的并非《武穆遗书》；2. 陆冠英与程瑶迦在黄药师的强行主婚下成亲；3. 欧阳克因戏侮穆念慈而死于杨康手下；4. 杨康欺骗众人说郭靖已死；5. 黄药师与全真七子因误会而打斗，梅超风与全真派的谭处端死于欧阳锋手下；6. 最后，黄药师见江南六怪前来而将要展开厮杀之际，郭靖破墙而出。此前全是疑团与误会，及至郭靖的破墙而出，从而化解一场血光之灾便是《三岔口》中刘氏妻的"点灯"说明误会的功能。

同样一出《三岔口》，金庸再次应用于《射雕英雄传》中撒马尔罕附近的村庄：

这四大高手密闭在这漆黑一团、两丈见方的斗室之中，目不见物，耳不听闻，言语不通，四人都似突然变成又聋又哑。

最终，还是郭靖将大石扔向屋顶：

天空星星微光登时从屋顶射了进来。周伯通怒道："瞧得见了，还有什么好玩？"